Knaur.

Im Knaur Taschenbuch Verlag sind bereits folgende Bücher der Autorin erschienen:
Die Sammlerin
Die Frau im blauen Kostüm

Über die Autorin:
Helga Beyersdörfer, geboren in Erlensee, studierte in Frankfurt am Main, bevor sie eine Ausbildung zur Journalistin absolvierte. Sie arbeitete als Redakteurin unter anderem bei der *Frankfurter Rundschau*, beim *Zeit-Magazin*, beim *Stern* und bei Sat.1. Helga Beyersdörfer lebt in Hamburg und Berlin.

Helga Beyersdörfer

Moornächte

Ein Worpswede-Krimi

Knaur Taschenbuch Verlag

Besuchen Sie uns im Internet:
www.knaur.de

Originalausgabe Oktober 2009

Ein Unternehmen der Droemerschen Verlagsanstalt
Th. Knaur Nachf. GmbH & Co. KG, München.

Redaktion: Regine Weisbrod
Umschlaggestaltung: ZERO Werbeagentur, München
Umschlagabbildung: Jürgen Heuser
Satz: Adobe InDesign im Verlag
Druck und Bindung: CPI – Clausen & Bosse, Leck
Printed in Germany
ISBN 978-3-426-50263-1

2 4 5 3 1

I

John Magnus war nicht der Ansicht, dass er in seine augenblickliche Umgebung passte. Er wischte ein paar Blattkrümel von dem Ärmel seines dunkelblauen Mantels, dessen durchfeuchteter Stoff roch wie ein nasser Hund. Bei jeder Bewegung der Füße schmatzte der weiche Lehmboden und saugte sich aufdringlich an den Schuhen fest.

John spürte, wie die Feuchtigkeit dieses nebligen norddeutschen Oktobertages allmählich in seine Knochen und in sein Gemüt kroch. Es würde bald dunkel werden, und es war totenstill. Nur wenige Menschen bewegten sich lautlos zwischen den Grabreihen, gesichtslos wie Schattenrisse.

John schob die Hände tief in die Manteltaschen. Verdammt, Valentin, wie konntest du nur?, dachte er und erschrak, weil er den Gedanken laut ausgesprochen hatte und seine Stimme über die Gräber hinweggetragen wurde bis zu den angrenzenden Feldern und Wiesen. Er zog den Kopf ein und starr-

te vorwurfsvoll dahin, wo er Valentin vermutete, unter einem abgezirkelten, mit Steinen umfassten Rechteck, dessen einziger Schmuck ein lieblos in die Erde gepfropftes Bündel gelber Rosen war. Hierhin also hast du dich aus dem Staub gemacht, rief John ihm zu, diesmal aber lautlos, und hast dich nicht mal von mir verabschiedet. Geht man so mit einem Freund um? Er schüttelte den Kopf, einerseits, um seine Position in dieser Frage zum Ausdruck zu bringen, andererseits wegen der Rosen. Die waren auf Valentins Grab eindeutig fehl am Platze. John ging in die Hocke, auf Augenhöhe mit dem weißen Stein, auf dem in schwarzen Lettern der Name Valentin Kerner eingraviert war. Jetzt erst fiel ihm auf, dass der Stein die Form eines halben Herzens hatte, das aber mit der Schnittstelle nach unten aufgestellt war, so dass es ganz und gar unmöglich wäre, eine zweite Hälfte hinzuzufügen. Was hatte Vera sich dabei gedacht?
Er kniff angestrengt die Augen zusammen, als er an den bevorstehenden Besuch bei Valentins Frau dachte. Stammten die Rosen etwa von ihr? Nein, das konnte nicht sein, unmöglich. Jeder wusste, dass Valentin auf Rosen allergisch war, dass er in ihrer Nähe zu einem triefenden, schniefenden Häufchen Elend wurde, hilflos seinen Amok laufenden Schleimhäuten ausgeliefert. Er hatte diese Blumen gehasst, und jetzt machten sie nicht einmal vor sei-

nem Grab halt, reckten ihre Köpfe dem in Stein gemeißelten Namen entgegen, verhöhnten ihr wehrloses Opfer.
Zornig beugte John sich vor, umfasste die Stengel und zog und zerrte. Seine Erbitterung hatte endlich einen Gegenstand gefunden, an dem sie sich entladen konnte. Er wütete gegen die Zumutung, die der Tod allgemein für alle Lebenden bedeutete, und gegen die Zumutung, die Valentins Tod für ihn im Besonderen darstellte. Er wütete gegen den Verlust seines Freundes und der Erinnerungen, die sie miteinander geteilt hatten und die er ab jetzt alleine bewahren würde, bis auch er unter einem Haufen Erde endete.
Keuchend bückte er sich tief über das Schlachtfeld und nahm beide Hände zu Hilfe, bis das Erdreich endlich nachgab, sich aufwölbte und sowohl einen schmierigen, braunen Blumentopf freigab als auch darunter ein ebenso verdrecktes, zusammengerolltes Etwas, das John zunächst für eine zerdrückte Plastikflasche hielt. Während er mit ausgestrecktem Arm den herausgerissenen Rosenstock festhielt, zog er mit spitzen Fingern die vermeintliche Flasche heraus, die sich als eine dick mit Folie umwickelte Rolle entpuppte. Er widerstand dem Impuls, sie in das neu entstandene Erdloch zurückzubefördern, sondern legte sie fürs Erste auf den Weg. Allmählich begann er sich zu fragen, ob es jemandem Spaß

machte, Valentin mit befremdlichen Grabbeigaben zu ärgern.

John richtete sich auf, wischte sich mit dem Handrücken über die Stirn, betrachtete die Reste des geschundenen Rosenstocks und schleuderte sie mit einer Geste der Verachtung und des Ekels von sich, wobei er sich, einem Diskuswerfer vergleichbar, halb um die eigene Achse drehte. Noch während er die Flugbahn des Geschosses verfolgte und dessen Aufklatschen auf dem matschigen Weg ein paar Meter weiter, bemerkte er, dass er nicht allein war.

Ruhig und unbeeindruckt kam eine Person in klobigen Gummistiefeln herangeschlurft, verpackt in eine unförmige gelbe Regenjacke, deren Kapuze tief ins Gesicht gezogen war, in den Händen eine langstielige Schaufel und einen braunen Müllsack, der etwa zur Hälfte gefüllt war. Da hinein ließ sie im Vorbeigehen die Überbleibsel des Blumentopfes verschwinden.

John richtete sich auf, säuberte so gut es eben möglich war seine Hände mit einem Papiertaschentuch und strich sich eine Haarsträhne aus der Stirn. Von den Schmutzspritzern auf seinem Mantel abgesehen war er nun wieder der gutaussehende Mann in den besten Jahren mit den attraktiven silbernen Fäden im braunen Haar.

Die Person in dem Regenfummel kam auf ihn zu. Sollte sie ihm Vorwürfe machen wollen wegen Stö-

rung der Friedhofsordnung oder Ähnlichem, wäre er nun wieder beherrscht genug, ihr den Vorfall mit angemessener Höflichkeit zu erklären.
Als sie dann aber vor ihm stand, sagte sie erst einmal gar nichts, sondern sah ihn nur an – mit einer Mischung aus Neugierde und Ernst. Sie war eine gedrungene, relativ kleine Frau von etwa vierzig Jahren mit einem runden, ungeschminkten Gesicht, in dem das Markanteste ein knopfrundes Grübchen in der Mitte des Kinns war. Worauf wartete sie? Auf eine Erklärung? Oder darauf, dass er endlich ging und sie das Erdloch wieder zuschaufeln konnte? War sie die Friedhofsgärtnerin? John betrachtete das zerknüllte, verschmutzte Taschentuch in seiner Hand und sah sich suchend um.
»Tun Sie das hier rein«, sagte sie und hielt ihm den Müllsack hin, »zu den Rosen.«
»Mach ich, danke. Es ist übrigens sonst nicht meine Art, mit Gegenständen zu werfen.« Er hoffte damit klarzustellen, dass weitere Ausbrüche von ihm nicht zu erwarten waren.
Sie nickte und reckte ihr Grübchenkinn in Valentins Richtung. »Ein Angehöriger?«
John schüttelte den Kopf. »Ein Freund. Tatsächlich schon so etwas wie ein großer Bruder, mehr als zwanzig Jahre lang, bis fast zum Schluss, bis …« Er unterbrach sich abrupt, so genau brauchte das diese fremde Frau nicht zu wissen. Er deutete auf das auf-

gegrabene Stück Erde. »Müll und die falschen Blumen, das konnte ich nicht zulassen«, fügte er ohne Überleitung hinzu.
»Ja«, sagte die Frau nur, drückte ihm die Schaufel in die Hand und zeigte auf eine Holzhütte, die an der Begrenzungsmauer des Friedhofs stand. »Wenn Sie fertig sind, stellen Sie die Schaufel da rein.«
Ohne ein weiteres Wort raffte sie ihre Utensilien zusammen, wandte sich im Gehen aber noch einmal um. »Sie sind Engländer, nicht wahr?«
John nickte nur. Er wusste, dass er auch nach vielen Jahren in Deutschland noch immer einen Hauch von britischem Akzent hatte, und eine Frage wie diese war ihm gewiss schon tausendmal gestellt worden. Sie schien keine weitere Antwort zu erwarten, sondern ging ohne Eile den Weg zurück, den sie gekommen war, bevor sie hinter der kleinen, weißverputzten Einsegnungskapelle abbog und seinen Blicken entschwand.
In der einbrechenden Dämmerung war das Licht von Milchiggrau zu Blaugrau gewechselt. Es roch nach nassem Holz, nach verwelkenden Blättern und nach Moor. Ein schwerer, erdiger Geruch. John atmete tief ein. Er war sich sicher, dass er jetzt alleine war zwischen all diesen Gräbern. Von der nahen Kirche, die auf dem höchsten Punkt des Hügels stand, auf dem auch der Friedhof lag, begann das Sechsuhrläuten.

John rammte die Schaufel in die Erde und bückte sich nach der Rolle. Entschlossen riss er die nasse, klebrige Folie auf. Sie offenbarte ein handgeschriebenes Stück Papier, in das jemand ein weiteres Blatt gerollt hatte, offensichtlich den Computerausdruck eines Schwarzweißfotos. Es zeigte eine lächelnde Frau, an deren Hals sich ein schlafender Säugling schmiegte. Beide lagen auf einem Kissen, dessen Stickerei ebenso altmodisch war wie das hochgeschlossene Rüschenhemd der Frau. Wer war sie?
John betrachtete ihre großen, knopfrunden Augen mit den schweren Lidern, die in die Linse des Fotografen und durch sie hindurch direkt auf den Betrachter zu blicken schienen. Diese Augen hätten das schmale, fast mädchenhafte Gesicht der Frau vollends dominiert, wären da nicht die lange, spitze Nase gewesen und ein kräftiger Unterkiefer, der ihr einen Ausdruck von Willensstärke und Stolz verlieh. Stolz auf das schlafende Kind, das sie im Arm hielt?
John suchte vergebens nach einem Hinweis, einer Erklärung, auf der Rückseite war lediglich ein Datum notiert: *20. November.* Das Datum sagte ihm nichts. Ratlos hielt er beides nebeneinander, das Foto und den Zettel mit den kleinen, runden Druckbuchstaben, die auf eine Frau als Absender schließen ließen. Es handelte sich um einen Brief.
Valentin, las John und neigte das Blatt, um die Reste

des Tageslichts einzufangen, *Du sollst wissen, dass keiner vergessen ist. Du nicht, auch wenn Du mittlerweile in der Hölle brätst. Erst recht nicht die, über die Du Unglück gebracht hast. Und auch nicht die, die Dir dabei behilflich waren. Sie haben es verdient, Dir Gesellschaft zu leisten da, wo Du jetzt bist. Und sie sollen bekommen, was sie verdienen. Die Zeit heilt keine Wunden. Darauf zu vertrauen war Zeitverschwendung. Römer 12, 19: Die Rache ist mein, ich will vergelten, spricht der Herr.*

»Dreck«, zischte John, zerknüllte beide Papiere und warf sie in das Erdloch zurück, wo er sie unter ein paar kräftigen Schaufelladungen verschwinden ließ. Weg damit, weg. Was immer es war, das Valentin veranlasst hatte, sich plötzlich und ohne jede Vorwarnung ins Teufelsmoor zurückzuziehen, es hatte ihm kein Glück gebracht.

Nachdem er die Oberfläche geglättet hatte, legte John die Schaufel hinter dem Grabstein ab und ging.

Inzwischen war es fast dunkel. Die Silhouette der Kirche verschwamm im blaugrauen Abendlicht. Er blieb stehen, als er ihr Hauptportal erreicht hatte, eine schlichte, grüne Holztür. Hatten sie hier Valentins Totenfeier abgehalten? Obwohl John seit Jahren keine Kirche mehr betreten hatte, wollte er in diesem Augenblick nichts lieber als hinein, wollte sich in eine Bank setzen, die Beine ausstrecken, die Wölbung der hohen Decke über sich und die Backsteinmauern wie einen Schutzwall um sich herum haben. Er wollte deren lautloses Echo aus in Jahrhunderten angesammelten Stimmen spüren und das Knacken des Gestühls hören. Er wollte sich betäuben lassen von dem modrigen Geruch kaltnasser Steine, um endlich zur Ruhe zu kommen. Denn gegen seinen Willen gingen ihm weder der Brief noch das Foto aus dem Kopf. Spinnerei, versuchte ihm sein Verstand einzuhämmern, eine Drohung, sagte ihm sein Gefühl, ein angekündigtes Verbrechen womöglich. Sein Gewissen grätschte dazwischen, was, wenn jemand in Gefahr war? Aber er wich aus, widersprach. Wer sollte denn in Gefahr sein? Es gab keine Namen, keine Anhaltspunkte, nur das Foto einer Unbekannten, vermutlich schon vor Jahrzehnten aufgenommen. Ihr drohte gewiss kein Unheil mehr, selbst der abgebildete Säugling dürfte bereits alle Gefahren bewältigt haben oder in ihnen umgekommen sein. Eben, Spinnerei, attestierte der Verstand und gewann kurzfristig die Oberhand, bevor das Gewissen den Satz hervorholte, der sich ihm eingeprägt hatte: *Und sie sollen bekommen, was sie verdienen.*

John schüttelte sich, ihm war kalt. Mit wenigen Schritten war er an der Kirchenpforte, drückte die Klinke hinunter, rammte seine Schultern gegen das Holz, drückte erneut die Klinke.

»Um siebzehn Uhr schließen wir hier ab«, hörte er

jemanden sagen, der jetzt neben ihn trat und ihn mit nüchterner Sachlichkeit musterte. Er war ein Mann jenseits der fünfzig, groß, hager mit einem weißen, zerzausten Haarkranz. In der Hand hielt er einen Schlüssel, den er nun ins Schloss steckte. »Aber wo Sie schon mal da sind, kommen Sie in Gottes Namen mit hinein. Wir erleben es nicht mehr allzu oft, dass uns die Leute die Tür eintreten, um in die Kirche zu kommen.«

Er ließ John den Vortritt, schloss hinter ihm wieder ab und folgte ihm den Mittelgang entlang vor zum Altar, der, von zwei Säulen eingerahmt, das Schmuckstück der ansonsten nahezu schmucklosen Kirchenhalle war. Es war nicht genau das, was John erwartet hatte, aber er war froh um die klaren, geraden Linien. Auch das Grau und Blau der Decken und Wände, das sich in dem Geländer der Empore auf beiden Seiten wiederholte, ließ ihn ruhiger werden.

An der vordersten Bankreihe blieb er stehen und wandte sich zu dem Fremden, bei dem er sich noch nicht einmal bedankt hatte. Doch bevor er das Wort ergreifen konnte, kam ihm der Mann zuvor: »Das hier ist die evangelisch-lutherische Zionskirche, und ich bin der Pastor. Sie kommen wohl nicht aus Worpswede, nehme ich an?«

John schüttelte den Kopf. »Nein. Ich bin sogar zum ersten Mal hier. Obwohl ich zwanzig Jahre in Hamburg gelebt habe, nur eine Autostunde entfernt.«

Der Pastor setzte sich in die vorderste Bank. »Da sind Sie keine Ausnahme«, antwortete er und machte John ein Zeichen, sich zu ihm zu setzen. »Viele Hamburger finden den Weg zu uns ins Teufelsmoor erst spät, wenn überhaupt.«
Valentin hat das Moor gefunden, dachte John bitter, und der Teufel ihn. »Vielleicht liegt es am Namen«, sagte er müde.
»Teufelsmoor?« Der Pastor winkte ab. »Es sind zwar viele Menschen hier im Hochmoor umgekommen, als es noch wild und unwegsam war, seinen Namen verdankt es dennoch nicht dem Teufel, sondern dem niederdeutschen Wort ›duven‹, was so viel bedeutet wie taub, unfruchtbar. Aber so genau wollen Sie das wohl gar nicht wissen. Sie wirken …«, er stockte, suchte nach dem passenden Wort, »… besorgt. Kann ich Ihnen vielleicht helfen?«
John ließ sich Zeit mit der Antwort. Der Mann, der da freundlich abwartend neben ihm saß, war es gewohnt, Hilfe anzubieten. Er selbst aber war ungeübt darin, Hilfe anzunehmen. Und welche Hilfe sollte das auch sein? Mein Freund ist vor sechs Monaten gestorben, hätte er sagen können, und ich war nicht bei ihm, er ist hier beerdigt worden, und ich war nicht dabei, er hatte Probleme, und ich habe sie ignoriert, jemand hasst ihn aus tiefstem Herzen, und ich frage nicht, wer und warum. Valentin hätte mich zu Lebzeiten eingeweiht, wenn er gewollt hätte.

Doch in seinen letzten Lebensmonaten hatte er sich zurückgezogen von seinem bisherigen Leben und auch von mir. Ohne es zu wollen, bin ich heute an seinem Grab dem, was er verbergen wollte, ein Stück näher gekommen. Es soll verborgen bleiben. In ein paar Stunden reise ich wieder ab. Worin also sollte Ihre Hilfe bestehen, Herr Pastor?
Sie schwiegen nun schon seit Minuten. John legte den Kopf in den Nacken und sah nach oben. Die Säulen, auf denen die Emporendecke ruhte, mündeten in blauen Zwickeln, zwischen denen kleine, goldene Putten hervorlugten. Darunter waren, in der einbrechenden Dunkelheit nur schwach zu erkennen, Blumen und Gräser gemalt, nicht anders, als hätte ein Schulkind seinen Tuschkasten geöffnet und drauflosgepinselt.
»In katholischen Kirchen fällt die Malerei opulenter aus«, sagte John. Das Hilfsangebot war damit ausgeschlagen.
Der Pastor blieb ungerührt. »Weniger ist nicht immer unbedeutend. Und das da«, er deutete mit ausgestreckter Hand nach oben, »ist immerhin eine bleibende Erinnerung an zwei der bedeutendsten Künstlerinnen unserer Gemeinde. Die Putten stammen von der Bildhauerin Clara Westhoff, als sie noch nicht Rilke hieß, und die Blumen hat Paula Becker gemalt, als sie noch nicht Modersohn hieß. Beide haben das im Übrigen ohne Bezahlung gemacht,

es war sozusagen eine kirchliche Strafarbeit, weil sie gemeinsam nach einer durchfeierten Nacht aus Übermut die Glocken geläutet und das ganze Dorf damit in Panik versetzt hatten.« Er stand auf und sah in Erwartung einer Reaktion auf seinen Besucher hinunter. »Na ja«, fügte er an und runzelte nun doch die Stirn, »das ist auch schon wieder über hundert Jahre her. Tut mir leid, ich muss jetzt abschließen, ehe es hier drin stockdunkel wird.«
John folgte ihm schweigend zum Ausgang. Als sie sich zum Abschied die Hand gaben, hatte er das Gefühl, dem Mann eine Erklärung schuldig zu sein. »Es stimmt schon, dieser Besuch ist mir nahegegangen«, sagte er und sah zu den Gräbern hinüber. »Dabei habe ich nicht einmal Blumen mitgebracht. Ich habe die verdammte Gärtnerei nicht gefunden.«
Der Pastor nickte nur, zog einen Block und einen Stift aus der Manteltasche, notierte etwas darauf, riss einen Zettel ab und reichte ihn John. »Meine Telefonnummer, falls Sie mein Angebot doch noch annehmen wollen. Und die verdammte Gärtnerei suchen Sie hier vergebens. Wir sind auf dem Lande, da pflegen die meisten ihre Gräber selbst. Aber natürlich gibt es auch hier Gärtnereien, nur sind die da, wo sie produzieren, ein Stück außerhalb also. Jetzt muss ich aber los.«
John hörte den sich entfernenden Schritten nach, bis sie verklangen und um ihn herum eine so totale Stil-

le war, wie er sie noch nie empfunden hatte. Eine Stille, als hätte die Welt aufgehört, sich zu drehen, als sei jedes Tier und jedes Blatt zur Bewegungslosigkeit erstarrt. Er spürte sie, sie waren da, aber sie rührten sich nicht.

Den Zettel steckte er achtlos in die Tasche. Er rieb die klammen Finger aneinander und versuchte, Stille und Dunkelheit in sich aufzunehmen und seine Gedanken darin zu versenken. Die Gedanken, die nicht aufhören wollten, um den einen Satz zu kreisen: *Und sie sollen bekommen, was sie verdienen.*

Unterhalb der Kirche tauchte ein Lichtkegel auf und verschwand wieder, um diese Zeit fuhren nicht viele Autos die Dorfstraße entlang. Vera kam ihm in den Sinn, die sicher schon auf ihn wartete.

2

Sie öffnete weder nach dem ersten noch nach dem zweiten Läuten. John trat zurück, bis er in der Mitte des kleinen Vorgartens stand. Er suchte in den Fenstern nach einem Lichtschein oder einer Bewegung, aber hinter den Scheiben blieb es dunkel und ruhig, nur über dem Eingang spendete eine Kugellampe mattes Licht.

Das unscheinbare, zweistöckige Klinkerhaus mit seinem spitzen Giebeldach war Teil eines Doppelhauses, dessen rechte Hälfte von einer Außenlampe beleuchtet wurde, während die linke vollkommen im Dunkeln lag. John stieg über knotige, winterharte Grünpflanzen hinüber zu dem Eingang des Zwillingshauses, knipste sein Feuerzeug an und suchte nach einem Namensschild.

»Was tust du da drüben?« Sie stand mit gekreuzten Armen unter der Kugellampe, als habe sie bereits Stunden auf ihn gewartet. Ihre Arme schienen ihm knochiger, als er sie in Erinnerung hatte. Wie immer

trug sie ein Kleid von schlichter Eleganz, darüber die doppelreihige Perlenkette mit einer schwarzen Perle in der Mitte – Veras Markenzeichen schon zu ihren Hamburger Zeiten. Mit ein paar Schritten war er bei ihr und umarmte sie wortlos.
Sein erster Eindruck bestätigte sich, Vera war abgemagert, ihr ohnehin schmales Gesicht kantig und hart. Sie schob ihn durch einen Windfang ins Haus und von dort aus geradeaus weiter in einen karg möblierten Raum. Links hinter der Tür befand sich ein länglicher Glastisch mit vier weißen Stühlen, in der Ecke eine Jugendstilvitrine. An der Wand gegenüber waren weiße Regale angebracht, auf denen nur wenige Bücher standen.
Vera deutete auf die Sitzecke vor dem Fenster, eine geschwungene Couch und zwei zierliche rote Sessel, zwischen denen ein ovaler Tisch stand mit einer angebrochenen Flasche Rotwein darauf und einem benutzten Glas.
»Setz dich. Ich hol dir auch ein Glas.« Während sie hinauslief, sah John sich beklommen in dem Zimmer um. Nichts erinnerte an Valentin, kein Möbelstück, kein Foto, kein Buch. Ungläubig trat er an das fast leere Regal heran.
»Ich habe alle seine Sachen in Kisten verstaut.« Vera beobachtete ihn von der Tür aus, in der einen Hand eine Schale mit Pistazien, in der anderen ein Weinglas, unter dem Arm eine volle Flasche Wein. »Wür-

dest du etwa gerne in einem Museum leben? Jetzt komm endlich.« Sie schlüpfte an ihm vorbei, stellte Glas und Schale auf den Tisch, entkorkte die Flasche und machte ihm ein Zeichen, sich zu ihr zu setzen. Sie tranken beide einen Schluck, bevor sie beinahe gleichzeitig zu sprechen begannen. Vera brach mitten im Satz ab. »Welche Frau?«, fragte sie irritiert.

John wiederholte seine Frage: »Mir ist heute an Valentins Grab eine seltsame Frau begegnet, und ich würde gerne wissen, wer sie ist. Zuerst habe ich sie für die Friedhofsgärtnerin gehalten, aber das stimmt wahrscheinlich nicht. Vielleicht kennst du sie ja. Sie ist mittelgroß, gedrungen, rundes Gesicht mit Grübchen im Kinn, und sie trug einen gelben Regenumhang und Gummistiefel. Sagt dir das was?«

Vera lachte, aber es war kein belustigtes Lachen, eher ein zurechtweisendes. »In dieser Region, mein Lieber, hat jeder seinen Ostfriesennerz hinter der Tür hängen, meist sogar in Gelb, und Gummistiefel besitzt auch jeder. Was interessiert dich an der Frau? Das Grübchen?« Sie lachte wieder auf, wegwerfend, verächtlich.

John stierte in sein Weinglas und ärgerte sich über sich selbst, dass er die fremde Frau überhaupt erwähnt hatte. Er würde mit Vera nicht über das sprechen können, was ihn seit dem Nachmittag bedrückte. Sie war ihm fremd geworden. Möglicher-

weise hatte Valentins überraschender Tod vor sechs Monaten dazu beigetragen, dass aus der souveränen, stets höflichen Frau diese abweisende, unfrohe Person geworden war, als die er sie heute empfand.
Er schüttelte unmerklich den Kopf. Nein, das allein war es nicht. Schon bevor zuerst Valentin und dann Vera Hamburg beinahe überstürzt verließen, hatten sie begonnen, sich zurückzuziehen. Alle hatten es bemerkt, niemand hatte nachgefragt. Auch er nicht. Zu sehr war er von der traurigen Gewissheit in Anspruch genommen gewesen, seine Arztpraxis am Stadtrand von Hamburg aufgeben zu müssen. Obwohl er immer mehr arbeitete, war sein Einkommen stetig gesunken, während ihm gleichzeitig eine ausufernde Bürokratie jegliche Energie und Motivation raubte. Er wusste, wie willkommen die in Deutschland ausgebildeten Ärzte in nahezu jedem europäischen Land waren, besonders in Skandinavien. Für ihn aber lag es nahe, einen Neuanfang in England zu wagen. So hatte er sich schweren Herzens und nach reiflicher Überlegung darangemacht, seine Übersiedelung nach England einzuleiten.
Es hatte dann noch viele Monate der Vorbereitung gebraucht, in denen er zwischen beiden Ländern hin und her gependelt war und Unmengen Papiere hüben wie drüben hatte ausfüllen müssen. Nun war er nach Hamburg zurückgekommen, um seine Praxis endgültig aufzulösen, nachdem auch der letzte Ver-

such gescheitert war, einen Nachfolger zu finden. Zum Jahresanfang würde er seine neue Arbeit in einer Gemeinschaftspraxis in einer Kleinstadt in Südengland aufnehmen. Was in dieser turbulenten Zeit mit Valentin geschehen war, hatte er kaum wahrgenommen. Die Todesnachricht hatte ihn erreicht, als er gerade in England war.

John schreckte auf, da Vera plötzlich neben ihm stand und ihm eine Platte mit belegten Broten unter die Nase hielt. Er hatte nicht einmal bemerkt, dass sie aufgestanden war.

»Träumst du?« Ihre Stimme klang jetzt weicher, sie lächelte sogar ein wenig, sah aber unendlich erschöpft aus. »Seit wann bist du wieder in Deutschland?« Sie stellte den Brotteller in die Mitte des Tisches und setzte sich.

»Seit heute. Ich habe mir am Flughafen in Hamburg einen Mietwagen genommen und bin sofort hierhergefahren.« John nippte erst, dann trank er einen herzhaften Schluck Wein.

»Warum?«, fragte sie.

Er sah sie verständnislos an. »Warum? Weil Valentin mein Freund war, weil ich weit weg war, als er starb, weil ich nicht weiß, wie und woran er gestorben ist, weil ich nicht einmal weiß, wieso er hier war und wie er hier gelebt hat.« Außerdem habe ich Drohungen und Flüche irgendeiner Verrückten in seinem Grab gefunden, und das macht mir Sorgen,

hätte er hinzufügen können, entschied sich aber dagegen.
Sie lehnte sich zurück und schloss für einen Moment die Augen. »Das sind viele Fragen auf einmal. Es fällt mir nicht leicht, darüber zu sprechen, aber ich will es versuchen.«
Stockend begann sie zu erzählen.
Obwohl John sehr bald den Eindruck hatte, dass Vera mehr verbarg, als sie preisgab, verzichtete er darauf, sie mit Fragen zu unterbrechen. Immerhin erfuhr er gleich zu Beginn ein Detail, das ihm nicht bekannt gewesen war. Valentins Rückzug nach Worpswede war nicht so überstürzt erfolgt, wie es ihm erschienen war. Monatelang hatte ein Konflikt zwischen Valentin und seinem Kompagnon Dr. Heinrich von Zahn geschwelt, mit dem zusammen er eine angesehene und erfolgreiche Anwaltskanzlei betrieben hatte. Der Konflikt hatte zu einem handfesten Streit und schließlich zu einem endgültigen Zerwürfnis geführt. Über die Gründe wollte Vera sich offenkundig nicht äußern, allerdings ließ sie keinen Zweifel daran, dass sie die Schuld mehr bei Valentin sah als bei seinem Kompagnon.
Mehrmals betonte sie, dass Valentin in jener Zeit reizbar und unzugänglich geworden sei. Die Situation eskalierte in seinem Entschluss, alle Brücken hinter sich abzubrechen und Hamburg zu verlassen.

»Zwei Jahre ist das jetzt her. Weihnachten haben wir damals getrennt verbracht, Silvester auch. Am Neujahrstag bin ich ebenfalls hierhergezogen.« Vera straffte sich und sah John nun direkt an. »Und das war ein Fehler. Hier wurde alles nur noch schlimmer.«

John legte die Fingerspitzen aneinander und wartete, dass sie weitersprach, dass sie endlich erzählte, wie Valentins Leben ausgesehen hatte bis zu jenem Tag im April dieses Jahres, der sein letzter wurde. Aber Vera nippte gedankenversunken an ihrem Wein, fast schien sie ihren Besucher vergessen zu haben.

Er musterte sie, ungeduldig und beunruhigt zugleich. Zweifellos hatte Vera nur Bruchstücke dessen erzählt, was wirklich geschehen war. Doch auch wenn das Bild unvollständig blieb, so war es doch ausreichend, um zu erkennen, dass Valentin nicht in Frieden mit sich gestorben war und er gewiss nicht nur Freunde hinterlassen hatte. Aber konnte man eine Frau, die vor wenigen Monaten ihren Mann verloren hatte, unumwunden nach dessen Feinden fragen? Heute nicht, beschloss John, und auch den obskuren Fund im Grab wollte er lieber nicht erwähnen. Dass Vera ihm aber eine Antwort auf die Frage, die ihm am Herzen lag und deretwegen er sich mit ihr verabredet hatte, bisher verweigerte, das wollte er nicht akzeptieren.

Er beugte sich vor. »Vera«, sagte er eindringlich, »wie und wo ist Valentin gestorben?«
Ihr Gesicht blieb unbewegt, während ihr Arm in eine ungefähre Richtung wies. »Nebenan«, antwortete sie, »in seinem Atelier.« Sie lachte auf, es klang diesmal nicht nur unfroh, sondern zynisch.
John horchte auf. »Im Atelier? Er hat gemalt?«
»Hat er nicht. Aber er hat so getan.«
»Warum?«
»Er hat sich eingeredet, als Maler in Worpswede einen erstklassigen Neustart hinlegen zu können.«
»Ohne Bilder?«
Sie lachte wieder auf. »Natürlich nicht. Da drüben stauben noch reihenweise Bilder vor sich hin, die er sich besorgt und als seine eigenen ausgegeben hat. War Beschiss, aber egal, Schwamm drüber. Wo er doch jetzt mausetot ist.« Sie nahm ihr Glas und trank es leer. »Willst du es mal sehen? Das *Atelier.*« Sie spuckte jeden einzelnen Buchstaben des Wortes aus wie eine saure Frucht, während sie sich umständlich aus ihrem Sessel schraubte und endlich schwankend auf ihren stelzendünnen Beinen zum Stehen kam.
Mit einem schnellen Blick auf die Flaschen stellte John fest, dass beide leer waren. Die für Autofahrer zulässige Promillezahl überschritt er wahrscheinlich bereits, auch wenn er im Gegensatz zur Witwe seines Freundes noch standfest war.

Er vertagte die Entscheidung, wie er unter diesen Umständen mit seinem Mietwagen noch nach Hamburg kommen sollte, und folgte Vera, die schon durch die Haustür geschlüpft war und im Begriff stand, das sperrige Gewächs zu übersteigen, das die beiden Grundstücke voneinander abgrenzte. Gerade noch rechtzeitig bot John ihr seinen Arm als Halt, und ein paar Schritte weiter standen sie vor Kälte zitternd vor dem düsteren, verlassenen Zwillingshaus. Vera steckte ihre Hand durch den Briefkastenschlitz an der Eingangstür und zog an einer offenbar von innen angebrachten Schnur, an deren anderem Ende ein Schlüssel zum Vorschein kam. »Voilà«, sagte sie und schloss auf.

3

Wenige Kilometer weiter südlich hatte Hanne ihre verschmutzte Arbeitskleidung abgelegt und band sich eine frische Schürze um. Es war fast acht, und in Vorfreude auf die kommende Stunde lächelte sie zu dem Baby hinüber, das geduldig in seinem Laufgitter auf dem Rücken lag und an seiner Abendflasche nuckelte.
Hanne ging in die Hocke, öffnete die gusseiserne Klappe am Herd und schob einige Scheite Holz nach. Der Schein des Feuers zauberte für Sekunden eine zarte Röte in ihr Gesicht, und die Hitze wirkte noch angenehm nach, als sie sich erhob und über den großen Topf beugte, der auf dem Herd stand. Sie vergewisserte sich, dass der Kartoffel-Gemüse-Eintopf sanft vor sich hin brodelte, jederzeit als Mahlzeit bereit. Hanne konnte sich an keinen Tag erinnern, an dem nicht warmer Eintopf auf dem Herd gestanden hätte. Ihre Großmutter hatte es schon so gehalten, dann ihre Mutter und nun sie.

Die Küche war das Zentrum des Hauses, hier brannte immer ein Feuer, hier wurde gekocht, gegessen, geklönt. Es war eine altmodische Küche mit einem nahezu antiken Herd und einer Anrichte, in der schon ihre Großeltern Geschirr und Besteck aufbewahrt hatten. Nur den langen Tisch gegenüber dem Herd mitsamt der Eckbank und den Holzstühlen hatte sie erst vor ein paar Jahren schreinern lassen. Wie jeden Tag nach dem Abendmelken hatten hier gerade noch ihre drei Mitarbeiter schweigend Wurstbrote und Eintopf verzehrt. Es wurde nie viel gesprochen während dieser Essenspausen. Kurt, gelernter Landwirt und Eigenbrötler, war ohnehin wortkarg, und die beiden Stallhelfer sprachen kaum ein Wort Deutsch. Der Jüngere, Gregori, stammte aus der Ukraine, und Baschtel, der auf die siebzig zuging, war Pole. Er hatte schon für die alten Bauern gearbeitet und stand Hanne zur Seite, seit sie den Hof hatte übernehmen müssen. Sie schätzte sein Improvisationstalent und seine stoische Ruhe. Wann immer sie Unterstützung brauchte, wandte sie sich als Erstes an ihn. Zwischen ihnen hatte sich im Laufe der Zeit ein Vertrauensverhältnis entwickelt, das ohne viel Worte auskam. Erst kürzlich hatte Baschtel ihr eine sehr scharfe, sehr fette Dauerwurst aus Polen mitgebracht, ein Gunstbeweis, der sie gerührt hatte. Im Gegenzug hatte sie ihm einen Becher mit seinem Namen darauf geschenkt,

den er seither mit vorsichtiger Andacht bei jeder Mahlzeit benutzte.
Hanne sortierte das restliche Geschirr in die Spülmaschine, zog die Ärmel ihres Pullovers glatt, die sie während der Küchenarbeit hochgekrempelt hatte, und beugte sich über Lilly, die ihr erwartungsfroh die Ärmchen entgegenreckte.
»Du hast schon wieder zugenommen, kleiner Mops«, flachste sie, als sie das Kind zu sich hochzog. Um ihren ständig schmerzenden Rücken zu entlasten, setzte sie Lilly auf ihre linke Hüfte und legte fest den Arm um sie. »Erst alles abschließen«, flüsterte sie ihr ins Ohr.
Die Küche hatte zwei Ausgänge. Der eine führte zur sogenannten Schleuse, einem Durchgangszimmer, in dem jeder, der draußen vom Hof kam, Kleidung und Schuhe wechseln und sich an einem Waschbecken Hände und Gesicht reinigen musste. Hanne pochte unerbittlich auf das Einhalten dieser Regelung. Obwohl sie auf dem Hof aufgewachsen war, peinigte sie der scharfe Geruch nach Kuhstall und Gülle, der sich in Haaren und Kleidung festsetzte und, wenn sie nicht aufpasste, in jeder Ritze des Hauses.
Sie verschloss die Tür und wandte sich der schräg gegenüberliegenden zweiten zu, die in eine Diele und von dort über eine Treppe in ihre Wohnung führte. Gerade weil ihr Leben sich hauptsächlich auf

dem Hof und in der Küche abspielte, hatte sie viel Energie und Sorgfalt in ihr Refugium investiert, hatte es, soweit das ihre sehr begrenzten Mittel erlaubten, renoviert und eingerichtet. Schritt für Schritt, geduldig und zielstrebig. Als Letztes hatte sie, um zusätzlichen Platz zu gewinnen, den Wintergarten umfunktioniert in ein Arbeitszimmer.

Das war vor vier Monaten gewesen, als Lilly in ihr Leben getreten war. Deren Zimmer lag gleich links neben der Treppe. Hanne hatte es hellblau gestrichen und über dem Kinderbett unter der Dachschräge einen Sternenhimmel gemalt. Als sie eintrat, klimperten die Glasperlen des Mobiles, das vor dem Fenster hing. Sie trug Lilly zu der Spielecke, in der allerlei Rasseln, Klötze und Stofftiere ausgebreitet waren, und setzte sie auf eine Decke. Ihre gemeinsame, ganz private Stunde konnte beginnen. Sie lief zur Kommode und holte das Foto.

4

In Valentins Haus war es totenstill. Es war ein einsames, verlassenes Haus. Aber noch bewahrte es wie zum Trotz die Erinnerungen an seine einstigen Bewohner. John stand in dem dunklen Flur, und noch ehe Vera das Licht einschaltete, erschnupperte er Staub, Pfeifenrauch, Farbe und etwas Süßliches. Ihm schien, als lägen alle Gerüche, die das Haus in sich aufgenommen hatte, wie Scheibenkäse übereinander und warteten nur darauf, voneinander abgelöst zu werden, um ihre jeweils eigene Geschichte offenbaren zu können. Vera hatte sich von innen gegen die Eingangstür gelehnt, ihr Arm tastete suchend an der Wand entlang, bis sie endlich den Schalter fand. Das grell aufflammende Neonlicht ließ sie beide zusammenzucken.

»Grauenvoll«, entfuhr es John. Der längliche Hausflur samt der Treppe, die in die erste Etage führte, war komplett schwarz lackiert. »Ich fühle mich wie in einem Sarg. Ist es hier passiert?«

Vera löste sich widerwillig von der Tür, taumelte ein paar Schritte nach vorn und fand neuen Halt am Treppengeländer. »Passiert? Was? Ach, du meinst, ob Valentin hier …, nein, obwohl es praktischer gewesen wäre.« Sie kicherte. »Dann hätte man ihn nicht von ganz oben herunterschleppen müssen.«
John presste die Lippen aufeinander und fasste sie am Arm. »Bitte, zeig mir, wo Valentin gestorben ist.«
Sie stolperten die Treppe hinauf und gelangten in einen Wohnraum, der fast die gesamte Länge des Hauses einnahm. Sie durchquerten ihn zur Hälfte, um an den nächsten Treppenabsatz zu gelangen, der in die oberste Etage führte. »Da hinauf?«, fragte John leise. Vera nickte zerstreut, als hätte sie vergessen, worum es überhaupt ging. Er zog sie mit sich. Sie kamen in einen großen Raum, der zur Hälfte unter einer verglasten Dachschräge lag. In seiner Mitte stand ein überdimensional großer Arbeitstisch aus grobem, hellem Holz, auf dem Tuben, Töpfe, Pinsel, Lappen und Zeichenpapier lagen. Unter der Dachschräge entdeckte John zwei Staffeleien, über und über mit Farbe bekleckst, aber ohne Leinwand, an den Wänden lehnten gerahmte und ungerahmte Bilder. John nahm sich vor, sie später anzusehen. Vera würde nicht mehr lange durchhalten.
»Hier?«, fragte er. Sie schüttelte den Kopf und streckte ihren mageren Arm zu einer schmalen,

niedrigen Tür, die ihm noch nicht aufgefallen war. Sie lag halb versteckt hinter einem Regal, auf dem sich Mappen und Kartons stapelten. Als er sie öffnete, musste er den Kopf einziehen, um den dahinterliegenden Raum betreten zu können. Er hatte eine Abstellkammer erwartet, tatsächlich aber fand er sich in einem komfortablen Badezimmer wieder. Vera war ihm auf unsicheren Beinen gefolgt und stützte sich auf einem der zwei Waschbecken auf.

»Nun sag doch endlich was«, bat er sie beinahe flehentlich. Begriff sie denn nicht, wie nahe ihm das alles ging?

Sie starrte mit großen, leeren Augen auf die runde Wanne. »Valentin wollte unbedingt dieses Monster einbauen, fand er wohl schick. Für zwei, du verstehst schon.« Sie kicherte wieder, aber ihre Augen blieben stumpf. »Und dann ist er nicht mehr rausgekommen. Zu hoch, zu schräg, zu glitschig. Unpraktisch, sich gerade da seinen Herzinfarkt zu nehmen. Ich bin müde.«

Ehe John reagieren konnte, sackte sie in sich zusammen und blieb mit zusammengeklappten Beinen, den Kopf auf den Knien, zu seinen Füßen liegen. Er schloss die Augen und versuchte, tief durchzuatmen. Da stand er nun in einem dunklen, ihm völlig fremden Haus, vor ihm lag die alkoholisierte Witwe seines toten Freundes, und wenn er die Augen öffnete, würde er zwangsläufig die Stelle sehen, wo Va-

lentin gestorben war. John versuchte, den Gemütszustand zu benennen, in dem er sich befand, aber das war nicht so einfach. Er lag irgendwo zwischen aufgebracht, erschüttert, ratlos und entschlossen. Entschlossen, herauszufinden, was mit den beiden Kerners passiert war. Mit Vera, die sich bis zur Unkenntlichkeit verändert hatte, und mit Valentin, der zuletzt zwischen schwarzen Wänden gehaust hatte.
Er beugte sich zu Vera hinunter und hob sie sacht hoch, sie wog kaum mehr als ein Kind. Ihr Kopf schaukelte hin und her und landete schließlich auf seiner Schulter. So lag sie noch, als John sie in ihr Haus zurücktrug. Mit Beklemmung stellte er fest, dass die Haustür weit offen stand. Er legte Vera auf die Wohnzimmercouch und vergewisserte sich, dass niemand eingedrungen war.
Das Haus war anders aufgeteilt als sein Pendant. Hier befand sich das Wohnzimmer unten, Küche und Esszimmer waren im ersten Stock, und im zweiten, wo nebenan Valentins Atelier war, verfügte Vera über zwei Schlafräume, die durch ein Bad miteinander verbunden waren. Vera schien allerdings nur eines der Zimmer im Dachgeschoss zu nutzen, das andere war vollgestellt mit undefinierbarem Gerümpel. Veras Schlafzimmer war unordentlich, das Bett zerdrückt, Kleidungsstücke lagen lieblos auf dem Boden verstreut. Als John eine Decke vom Bett zog, stießen seine Schuhspitzen gegen etwas Festes.

Er bückte sich und entdeckte unter dem Bett eine Batterie leerer und voller Weinflaschen. Der Analyse seines gemischten Gemütszustands fügte er daraufhin noch ein »bestürzt« hinzu. Unten auf der Couch lag Vera noch immer in der gleichen Haltung. Er breitete die Decke über sie, ließ die Lampe im Flur brennen und verließ das Haus.
Die Nacht war so schwarz, wie es nur eine Moornacht sein kann, noch beängstigender aber war die absolute Stille. John überstieg wieder die Rabatten, schlich auf Zehenspitzen zu Valentins Eingang, zog, wie er es zuvor bei Vera gesehen hatte, den Schlüssel hinter dem Briefkastenschlitz hervor und schloss so schnell er konnte auf, um dieser stillen, klammen Schwärze zu entkommen, die da draußen alles umgab. Irgendwo in diesem Haus würde er einen Platz zum Schlafen finden, und morgen, wenn es hell wurde, würde er wissen, ob er bleiben oder fliehen wollte.

5

Er erwachte mit dem süßlichen Geruch in der Nase, den er schon am Abend zuvor beim Eintreten bemerkt hatte, aber der Geruch war intensiver, unmittelbarer. Er hing in dem Bett, in dem John geschlafen hatte, verteilte sich über Kopfkissen und Bettwäsche und schien sich fortzusetzen zu dem Nachttischchen, dessen Fläche gerade genug Platz bot für eine Leselampe und einen elektrischen Wecker.

Es war schon nach neun, und der heutige Tag versprach heller und freundlicher zu werden als der gestrige. John schlug die Decke zurück. Ein Parfum, schoss es ihm durch den Kopf, es roch wie ein edles, schweres Parfum. Er sah sich um und erkannte erst jetzt bei Tageslicht, dass er sich offensichtlich in dem Schlafzimmer einer Frau befand. Bett und Tisch waren weiß lackiert und mit Gräsern und Blumen bemalt, die ihn an die Malerei in der Kirche erinnerten. An der gegenüberliegenden Wand stand neben einer ebenfalls bemalten kleinen Kommode eine mobile Garderobe, auf der einige Kleidungsstücke über Bügeln hingen. John sah sie sich genauer an. Praktische Alltagskleidung war das nicht, zwei zipfelige lange Röcke, eine Bluse mit roten Bordüren, ein weißes Sommerkleid, ebenfalls lang, ein geflochtener Ledergürtel. Keines dieser Kleidungsstücke entsprach auch nur im Entferntesten Veras Geschmack und Stil. Es konnten nicht ihre Sachen sein. Das Gleiche galt für den Schmuck, der auf der kleinen Kommode lag. Ein Armband aus bunten Perlen, eine lange Bernsteinkette, drei Silberringe, eine Lederschnur, an der ein klotziger, silbern glänzender Anhänger befestigt war.

John zögerte, die zwei Schubladen unter der Ablage zu öffnen. Er war im Begriff, unerlaubt und ungebeten in Valentins Privatsphäre einzudringen, die zu schützen sein Freund nicht mehr in der Lage war, die er aber offenkundig hatte schützen wollen. Unschlüssig zog John die Hand zurück.

Valentin hatte also eine Frau hier im Haus gehabt, die nicht seine war. Na und? So etwas kam vor, ungewöhnlich war das keinesfalls, nicht einmal mehr befremdlich. Befremdlich war allerdings, dass es – ein halbes Jahr nach Valentins Tod – noch immer nach ihr roch, als sei sie gerade erst hier gewesen.

John gab sich einen Ruck und öffnete nun doch die

Schubladen. Sie waren leer bis auf ein Foto in der unteren Lade – das postkartengroße Bild der Frau mit dem Baby. Überrascht und erschrocken taumelte er zwei Schritte zurück, fing sich, versuchte, seine Gedankenfetzen zu ordnen. Wer hatte das Foto dort abgelegt? Oder hatte es Valentin gehört und war einfach vergessen worden? Nein, diesen Gedanken verwarf John sofort. Es konnte kein Zufall sein, dass er innerhalb weniger Stunden zwei Mal auf das gleiche Foto stieß. Oder gestoßen wurde? Hirngespinste, sagte er sich. Niemand wusste, dass er in Valentins Haus war – es sei denn, jemand hätte jeden seiner Schritte verfolgt. Unsicher sah er sich nach allen Seiten um, lauschte. Unsinn, er machte sich nur selbst verrückt. Wahrscheinlich war doch alles nur ein blöder Zufall.
Er trat auf die Kommode zu und griff sich das Foto, betrachtete es, wendete es – und erstarrte. Auf der Rückseite war eine Notiz in der Schrift, die er schon kannte. Es war nur eine Zeile: *J. M.: Mittwoch, 3. Oktober, selbe Stelle.* Sein Verstand brauchte eine Weile, bis er bereit war, das Offenkundige zu akzeptieren. Das Foto war nicht zufällig in die Schublade geraten, genauso wenig wie der intensive Parfumgeruch ein Zufall war. All das galt ihm, das hatte sie inszeniert, die Unbekannte, die es offenbar verstand, sich unsichtbar zu machen. Sie musste ihn beobachtet haben, wie anders hätte sie wissen können, dass

er hier im Haus war. Sie war sogar davon ausgegangen, dass er neugierig genug sein würde, die Schubladen zu öffnen. John fühlte sich ertappt, beschämt und unbehaglich. Wie betäubt verharrte er minutenlang, unfähig, etwas anderes zu denken als: Sie war hier. Während ich schlief, war sie hier. Und sie kennt mich. Woher?

Dass die Zeile auf der Rückseite des Fotos ihm galt, war unverkennbar: Seine Initialen standen darauf, und auch das Datum passte. Heute war der dritte Oktober.

Wie lange Vera schon dagestanden und ihn beobachtet hatte, wusste er nicht. Er nahm sie erst wahr, als er sich umdrehte. Sie trug einen makellosen braunen Hosenanzug, darunter einen weißen Rollkragenpullover, die schwarze Perle ihrer doppelreihigen Halskette saß exakt in der Mitte. Sollte der gestrige Abend Spuren in ihrem Gesicht hinterlassen haben, so waren sie unter einem diskreten Make-up verborgen.

»Ich habe deinen Wagen vor der Tür gesehen«, sagte sie, »da dachte ich mir schon, dass du hier herumschnüffelst. Und, hast du gefunden, wonach du gesucht hast?«

John hob entschuldigend die Hände. Immerhin hatte er ohne ihr Wissen hier übernachtet. »Ich war nicht mehr fahrtüchtig, und du warst plötzlich nicht mehr ansprechbar. Also habe ich dich rübergebracht und mich selbst hier schlafen gelegt. Aber geschnüffelt habe ich nicht.«

»Und was ist das da?« Vera ging auf die halboffenen Schubladen zu, stutzte und zog dann die Karte heraus, die John im ersten Entsetzen dorthin zurückgelegt hatte. Er wollte sie Vera wegnehmen, aber die hatte bereits die Zeile auf der Rückseite gelesen, wendete die Karte wieder und betrachtete erneut das Foto. »Falls du mit J. M. gemeint bist, dann hat also Paula Modersohn-Becker heute mit dir eine Verabredung«, sagte sie leise.

»Die Malerin?« Er deutete auf das Foto. »Ist sie das?«

Vera nickte. Sie schien es zu vermeiden, ihn anzusehen. »Ja, das ist sie, zusammen mit ihrem neugeborenen Baby. Das Foto kennt doch jeder.«

»Hier vielleicht. Ich kenne es jedenfalls nicht.« John drehte sie an den Schultern zu sich um. Ihm war klargeworden, dass sie an seinem Verstand zweifeln musste. »Vera, hör mir bitte zu. Natürlich bin ich nicht mit Paula Modersohn verabredet. Die Frau ist seit langem tot. Das weiß sogar ein Kunstbanause wie ich. Was es mit dieser Karte auf sich hat, weiß ich nicht. Überhaupt scheine ich einiges nicht zu wissen – zum Beispiel über dieses Zimmer hier und seine Bewohnerin.«

Vera wahrte mühsam die Fassung. »Lass es, wie es ist«, stammelte sie, »um Himmels willen, ich habe genug durchgemacht. Lass die Vergangenheit ruhen.« Mit diesen Worten drehte sie sich um und stürmte hinaus.

»Vera, warte, wir müssen reden. Vera!«, rief er ihr hinterher, aber da hörte er schon die Haustür nebenan zuschlagen. Sie hatte sich ihm entzogen.

6

Wäre der dritte Oktober kein Feiertag gewesen, dann hätte John sicherlich seinem Fluchtinstinkt gehorcht, hätte sich umgehend ins Auto gesetzt und wäre davongefahren. Es gab noch eine Menge zu regeln und zu erledigen in Hamburg. Noch hatte er seine Existenz dort nicht komplett abgewickelt. Aber es war nun einmal ein Feiertag, ein toter Tag für Erledigungen. Seine Entscheidung, ein weiteres Mal zu Valentins Grab zu gehen, beruhte also auf der nüchternen Tatsache, dass er Zeit hatte. So jedenfalls würde er sich später selbst erklären, wieso er der Aufforderung der Unbekannten gefolgt war. *J. M.: Mittwoch, 3. Oktober, selbe Stelle.*

Er sah den Unterschied sofort. Da, wo er gestern die Erde mit der Schaufel glattgeklopft hatte, war sie heute aufgelockert zu einem kleinen Hügel, in dessen Mitte eine Rose steckte. Die Schaufel, die er achtlos hinter dem Grabstein hatte liegen lassen, lag dort noch immer. Er nahm sie ohne Hast auf und wunderte sich, wie ruhig er war. Dieses Mal musste er nicht tief graben, ehe er fündig wurde. Dicht unter der aufgeschütteten Erde lag etwas Viereckiges, wieder fest mit einer dicken Schicht Folie umwickelt. Er nahm es heraus, schüttelte es und trug es mit spitzen Fingern an anderen Gräbern vorbei zum Vorplatz der Kirche, wo er die Umhüllung entfernte und sich dann, trotz der Kälte, auf eine Bank neben dem grünen Portal setzte.

Mit wachsendem Widerwillen betrachtete er den neuesten Fund, eine Kunstkarte, das gemalte Porträt einer Frau mit großen Augen unter schweren Lidern. Nicht schon wieder, dachte er, zwang sich aber, zuerst das Bild genau anzusehen, bevor er sich von einer neuerlichen bizarren Mitteilung ablenken ließ, die er auf der Rückseite vermutete. Die Frau auf dem Gemälde wirkte erden, fast bäuerlich. Vielleicht lag das an den Farben, die das Bild dominierten: dunkles Grün, mattes Blau, gedämpftes Rot und Ocker. Sie sah den Betrachter an, mit einem Blick, der John schon von dem Foto her bekannt war. Der Blick enthielt Skepsis, Stolz, aber auch Resignation. In der erhobenen linken Hand hielt sie zwei Blumen hoch, deren Blütenköpfe als schmutzig rote Kleckse gemalt waren. Überhaupt hatte der Maler – oder die Malerin, wie John ahnungsvoll annahm – auf alles Liebliche, Schmeichelnde verzichtet. Konnte man das schon plakativ nennen? Valentin hätte dazu etwas Kluges sagen können, dachte John, er selbst aber hatte sich nie für Malerei interessiert. Seine Kriterien verzichteten auf jeden theoretischen Überbau: Ein Bild gefiel ihm, oder es gefiel ihm nicht. Dieses hier gefiel ihm einerseits nicht, weil es für seinen Geschmack zu plakativ war, und andererseits doch, weil es eine Stimmung vermittelte. Diese Frau, so schien ihm, war nicht glücklich.

Er drehte die Karte um. Na also, eine Botschaft, wie er erwartet hatte, wieder in den schon fast vertrauten kleinen Druckbuchstaben. Obwohl die Kälte an den Beinen hinaufzog, blieb er sitzen und las.

Neugierig geworden, J.M.? Du kannst mich nicht hindern zu tun, was ich tun muss. Aber Du willst es versuchen. Richtig? Also, spielen wir das Spiel. Ich helfe Dir sogar. Siehst Du die zwei Blumen in ihrer Hand? Für jeden, der es verdient hat, eine. Ein Datum hast Du schon. Es steht für den Abschluss. Bis dahin werden beide Blumen vergeben sein, und meine Mission ist erfüllt.

Jage mich. Ich lache jetzt schon.

Bis bald

John stand auf, sein Atem flog in gefrorenen Wölkchen davon, seine Zehen spürte er kaum noch. Hin- und herlaufend betrachtete er noch einmal Bild und Botschaft und einen Aufdruck links oben auf der Rückseite, dem er entnahm, dass Paula Modersohn das *Selbstbildnis mit zwei Blumen in der Hand* gemalt hatte. Er war nicht überrascht. Wieso aber alle Hinweise zu ihr führten, war ihm schleierhaft. War es ihm auch gleichgültig? Das hätte er nicht zu sagen gewusst.

Während er auf sein Auto am Fuße des Hangs zuging, versuchte er, zu einer Entscheidung zu kommen. Fest stand, dass er zu einem makabren Spiel aufgefordert wurde, vermutlich von Valentins Mitbewohnerin mit der Vorliebe für schweres Parfum. Alles sah danach aus, als käme sie mit ihrer Rolle als rechtlose Ex-Freundin, vielleicht auch mit Valentins Tod, nicht zurecht, und flüchtete sich deswegen in hysterisch-infantile Phantasien. Dass sie seinen Namen kannte, gefiel ihm nicht, aber es wunderte ihn auch nicht. Denkbar, dass Valentin hin und wieder von ihm gesprochen hatte, wahrscheinlich hatte sie auch das eine oder andere Foto gesehen. Gestern musste sie schon auf dem Friedhof gewesen sein, als er dort ankam. Als er am Grab stand, hatte sie ihn beobachtet, verborgen hinter einem der vielen Bäume und Sträucher, und erst da war ihr die Idee zu diesem verrückten Spiel gekommen. Eine andere Erklärung gab es nicht.

Wenn er sich doch nur erinnern könnte, wer außer der Gärtnerin ihm noch begegnet war. Aber sosehr er sich auch bemühte, er sah nur Valentins Grab vor sich, alles andere blieb schemenhaft. Andererseits war das nicht mehr wichtig. Die Absenderin der

verschrobenen Botschaften sollte sehen, wie sie zurechtkam, er ließ sich da nicht hineinziehen.
John hatte sein Auto erreicht und sah sich noch einmal suchend um. Gefolgt war ihm jedenfalls niemand. Ärgerlich startete er den Wagen. Er hatte genug von Valentins hinterlassenen Frauen, er würde weder Vera noch die andere je wieder zur Kenntnis nehmen. Gleichzeitig aber nahm er sich vor, mehr, wenn möglich alles, über Valentins letztes Lebensjahr in Erfahrung zu bringen.
Er rollte die Bergstraße hinunter, bog in die Findorffstraße ein und beschleunigte. Als er die Ortsgrenze hinter sich ließ, wusste er, wo er mit der Suche beginnen würde.
Er hatte es jetzt eilig, nach Hamburg zu kommen, in die kleine Pension garni an der Rothenbaumchaussee, in der er wohnen würde, bis er alles geordnet, sortiert und erledigt hatte. Seine Wohnung in Alsterdorf hatte er bereits gekündigt und ausgeräumt, die Möbel lagerten in einer Spedition, am vierzehnten Dezember würden sie verschifft werden. Zehn Tage vor Weihnachten.
John wischte sich über die Augen. Ihm war zum Heulen. Er stellte das Radio lauter und versuchte, sich auf das Wesentliche zu konzentrieren. Morgen war bereits Donnerstag, nur noch zwei Werktage bis zum Wochenende, vor dessen gähnender Leere er sich fürchtete. Dabei war es seine eigene, ganz be-

wusste Entscheidung gewesen, niemandem aus seinem Bekannten- und Kollegenkreis mitzuteilen, dass er wieder im Lande war. Den Abschied hatte er bereits Anfang des Jahres vollzogen. Am dritten Februar, seinem fünfundvierzigsten Geburtstag, hatte er eine Party in seiner leergeräumten Wohnung gegeben und alle noch einmal um sich versammelt, die ihm im Laufe der Jahre wichtig geworden waren. Alle, bis auf Valentin. Er war einfach nicht erschienen, ohne Begründung, ohne Absage.
Im Radio wummerte eine Metallicband, John spürte, wie Wut und Aggressionen in ihm hochspülten. Wut darauf, dass er eine Stadt verlassen musste, die er mochte und in der er hatte alt werden wollen, Wut auf all jene, die er dafür verantwortlich machte, auf Politiker, die Kliniken und Ambulanzen an renditegeile Privatinvestoren verschacherten, Wut auf die Unfähigkeit der Medien, die richtigen Fragen dazu zu stellen, Wut auf eine Gesellschaft, die es achselzuckend hinnahm, dass eine Kaste von Schaumschlägern ihr beispielhaftes Gesundheitssystem schredderte und jährlich Tausende Ärzte in andere Berufe oder ins Ausland trieb.
John schaltete das Radio aus, vor ihm lag der Hamburger Hafen mit seinen hochragenden Kränen. Er überlegte, ob er bis zu den Landungsbrücken fahren sollte, um in einem der vielen kleinen portugiesischen Restaurants einen Happen zu essen, entschied

sich aber dagegen. Es würde seine Stimmung kaum heben, an einem schmuddeligen, kalten Tag mutterseelenallein durch die engen Gassen rund um den Michel zu stapfen und schweigend eine Fischsuppe zu löffeln. So bog er also rechts ab, fuhr durch den Tunnel Richtung Dammtorbahnhof und von dort bis zur Rothenbaumchaussee.

Die Pension befand sich in der dritten Etage einer denkmalgeschützten ehemaligen Reederei, die von einem Investor vor ein paar Jahren kostspielig restauriert und mit dem Namen »Reeders House« versehen worden war. Ein stilvoller Wohnsitz zum Abschluss, fand John. Dass sein Budget das noch hergab, verdankte er dem Verkauf einiger Gerätschaften aus seiner Praxis. Noch immer war dort nicht alles aussortiert. Da in vier Wochen der Mietvertrag auslief, musste er sich in den nächsten Tagen mit Nachdruck darum kümmern.

Dem Feiertag war es zu verdanken, dass er direkt vor der Tür der Pension einen Parkplatz fand, an Werktagen ein Ding der Unmöglichkeit. Er nahm sein Gepäck aus dem Kofferraum, und während er auf den Eingang mit der ausladend geschwungenen Steintreppe zulief, sah er in seiner Erinnerung Valentin vor sich, wie er aus diesem Eingang trat. Drei, höchstens vier Jahre mochte das her sein. Es war ein Zufall gewesen, dass sie sich an jenem Abend an dieser Stelle begegnet waren. Er war gerade aus dem

Bus gestiegen und auf dem Weg zum »Café Leonar«, als er Valentin entdeckte. Damals hatte er sich gewundert, wie ungewöhnlich wortreich Valentin ihm erklärte, er habe mal wieder einen auswärtigen Kollegen in dem kleinen Etagenhotel untergebracht, das käme öfter vor, eine gute Adresse, sehr empfehlenswert, aber nur auf Spesen, denn billig sei es gerade nicht. Valentin hatte hastig gesprochen und sich hastig verabschiedet. John sah ihn vor sich, die hochaufgeschossene schlaksige Figur, das glatte blonde Haar, von dem meist einige Strähnen ins Gesicht fielen, und vor allem die hellen Augen, die ständig in Bewegung zu sein schienen.
John stellte seine zwei Koffer auf der obersten Treppenstufe ab. Ohne Valentins Empfehlung jedenfalls hätte er nicht hier gebucht, und in einem konnte er Valentin schon jetzt zustimmen: Es war eine gute Adresse. Die Rothenbaumchaussee grenzte direkt an das belebte Univiertel. John mochte die Atmosphäre rund um Grindelallee und Grindelhof, mochte die bunten Läden, die Cafés und Kneipen. Wann immer er konnte, war er mittwochabends hierhergefahren, um einen Film im Abaton anzusehen, dem Kultkino für Studenten und Intellektuelle. Oft war Valentin dazugekommen, und sie waren danach noch essen gegangen.
Jahrhunderte schien das her. Er überlegte, wann sie sich das letzte Mal im Abaton getroffen hatten. Es

dürfte etwa ein halbes Jahr vor Valentins Umzug nach Worpswede gewesen sein, ein Treffen, an das er nicht gerne zurückdachte. Valentin war zerstreut und abweisend gewesen, und er selbst hatte den Kopf voll gehabt mit eigenen Problemen. Zurückblickend erkannte er, dass sie an jenem Abend begannen, sich voneinander zu entfernen. Sie hatten sich nie wiedergesehen, eine Wunde, die ihn bis heute schmerzte. Vielleicht hatte er sich einen endgültigen, sauberen Abschied erhofft durch seinen Besuch an Valentins Grab. Doch diese Hoffnung hatten die Erlebnisse dort zunichte gemacht. Er griff in seine Brusttasche und tastete nach dem Papier mit den unseligen Mitteilungen einer Frau, von der er bis gestern noch nichts gewusst hatte. Und was wusste er von Valentin?

John stemmte sich gegen die wuchtige Eingangstür. Ja, sein Entschluss war richtig. Er musste mehr erfahren von Valentins anderem Leben, um sich endgültig von ihm verabschieden zu können.

7

Das Notariat am Jungfernstieg befand sich in einer prachtvollen, schneeweißen Patriziervilla vor der nicht minder prachtvollen Kulisse der Binnenalster. John erinnerte sich, wie Valentin es genossen hatte, sich aus seinem Bürofenster zu lehnen und den Blick schweifen zu lassen über die Binnenalster, weiter zur Kennedybrücke, hinter der sich die Außenalster öffnete, an ihrem Ufer begrenzt durch das Grün der Parkanlagen und Gärten mit den dahinterliegenden Villen.

John hatte einen halblegalen Parkplatz gegenüber dem Hotel »Vier Jahreszeiten« ergattert und überquerte den Jungfernstieg von der Wasserseite her.

Valentins ehemalige Kanzlei lag in der vierten Etage. Noch vor wenigen Jahren hatte ein Paternoster so stilvoll wie zuverlässig Besucher und Mitarbeiter befördert, bis irgendeine EU-Norm auch hier dafür sorgte, dass Unverwechselbares verschwand, um durch Austauschbares ersetzt zu werden. John be-

trat einen der beiden Aufzüge – der andere war wegen Wartungsarbeiten außer Betrieb – und surrte nach oben. Neben einer gläsernen Etagentür, durch die hindurch er einen Tresen und mehrere Sitzgruppen aus cognacfarbenen Ledersesseln ausmachte, prangte das silberglänzende Firmenschild mit fünf Namen. Zwei mehr als zu Valentins Zeiten, dachte John, die Geschäfte schienen gut zu laufen.
Auf sein Läuten hin erschien eine junge Frau mit einem geschulten Lächeln und führte ihn zu Dr. Heinrich von Zahn.
John wurde schon erwartet. Der Anwalt kam hinter seinem Schreibtisch hervor, schüttelte ihm die Hand und deutete auf einen zierlichen schwarzen Designersessel, während er selbst wieder hinter seinem Schreibtisch Platz nahm. »Tja, Valentin Kerner«, sagte er, und es klang wie ein leises Stöhnen. »Seit ich Ihren Anruf heute Vormittag erhalten habe, muss ich immer wieder an ihn denken. Man war sich ja doch viele Jahre verbunden. Wie geht es Vera?«
»Sie ist abgemagert, unglücklich und säuft.« John hatte nicht die Absicht, seine Zeit mit Smalltalk zu verplempern, sondern zog es vor, zur Sache zu kommen.
Von Zahn zog die Augenbrauen hoch. »Sie mögen Vera nicht.«
»Nicht, wie sie jetzt ist, nein. Aber auch vorher hatte ich keinen Zugang zu ihr, sie war oft angespannt.

Meine Freundschaft zu Valentin hatte wenig mit Vera zu tun.« John stand auf, ging zum Fenster und zeigte zur Alster hinüber. »Unzählige Male sind wir dort gemeinsam gelaufen, bis uns der Schweiß aus den Haaren lief. Und im Sommer haben wir manchmal abends nach der Arbeit noch einmal die Leinen losgemacht und sind ein, zwei Stunden gesegelt. Was ist eigentlich aus seiner Jolle geworden?«

»Valentin hat sie verkauft, vielleicht sogar verramscht. Er wollte nur wenig von hier mitnehmen in sein neues Leben.« Der Anwalt räusperte sich. Es geht ihm nahe, dachte John, das macht ihn sympathisch. Bisher hatte er sich kaum ein Bild von dem Mann machen können, hatte ihn höchstens vier- oder fünfmal kurz getroffen. Seltsam, es war ihm nie sonderlich aufgefallen und hatte ihn auch nicht gestört, dass er zu Valentins beruflichem und privatem Kreis so gut wie keinen Kontakt hatte. Er hatte das immer auf seine starke berufliche Beanspruchung geschoben. Wann hatte er denn schon Zeit gehabt? Aber wenn er die Zeit fand, dann hatten sie sich zu zweit getroffen und waren für sich geblieben, beim Laufen, beim Segeln, bei ihren ausgiebigen Gesprächen nach den Abaton-Besuchen.

Fast zwanzig Jahre lang hatten sie das so gehalten. Nicht einmal ihre Frauen hatten Zugang gehabt, nur selten hatte man sich zu einem Abend zu viert getroffen. Oder zu dritt, korrigierte John sich schnell, denn er selbst hatte es nur auf bescheidene drei Ehejahre gebracht. Länger hatte Inken keine Lust gehabt auf einen Mann, der mehr mit seinem Beruf als mit ihr verheiratet war. Und er hatte keine Lust mehr gehabt auf ihre Vorwürfe. Sie waren wohl beide nicht sonderlich ehetauglich, ihre Scheidung war die logische Konsequenz daraus. Seither gelang es ihnen, friedlich miteinander umzugehen, friedlicher als während ihrer kurzen Ehe. Zu seiner Abschiedsfeier war Inken gut gelaunt erschienen, und er hatte sich darüber gefreut.

Johns Gedanken kehrten zu Valentin zurück, er wandte sich vom Fenster ab und setzte sich wieder. »Sein neues Leben«, sagte er und nahm damit den Gesprächsfaden auf, »eben deshalb bin ich hier. Ich möchte Ihnen etwas anvertrauen, womit ich alleine nicht zurechtkomme, weil ich es nicht einordnen kann. Vielleicht können Sie mir weiterhelfen.«

Heinrich von Zahn lehnte sich zurück, spreizte die Finger gegeneinander und signalisierte so, dass er bereit war. John erzählte ihm alles, was sich in Worpswede ereignet hatte. Er begann mit seinem ersten Besuch am Grab, schilderte die Begegnung mit Vera und besonders ausführlich das Frauenschlafzimmer in Valentins Atelier samt dem Inhalt der Schublade, und er endete schließlich mit der zweiten Grabbeigabe. Aus der Innentasche seines Mantels holte er sowohl die Kopie des Fotos von

Paula Modersohn-Becker mit ihrem Neugeborenen hervor, die er in der Schublade gefunden hatte, als auch das *Selbstbildnis mit zwei Blumen in der Hand.*
»Das müssen Sie sich ansehen. Verrückt.« Er schob Karte und Foto über den Schreibtisch.
Heinrich von Zahn rückte seine Brille zurecht und beugte sich vor. Er war der Senior der Kanzlei, Valentin hatte gelegentlich über Zahns ausgeprägten Sinn für Pünktlichkeit und korrekte Kleidung gelästert, hatte aber andererseits dessen kluge Besonnenheit geschätzt. Auf die hoffte nun auch John. »Ich vermute«, sagte er, als der Anwalt noch immer schwieg, »dass die Frau aus dem Atelier diesen durchgeknallten Quatsch geschrieben hat. Das liegt doch nahe. Zumal ich ihr Parfum gerochen habe, nachdem sie nachts im Haus herumgeschlichen ist.«
Heinrich von Zahn richtete sich auf und klopfte mit dem Zeigefinger auf das Selbstbildnis mit zwei Blumen in der Hand. »Was meint sie mit: *Ein Datum hast Du schon?*«, fragte er, ohne auf Johns Vermutung einzugehen, »haben Sie denn ein Datum?«
»Na ja, ich weiß nicht. Zuerst dachte ich an den dritten Oktober, weil der auf dem Foto aus der Schublade vermerkt ist. Aber dann fiel mir wieder ein, dass auf dem ersten Foto, dem aus dem Grab, auch ein Datum stand.«
»Welches?« Von Zahns Stimme klang nun eine Spur

schärfer. John hob die Hände, ließ sie aber wieder sinken. Für Demutsgesten gab es keinen Anlass. Er hatte das verdammte Datum vergessen, aber die Drohungen hatte schließlich nicht er ausgestoßen, sondern Valentins Nebenfrau. Daran hatte er inzwischen keinen Zweifel mehr. Wer also war diese Nebenfrau? Das war doch die Frage.

»Ich weiß das Datum nicht mehr«, antwortete er wahrheitsgemäß, »und da ich das Zeug beim ersten Mal wieder verbuddelt habe, werde ich es auch nie wissen. Aber wahrscheinlich ist das auch nicht wichtig. Man muss diese Frau ausfindig machen und dafür sorgen, dass sie mit dem Unsinn aufhört, dann ist Ruhe. Ich hatte gehofft, dass Sie vielleicht wissen, wer sie sein könnte. Sie waren doch früher täglich mit Valentin zusammen. Wissen Sie etwas von einer Freundin?«

»Selbst wenn. Sie müsste nicht automatisch identisch sein mit der Schreiberin dieser Zeilen.« Von Zahn deutete auf die vor ihm liegenden Zettel.

John horchte auf. Der Mann wich aus, er wusste etwas. »Hören Sie«, entgegnete er deshalb, »wir gehören beide Berufen an, die uns zur Diskretion verpflichten. Sie können also mein Verständnis voraussetzen. Wen aber wollen Sie in diesem speziellen Fall mit Ihrem Schweigen schützen? Valentin ist tot, der braucht keinen Schutz mehr, und was ist mit den Lebenden? Ich zitiere: *Siehst Du die zwei Blumen in ihrer Hand? Für jeden, der es verdient hat, eine.* Im schlimmsten Fall ist das eine Morddrohung, im besten Spinnerei. Kann man das einfach auf sich beruhen lassen? Mir geht es doch nur darum, sicherzustellen, dass niemand in Gefahr ist. Wenn Sie etwas wissen, dann sagen Sie es mir. Bitte!«

Die Sekretärin steckte ihren Kopf zur Tür herein. »Der Fünfzehn-Uhr-Termin, Herr von Zahn«, sagte sie, »die Mandanten wären schon da.«

»Ins Besprechungszimmer«, knurrte der Anwalt, »fangt schon mit den Formalitäten an, Ausweise kopieren et cetera, ich brauche hier noch zehn Minuten.«

Und dann berichtete er in knappen Sätzen und vertraulich, wie er betonte, was zu berichten er für notwendig hielt.

Er begann mit dem Streit, der zu Valentins Ausscheiden aus der Kanzlei geführt hatte. In den Wochen davor hatten seine Kollegen feststellen müssen, dass Valentin seine Arbeit zunächst unlustig, dann unzuverlässig und am Ende gar nicht mehr machte. Er kam und ging, wie es ihm gefiel, wirkte übernächtigt und unkonzentriert. An manchen Tagen tauchte er erst gar nicht auf, ließ Termine platzen, aus wenigen Fehltagen wurden viele. Valentin wurde untragbar, man musste sich trennen. Um diese Zeit fiel auch erstmals auf, dass Vera trank, die Fassade der beherrschten Hanseatin mit klaren Benimmregeln begann zu bröckeln. Als dann auch noch bekannt wurde, dass Valentin beim Pokern hohe Summen verspielt und Schulden gemacht hatte, war Valentin in Hamburg erledigt. Er floh nach Worpswede. Das musste im Spätsommer vor zwei Jahren gewesen sein.

Schon wenige Wochen später hatten die Kerners einen Käufer für ihr Hamburger Haus gefunden, und Vera beschloss zu aller Überraschung, ihrem Mann hinterherzuziehen. Was sie nicht wusste: Valentin hatte andere Pläne. In Worpswede hatte er eine Frau wiedergetroffen, mit der er schon in Hamburg eine Affäre begonnen hatte. Keine drei Monate dauerte es, bis sie mit ein paar Koffern vor seiner Tür stand und einzog. Valentin leistete keine Gegenwehr. Möglich auch, dass er insgeheim hoffte, auf diese Weise Vera loszuwerden. Die aber kam und forderte ihre Rechte als Ehefrau. Es muss lautstarke Auseinandersetzungen gegeben haben, einmal soll sogar die Polizei eingegriffen haben. Valentin mietete kurzerhand die zu diesem Zeitpunkt leerstehende Doppelhaushälfte. Die neue Freundin Paula zog mit ihm ein. Ein gutes halbes Jahr wohnten sie dort zusammen, immer im Streit mit der nebenan lebenden Vera. Dann, plötzlich, verließ Paula ihn und Worpswede. Valentin hauste weiter in dem Haus, das er sein Atelier nannte. Viel Zeit blieb ihm jedoch nicht mehr. Er starb im Frühjahr darauf.

John hatte dem Anwalt mit wachsender Bestürzung zugehört. Die letzten Sätze aber hatten ihn geradezu elektrisiert. »Paula«, flüsterte er, »sie heißt Paula. Wie die Malerin.«
Heinrich von Zahn sah vielsagend auf seine Armbanduhr, erhob sich und ging zur Tür. »Ja. Das ist mir natürlich aufgefallen. Hauptsächlich deshalb habe ich Ihnen das alles erzählt. Es ist ein Anhaltspunkt.«
John stand ebenfalls auf. »Hat sie auch einen Nachnamen?«
Der Anwalt umklammerte die Türklinke, er war erkennbar nicht mehr bereit, noch mehr Zeit zu investieren. »Sicher hat sie einen Nachnamen, wie jeder. Leider kenne ich ihn nicht, auch wenn ich mit Valentin über sie gesprochen habe. Nach allem, was ich weiß, ist sie eigensinnig, man könnte sie auch exaltiert nennen. Sie will provozieren, nehme ich an, Sie sollten sich nicht zu sehr beunruhigen deswegen. Lassen Sie mich wissen, wenn sich etwas Neues ergibt.«
Damit verließ er den Raum, John folgte ihm, blieb aber im Vorraum stehen. Exaltiert, hatte von Zahn gesagt, und genau dieses Wort hatte auch Valentin gebraucht in einem ihrer wenigen Telefonate, die sie in seinem letzten Lebensjahr noch geführt hatten. Worum war es dabei gegangen? Um die Empfehlung für eine Frauenklinik in London, genau. Valen-

tin hatte ihn angerufen und nach einer Klinik gefragt. Eine Bekannte seiner Frau wolle sich unbedingt in London behandeln lassen, hatte er gesagt, der nervöse Typ, ziemlich exaltiert. Exakt dieses Wort hatte Valentin gebraucht und dann noch nachgeschoben, es handle sich um irgendeine Frauensache, »du verstehst schon«.

John hatte nicht verstanden. Was sollte das sein? Irgendeine Frauensache? Er hatte dennoch versprochen, darüber nachzudenken, und ein paar Tage später einen Brief an Valentin abgeschickt mit Adressen und Telefonnummern von zwei Londoner Frauenkliniken. Soweit er sich erinnerte, hatte er Valentin sogar angeboten, für ihn dort anzurufen. Und er hatte, fiel ihm ein, dem Brief ein paar Schnappschüsse von der Hochzeitsparty eines Segelfreundes beigelegt, als Gruß aus der alten Heimat. Das Ganze muss demnach im Mai des vergangenen Jahres gewesen sein. Valentin hatte nie auf den Brief reagiert.

Die Fotos! John schlug sich gegen die Stirn. Deshalb hatte sie gewusst, wie er aussah, diese Paula. Sie hatte die Partyfotos gesehen.

»Alles in Ordnung?«, fragte die junge Frau hinter dem Tresen. John schrak auf. »Oh, ja sicher.« Aber das war gelogen. Nichts war in Ordnung.

8

In den verbleibenden eineinhalb Tagen bis zum Wochenende war John damit beschäftigt, den vor ihm liegenden Berg von Erledigungen anzugehen, der immer höher zu werden schien. Schon jetzt war abzusehen, dass er gut daran getan hatte, ausreichend Zeit einzuplanen.

Sein Flug war für den fünfzehnten Dezember gebucht, einen Tag nach dem Ablegen der Container. Bis dahin würde es wahrscheinlich keine Behörde in Hamburg geben, bei der er sich nicht wenigstens einen Stempel abgeholt hatte, aber immerhin musste er nicht nervös werden. Nicht einmal wegen der Handwerker, die, wie er schon am Donnerstagabend feststellte, die Renovierung seiner ehemaligen Praxisräume sehr eigenwillig ausgelegt hatten. Die Tapeten waren schlampig aufgeklebt, auf den Fliesen waren großzügig Farbkleckse verteilt, und die neue WC-Schüssel war gar nicht erst eingebaut worden, weil sie jemand anstatt der alten mit Schutt und Müll

entsorgt hatte. Er hatte eine lange Liste mit Reklamationen geschrieben, etliche Telefonate geführt, neue Termine ausgemacht.
Als er am Samstagmorgen in seinem Pensionsbett erwachte, fiel sein Blick als Erstes auf die Zettelsammlung mit Namen, Adressen, Telefonnummern und Uhrzeiten. Die kommende Woche war bereits durchgeplant, wie ein Hase würde er täglich Haken schlagen – kreuz und quer durch die Stadt. Diese Aussicht ließ ihn das bevorstehende Wochenende in einem angenehmeren Licht erscheinen als noch zwei Tage zuvor. Keine verpassten Öffnungszeiten würden ihn peinigen, kein Handwerkerpfusch und keine Hupkonzerte während der Rushhour.
Schon fast halb zehn. Er sprang aus dem Bett, duschte rasch und saß um zwanzig vor zehn in dem weiß eingedeckten kleinen Frühstücksraum.
Die Pensionschefin, eine hochaufgeschossene Frau um die vierzig, begrüßte ihn mit einem Blick über ihre halbe Brille.
»Frühstück bis zehn«, hatte sie ihm bei seiner Ankunft erklärt und ihm auch gleich ein weiteres unumstößliches Gebot mitgeteilt: »Absolutes Rauchverbot in all unseren Räumen, wer das missachtet, muss ausziehen.«
Er hatte das zur Kenntnis genommen, aber pures Nicken genügte wohl nicht.
»Ich rieche das sofort«, hatte sie nachgeschoben.

Anstatt Haltung anzunehmen, hatte er sie angelächelt und sein Feuerzeug hervorgekramt. »Seien Sie nicht so streng mit mir. Ich rauche ja nicht einmal mehr. Und das hier trage ich nur aus Gewohnheit mit mir herum.«
Seither hatte sie ihn zum Glück nicht mehr in diesem schroffen Ton angesprochen. Gelegentlich, wenn er an ihrer Kommandozentrale im Vorraum vorüberging, hörte er sie ins Telefon bellen. Dann wünschte er ihr, dass sich einmal jemand fände, der ihr sagte, welch attraktive Frau sie sein könnte ohne diese Härte in Stimme und Gemüt.
Er lächelte ihr zu, als er, noch auf den Resten seines Croissants kauend, zum Fahrstuhl ging. Und hier, zwischen der dritten Etage und dem Erdgeschoss, holten ihn die Worpsweder Erlebnisse wieder ein, die er – für eine Weile wenigstens – verdrängt hatte. Wäre er nicht an sein Handy gegangen, als es läutete, hätte es das geruhsame Wochenende werden können, auf das er sich gefreut hatte. Aber er nahm das Gespräch an.
Heinrich von Zahn meldete sich eine Spur weniger bedächtig, als man es von ihm gewohnt war, und bat dringend um ein Treffen. John schlug das »Café Leonar« im Grindelhof vor, er war ohnehin gerade auf dem Weg dorthin. Das »Leonar« hatte die gute alte Kaffeehaus-Tradition wiederaufleben lassen. Den Gästen standen ein kostenloses Angebot an

Zeitungen zur Verfügung und eine Bücherecke, in der ein überschaubares Sortiment an Neuerscheinungen und Klassikern zum Kauf angeboten wurde. John hatte sich schon beim Aufstehen vorgenommen, dort ein, zwei Bücher zu kaufen und sie genüsslich bei einem Cappuccino in Besitz zu nehmen. Von seiner Pension bis dorthin brauchte er zu Fuß keine zehn Minuten. Am Abaton, ebenfalls im Grindelhof und nur einen Häuserblock vom »Leonar« entfernt, hielt er kurz an, um sich das aktuelle Kinoprogramm zu besorgen.

Als er gegen elf Uhr das Café betrat und zu seiner Freude einen freien Tisch hinter der großen Fensterfront gleich neben dem Bücherregal ergatterte, glaubte er noch an ein gutes Wochenende. Dass es keines werden würde, ahnte er schon zehn Minuten später.

Durch die Scheibe sah er, wie Heinrich von Zahn aus einem Saab ausstieg, der sogleich weiterfuhr. Obwohl es über Nacht deutlich kälter geworden war, trug von Zahn nur ein Jackett über einem offenen Hemd. Offenbar hatte er vor, sich wieder abholen zu lassen. In seiner legeren Kleidung wirkte er jünger und elastischer als in dem gedeckten Anzug samt Weste zwei Tage zuvor. Mehr grauer Panther als graue Eminenz, dachte John amüsiert, stutzte aber schon, als von Zahn auf ihn zukam und sich ihm gegenüber hinsetzte. Da war keine Spur mehr

von distanziertem Abwägen in seinen Zügen, stattdessen Zweifel, Besorgnis, vielleicht sogar Angst. Von Zahn hielt sich nicht mit Begrüßungsformalitäten auf, sondern zog aus seiner Jacketttasche einen braunen Umschlag und schob ihn über den Tisch. »Das habe ich in meiner Post gefunden. Der Brief ist schon gestern eingegangen, aber ich war den ganzen Tag in Kiel, so dass ich erst heute dazu gekommen bin, die Post durchzusehen. Sie sollten ihn lesen.«
John fühlte sich mit einem Mal sehr unbehaglich. Der Umschlag enthielt ein Foto und einen Briefbogen, auf den mit krakeliger Handschrift ein paar Zeilen notiert waren.
Lieber Heinrich, las er, *ich brauche Deinen Rat. Gestern wurde die Tür meines Hauses beschmiert. Ich habe ein Foto davon gemacht und lege es bei. Folgende Information zusätzlich: Kürzlich ist John Magnus hier aufgetaucht. Er hat sich für eine Nacht im Atelier eingenistet und sich seltsam verhalten. Ich glaube, er trinkt. Es ist mir wichtig, dass jemand davon weiß, für alle Fälle. Falls nötig, melde ich mich wieder. Gruß, Vera*
John knallte den Brief wütend auf den Tisch. »Sie werden doch wohl nicht denken, dass ich …«
Von Zahn legte den Finger auf den Mund und bückte sich nach dem Foto, das John in seinem aufkeimenden Zorn vom Tisch gefegt hatte. »Bleiben Sie ruhig, bitte, und sehen Sie sich das erst einmal an.«
John starrte erst den Anwalt an, dann das Foto. Es zeigte den Mittelteil von Veras Haustür, auf den in

weißen, großen Buchstaben der Name Paula geschrieben war.
»Mein Gott«, stöhnte John, »eine so verrückt wie die andere. Verrückt und unverschämt. Und übrigens: Ich trinke nicht. Gerade Vera sollte nicht so etwas herumposaunen.« Er griff nach dem Brief und schob ihn wütend in den Umschlag zurück.
Von Zahn beugte sich vor. »Tja, tut sie wahrscheinlich auch nicht. Ich kenne Veras Handschrift nicht, sofern man dieses Gekrakel überhaupt als Handschrift bezeichnen kann. Aber darüber hinaus gibt es etwas Entscheidendes, das mich bezweifeln lässt, dass sie es war, die diese Zeilen geschrieben hat.«
»Und das wäre?«
»Die Anrede. Niemand aus meinem gesamten Bekannten- und Freundeskreis, der mich beim Vornamen nennt, würde mich jemals mit Heinrich ansprechen. Ausnahmslos jeder nennt mich Henri. Auch Vera hat es immer so gehalten. Der Vorname Heinrich existiert nur im Briefkopf und in geschäftlicher Korrespondenz.«
»Sie meinen«, stotterte John und senkte die Stimme, als die Kellnerin die Getränke brachte, »Sie halten es für möglich, dass jemand anderes den Brief geschrieben hat?«
Von Zahn nickte. »Ihre Theorie, dass Paula wieder aufgetaucht ist, scheint mir nun gar nicht mehr so unwahrscheinlich.«

John leckte sich den Milchschaum von den Lippen und fingerte sein Handy heraus, suchte im Speicher nach Veras Nummer und drückte die Wähltaste. Vera meldete sich nicht.
»Ich habe es heute schon mehrmals vergeblich versucht«, sagte von Zahn. »Wenn sie sich bis morgen nicht meldet, müssen wir etwas unternehmen.«
John legte ein paar Münzen auf den Tisch und stand auf. »Ich fahre hin, jetzt gleich.«

9

Die kleine, verwinkelte Straße schien an diesem frühen Mittag ebenso menschenleer wie an dem kalten, dunklen Abend vor drei Tagen, als er Vera besucht und Valentins Haus zum ersten Mal betreten hatte.

John parkte an der gleichen Stelle. Schon beim Durchqueren des Vorgartens erkannte er auf dem dunkelblauen Grund der Eingangstür die Spuren dessen, was er auf dem Foto gesehen hatte. Der Name Paula war jedoch nicht mehr zu erkennen, jemand hatte die Schrift entfernt und dabei weißliche Wischspuren hinterlassen. In Erinnerung an seinen letzten Besuch läutete er mehrmals und wartete ab, klopfte, läutete wieder, wartete.

»Entschuldigung.«

Er fuhr herum. »Vera?«

Aber es war nicht Vera, die auf dem schmalen Bürgersteig vor dem Haus stand und zu ihm hinübersah. Diese Frau war größer, stämmiger und jünger

als Vera. Ihre Gesichtszüge waren auf eine rustikale Weise schön. Sie hatte eine hohe Stirn, ausgeprägte Wangenknochen, eine fleischige Nase und einen breiten Mund.
Von allem ein bisschen mehr als nötig, dachte John, als er auf sie zuging und dicht vor ihr stehen blieb. Sie war nur unwesentlich kleiner als er, maß also mindestens einen Meter achtzig. Ihre hellblauen Augen musterten ihn ohne jede Scheu.
»Ich wohne gegenüber«, sagte sie und deutete hinter sich, »genau auf der anderen Straßenseite, und habe Sie vom Küchenfenster aus gesehen. Es ist wohl dringend, oder? Ist es was Behördliches oder sind Sie ein Bekannter?«
John blinzelte sie an. Sollte er sie als dreist einstufen oder war sie einfach nur erfrischend unbekümmert? Er entschied sich für Letzteres.
»Behördliches an einem Samstag«, gab er zur Antwort, »das ist eher unwahrscheinlich. Aber möglicherweise will ich ja was verkaufen oder eine religiöse Botschaft loswerden oder sogar einbrechen, diese Möglichkeiten haben Sie wohl nicht erwogen.«
»Doch«, konterte sie sachlich, »aber dann wären Sie nicht zehn Minuten lang vor dem Haus hin- und hergelaufen, ist doch viel zu auffällig so was. Außerdem habe ich Sie möglicherweise vor ein paar Tagen schon mal gesehen, mit Frau Kerner. Allerdings war es dunkel, ich konnte nicht viel erkennen.«

»Kochen Sie gerne, oder warum halten Sie sich so oft in Ihrer Küche auf?« John hoffte, die Frau mit dieser flapsigen Bemerkung loszuwerden, aber sie rührte sich nicht von der Stelle.

»Nun gut«, schob er deshalb nach, »ich bin ein langjähriger Freund der Familie, wollte heute einen Besuch abstatten und treffe leider niemanden an. Das ist alles. Ich versuche es jetzt noch einmal, dann verzieh ich mich. Beruhigt?«

Sein ungeduldiger Tonfall war ihr nicht entgangen, und sie blickte zu Boden. »Es ist nur so, dass Frau Kerner auch schon gestern nicht aufgemacht hat, weder dem Postboten noch dem Paketmann am Nachmittag und jetzt Ihnen nicht. Hat vielleicht auch gar nichts zu bedeuten. Ich muss los.« Sie war weg, ehe er sichs versah, hatte mit wenigen ausholenden Schritten die Straße überquert und war in einem unauffälligen weißen Haus verschwunden.

John fluchte leise. Er hatte seine Wochenendpläne über den Haufen geworfen, war gegen seine ursprüngliche Absicht erneut nach Worpswede gefahren, hatte Dörfer, Bauernhöfe, Pferde- und Kuhweiden passiert, war zwischen Kanälen und sumpfigen Wiesen kerzengeraden Birkenalleen gefolgt, die auf den Horizont zuliefen und selbst dort nicht zu enden schienen. Der tiefe Himmel über dem flachen Land und das hellgoldene Mittagslicht hatten ihn in eine sentimentale Stimmung versetzt, die ihn dazu

verführen wollte, einfach weiterzurollen. Eine Gefühlsverwirrung.
Natürlich hatte er widerstanden, und nun war Vera nicht zu Hause. Auch im Atelier nebenan rührte sich nichts. Wäre sie dort, hätte sie ihn längst bemerken müssen. Der Schlüssel hinter dem Briefkastenschlitz fiel ihm ein, aber er entschied, ihn nicht zu benutzen. Für seine erste Übernachtung im Atelier hatte es gute Gründe gegeben, heute gab es die nicht. Er konnte sich nicht einfach unerlaubt den Schlüssel greifen und in ein Haus hineinspazieren, das ihm nicht gehörte. Dennoch musste er klären, was es mit der Schmiererei auf sich hatte und wer den Brief an den Anwalt geschrieben hatte. Dazu brauchte er Vera.
John hob den Kopf. Ihm war, als habe er das Geräusch von knirschendem Kies gehört. Im Vorgarten gab es keinen Kies. Er lief seitlich am Haus vorbei und hörte jetzt ein Rascheln, unmittelbar darauf ein mattes Geräusch, als sei etwas umgefallen. Lauschend blieb John stehen. Er blickte auf eine rote Klinkermauer, die das Grundstück der Kerners begrenzte und rechts und links an die Begrenzungsmauern der Nachbargrundstücke anschloss. Der Abstand zwischen Hauswand und Mauer betrug maximal drei Meter, die Fläche war mit weißem Kies belegt. Dicht an der Mauer wuchs ein Ahorn. Als John auf den Baum zuging, war er sich sicher, dass

es dieses Knirschen gewesen war, das er gehört hatte. Jemand war hier entlanggelaufen, auf den Baum geklettert und über die Mauer gesprungen.
Er sah zu dem Ahorn hoch und entdeckte einen angebrochenen Ast, die Bruchstelle sah frisch aus. John drehte sich langsam um und besah sich die Hinterfront der Zwillingshäuser. Wo war die Person hergekommen? Die Fenster waren alle fest verschlossen, die Scheiben intakt. Balkone gab es nicht, aber jedes Haus hatte eine Kellertür. Er hastete hinüber, rüttelte erst an der einen, dann an der anderen Tür. Beide waren verschlossen. Von vorne konnte niemand aus dem Haus herausgekommen sein, dort hatte er mindestens zehn Minuten lang gestanden, auch noch, als er die Geräusche hörte. Er ging wieder zurück zum Vorgarten, kontrollierte die Türschlösser, sie waren unversehrt, läutete erneut, rief nach Vera und trat endlich kopfschüttelnd und frierend den Rückzug zu seinem Auto an. Dort saß er zehn Minuten in sich versunken hinter dem Steuer und dachte darüber nach, womit er es verdient hatte, seit einer halben Woche von Spinnern und Kobolden verfolgt zu werden. Oder war es doch mehr? War es schlimmer?
Er versuchte vergeblich, Heinrich von Zahn zu erreichen, probierte es noch mal auf Veras Mobiltelefon, spielte sogar mit dem Gedanken, Inken anzurufen, ganz gleich, Hauptsache, irgendjemand sagte

ihm, was er tun sollte. Er kam sich kindisch und paranoid vor, ein Umstand, der ihn daran hinderte, die Polizei anzurufen. Was sollte er denen sagen? Dass jemand über eine Mauer gesprungen ist? Die würden ihn auslachen. Aber was konnte er tun? Sich ablenken, etwas essen, etwas trinken, am besten in dem Bistro, das ihm auf dem Weg hierher wegen seiner Glühbirnengirlanden aufgefallen war. Er startete den Motor und warf einen letzten Blick hinüber zu Veras Haus mit der nur notdürftig gereinigten Tür. Paula, dachte er. Immer wieder Paula.

10

Eisig war das heute. Hanne stapfte den Schmutz von ihren Stiefeln, schlüpfte schnell ins Haus und befreite sich von Mantel, Schal und Schuhen. Der Wind fegte ein paar welke Blätter unter der alten Haustür hindurch in die Diele.

Hanne war spät dran.

»Bin wieder da«, rief sie die Treppe hinauf und lauschte, hörte aber nichts. »Lilly?« Ihre Stimme klang nun schriller. Die Sorge, Lilly könnte es nicht gutgehen, ließ sie niemals los, nicht eine Sekunde am Tag. Für gewöhnlich nahm sie deshalb das Kind mit, wenn sie Besorgungen außer Haus erledigen musste. Dass sie Lilly heute Vormittag der Obhut von Baschtel anvertraut hatte, war eine Ausnahme.

»Lilly«, rief sie wieder und war bereits im Begriff, die Treppe hinaufzustürmen, als sie draußen Motorengeräusche hörte. Sie erwartete niemanden, nicht um diese Zeit. Für den Tankwagen der Molkerei war

es noch zu früh, und der Trecker war nicht unterwegs.
Sie hastete wieder zurück, warf sich im Laufen den Mantel über und sah, als sie die Tür hinter sich zuwarf, den Tierarzt im Stall verschwinden, während ihr gleichzeitig Kurt entgegenkam. »Die Quase hat sich hingepackt«, rief er ihr zu.
»Und wo ist Lilly?«
Er deutete hinter sich, aus seiner Sicht war damit alles gesagt. Hanne atmete auf. Wäre dem Kind etwas zugestoßen, hätte Kurt sich zu einem zweiten Satz aufgerafft.
Im Stall entdeckte sie als Erstes Baschtel mit Lilly auf dem Arm. Gemeinsam mit dem Tierarzt und Gregori sahen sie hinunter auf Quase, die sechsjährige Schwarzbunte, deren mächtiger Körper eingeknickt zwischen den Boxengattern lag. Nur mit Mühe gelang es ihr noch, den Kopf zu heben. Sie ließ die Ohren hängen und gab keinen Laut von sich. Die anderen Kühe fraßen ungerührt weiter, bewegten sich gemächlich zwischen den Boxen, rieben ihre Leiber am Gestänge der Gatter.
Hanne schloss für einen Moment die Augen. Schon wieder ein Problem. Wenn Quase verendete, verlor sie nicht nur eine ihrer besten Milchkühe. Sie hatte auch Unmengen Formulare auszufüllen und zu versenden. Der Lebenslauf eines Rindes musste von

der ersten bis zur letzten Minute dokumentiert sein, so schrieb es das Gesetz vor.
Zu viel hing an ihr, und jeden Tag kam Neues hinzu. Sie musste das schaffen, sie wollte das schaffen. Aber besonders in den letzten Tagen wurde es immer schwerer, die Müdigkeit zu überwinden, jeden Morgen um fünf Uhr früh zuverlässig mit dem Melken zu beginnen. Die Verantwortung für achtzig Tiere, für den ganzen Hof, für Lilly.
Zum Glück war morgen Sonntag, ihr einziger freier Tag. Dann nahm Kai ihr das Melken ab, damit sie ausschlafen konnte, kümmerte sich um Lilly, brachte Neuigkeiten aus der Welt jenseits des Hofes mit. Manchmal wurde ihr davon ganz schwindelig im Kopf. Seit Kai nicht mehr auf dem Hof lebte, hielten sie konsequent an dieser Gewohnheit fest, ihre gemeinsamen Sonntage waren ihnen kostbar.
Sie schlug die Augen wieder auf und straffte sich. Wie dumm von ihr, sich gehenzulassen. Sie war doch noch jung, sie hatte Kraft, und es gab etwas, das sie antrieb.
»Unterkühlt«, sagte der Tierarzt, »Quase muss auf Stroh, die Matten sind zu kalt. Ich nehme jetzt ein paar Proben Blut und gebe ihr eine Infusion zur Stärkung.«
Hanne hatte sich wieder gefasst. Resolut nahm sie Baschtel das Kind ab. »Ruf mich, wenn sich was än-

dert. Und hol ein paar Decken. Die zittert ja wie Espenlaub.«

Er würde schon wissen, was zu tun war. Und sie wusste es auch.

11

Das Bistro war überheizt und überfüllt von Wochenendtouristen. Eine blutjunge Kellnerin zwängte sich so gut es eben ging mit ihren beladenen Tabletts zwischen den dicht beieinanderstehenden Tischen hindurch und an einem riesigen Bernhardiner vorbei, der zum Inventar des Hauses zu gehören schien und sich mit der Souveränität des Unantastbaren einen Spaß daraus machte, im Weg zu sein.
Gerade eben richtete er seinen massigen Körper so aus, dass John an seinem Zweiertisch in der Nische vom Rest des Gastraums praktisch abgeschnitten war. Die Kellnerin balancierte den Cognac über das Tier hinweg auf den Tisch und brachte sogar noch ein »zum Wohl« zustande.
John dankte ihr, lehnte sich in seinem Stuhl zurück und massierte sich den Magen. Ein Cognac war jetzt unvermeidlich. Er hatte ein tellergroßes Schnitzel mit Bratkartoffeln verzehrt, danach einen Pflaumenkuchen mit Sahne samt einem Espresso. Er griff

nach dem Glas und leerte es in einem Zug, auf Henri, wie er Heinrich von Zahn inzwischen in Gedanken schon nannte. Henri nämlich hatte ihn, gerade als der Espresso serviert wurde, durch einen Anruf von der Suche nach Vera erlöst. Vera war gefunden. Nicht gerade in neuwertigem Zustand, ziemlich lädiert sogar, wenn man es genau betrachtete. Mit einem beachtlichen Promillewert war sie am frühen Freitagmorgen in Bremen aufgegriffen und in ein Krankenhaus gebracht worden.

John schüttelte sich, der Cognac hatte seine Magenwände erreicht. Nach allem, was er von Henri erfahren hatte, war Vera ohne Ausweis unterwegs und ohne Erinnerung, nicht einmal ihren Namen hatte sie zunächst nennen können, geschweige denn ihre Adresse. In den Taschen ihres Mantels fanden sich lediglich ein Schlüssel und ein Handy mit einer einzigen gespeicherten Telefonnummer: die des Büros von Heinrich von Zahn, das allerdings ab Freitagmittag nicht mehr besetzt war. Der Rückrufwunsch der Bremer Klinik landete auf dem Anrufbeantworter, den Henri mit gehöriger Verspätung erst heute abgehört hatte. Sofort hatte er sich in Bremen gemeldet und sogar ein paar Worte mit Vera gewechselt. Henri klang zufrieden. Alles hatte sich geregelt, auch wenn, wie er einräumte, Vera sich weder an den Brief erinnern konnte noch an die Schmiererei an ihrer Haustür. Die aber hatte John selbst gesehen.

Blieb also immer noch die Frage: Wer hatte den Namen Paula auf die Tür gemalt? War es Paula selbst, wie er nach wie vor annahm?
Der Bernhardiner drückte sein Hinterteil gegen Johns Knie, er wünschte, gekrault zu werden. John fuhr ihm mit der Hand in den Pelz und stand auf. »Halt mir den Platz frei, Rambo, ich verschwinde kurz.«
Immer neue Gäste drängten in das Lokal, einige lehnten sich an den Ausschank, bereit, den ersten frei werdenden Platz zu erstürmen. Als John von der Toilette zurückkam, war der Bernhardiner einen Tisch weitergezogen. John wühlte sich am Garderobenständer durch Dutzende blaue Mäntel hindurch, ehe er endlich auf seinen eigenen stieß, zog ihn über und ging zu seinem Tisch zurück. Er klemmte einen Zwanzigeuroschein unter die Zuckerdose und wollte nach Handy und Brille greifen, hielt aber in der Bewegung inne. Das Arrangement hatte sich während seiner kurzen Abwesenheit geändert. Hatte die Brille zuvor zusammengeklappt neben dem Handy gelegen, lag sie nun mit aufgeklappten Bügeln auf einem Buch, dessen Titel ihn herausfordernd anzugrinsen schien: *Ich, Paula. Die Lebensgeschichte der Paula Modersohn-Becker.*
Mit einer Wut, die er nur mühsam bändigen konnte und die seine Hände zittern ließ, raffte er die Utensilien zusammen und schoss auf die Kellnerin zu.

»Wer hat sich an meinem Tisch zu schaffen gemacht?«, brüllte er die junge Frau an, die erschrocken zurückwich. Der Bernhardiner spannte die Vorderbeine und stellte die Ohren auf. An den Tischen verstummten die Unterhaltungen.
John ließ von der Kellnerin ab, ging ein paar Schritte in die Mitte des Raumes und wandte sich nun an alle. »Entschuldigen Sie die Störung.« Selbst seine Stimme zitterte. Er räusperte sich. »Jemand hat mir, während ich kurz hinausgegangen war, etwas auf den Tisch gelegt, das ich als Bedrohung verstehen muss. Ich bitte Sie deshalb dringlich: Versuchen Sie sich zu erinnern, ob Ihnen jemand, wahrscheinlich eine Frau«, hier kicherten die Ersten verhalten, aber John ließ sich nicht beirren, »eine Frau aufgefallen ist, die in der Nähe dieses Tisches war beziehungsweise dort etwas abgelegt hat.«
Er deutete hinüber zur Nische und wischte sich über die verschwitzte Stirn. »Der eine oder andere muss sie gesehen haben, bitte denken Sie nach. Bitte.« Seine Blicke flatterten von Tisch zu Tisch, aber er sah nur Kopfschütteln und Verlegenheit.
»Peter, nun iss mal deine Nudeln, die werden ja kalt«, hörte er eine Frau laut und deutlich sagen. Damit war der Bann gebrochen. Die meisten waren froh, der Situation zu entkommen, die sie als peinlich empfanden, beugten sich über ihre Teller und nahmen ihre Gespräche wieder auf.

John ließ resigniert die Arme sinken. Er hatte sich zum Affen gemacht. Als brauchte es noch eine Bestätigung dafür, kam nun die Bedienung hinter dem Ausschank hervor und drängte ihn sanft Richtung Ausgang. »Nu is man gut, hier wird nicht Räuber und Gendarm gespielt.«

In der Tür drehte John sich noch einmal um. »Weiß ich doch«, antwortete er trocken, »ihr hier spielt lieber Künstlerkolonie.«

Die Tür fiel krachend hinter ihm zu. Das Geräusch tat ihm gut. Während er, das Paula-Buch noch immer in der Hand, quer über den Parkplatz lief, auf dem sein Wagen abgestellt war, atmete er die kühlende Luft ein. Wieder fiel ihm auf, wie intensiv sie nach schwerer, nasser Erde roch.

Am anderen Ende des Platzes befand sich ein rot geklinkerter Flachdachbau. Ein weißes Schild über der Eingangsfront wies ihn als Philine-Vogeler-Haus aus, gebaut im Jahre 1928. Ein diskreteres Schild mit einem verschnörkelten kleinen »i« zeigte an, dass sich in dem Gebäude die Gästeinformation befand. Davor sammelte sich eine Gruppe von etwa zwölf Touristen, die alle nicht mehr ganz jung waren. John schätzte, dass mindestens zehn davon in ihren heimischen Kulturhallen ein Abonnement für Oper und Schauspiel hatten.

Eine stämmige Frau mittleren Alters mit stabilem Schuhwerk näherte sich den Wartenden, sprach ein

paar Worte zu ihnen und hob den Arm. Im Nu stellten sich die zwölf paarweise hinter ihr auf, die Frauen rückten die Riemen ihrer Umhängetaschen über der Brust zurecht, die Männer kreuzten die Hände im Rücken, alle reckten beflissen das Kinn, dann zuckelten sie los. John schickte ihnen ein paar freundliche Gedanken hinterher, sie hatten ihm sein Lächeln wiedergegeben, zumindest vorübergehend.
Wieder einigermaßen entspannt sprang er die wenigen Treppenstufen hoch, ging durch einen Vorraum zielstrebig zur Gästeinformation durch und auf einen Tresen zu, hinter dem die für Informationen zuständige Fachkraft Zahlen in einen Taschencomputer tippte. Er hielt ihr das Buch hin und sagte: »Ich habe eine Frage.«
Der strenge Blick, der ihn traf, verhieß nichts Gutes. »Erst einmal guten Tag.«
John legte Paula Modersohn auf den Tresen und mahnte sich zur Gelassenheit. Zum zweiten Mal innerhalb der vergangenen Viertelstunde wurde er pädagogisch gemaßregelt. Wenn das so weiterging, würde er am Ende dieses Tages ein völlig neuer Mensch sein. Er dachte kurz daran, nachzufragen, ob heute eventuell der »Tag der Erwachsenenerziehung« sei, so wie es ja auch den »Tag der Fledermaus« und Ähnliches gab, aber er wollte die Dame nicht unnötig verärgern, zumal sie an einem Samstagnachmittag hier herumstehen und wildfremden

Männern Manieren beibringen musste. Das brachte ihn auf den Gedanken, ob die einheimischen Männer möglicherweise schon die Flucht ergriffen hatten. Wo immer er hinkam in Worpswede, überall waren Frauen, Frauen, Frauen. Wo waren die Männer?

John nahm sich vor, auch das noch herauszufinden, aber jetzt hatten andere Dinge Priorität. Das Buch. Er wollte danach greifen und einen neuen Anlauf wagen, aber die Frau kam ihm zuvor. »Wo haben Sie das denn her?«, rief sie aus und strahlte ihn an, als hätte er ordentlich guten Tag gesagt. John lächelte zurück. So wirkte sie eigentlich richtig nett und freundlich. »Ein Geschenk«, erwiderte er, »und wegen des Buches bin ich auch hier. Ich brauche das gleiche Exemplar noch mal und hoffe, es hier in einer Buchhandlung zu finden. Ich dachte, Sie haben vielleicht eine Liste mit den Adressen der hiesigen Buchläden.«

Sie holte aus einem Regalfach verschiedene Zettel, Broschüren, Faltblätter sowie einen Stadtplan und reichte ihm den Packen. »Da steht alles drin, was Sie brauchen. Geschäfte, Restaurants, Museen, Galerien, Ateliers. Aber das mit dem Buch, das wird nichts. Die Ausgabe dürfte um die zwanzig Jahre alt sein. Ich hatte selbst mal eine, ist aber verschüttgegangen. Darf ich?« Sie nahm das Buch in die Hand und blätterte darin mit einem nostalgischen Lächeln. »Vielleicht gibt es das noch in einem unserer Antiquariate. Die finden Sie auch in Ihren Unterlagen. Ach, Entschuldigung.«

Aus den Seiten war ein zusammengefaltetes Papier herausgefallen. Sie bückte sich danach, schob es wieder in das Buch und gab es ihm zurück. »Das Modersohn-Haus kennen Sie also schon, das ist ja schön.«

John konnte mit der Bemerkung nichts anfangen, aber er beließ es dabei, denn nun hatte er es eilig. Er bedankte sich, nahm das Informationsmaterial unter den Arm und rannte zurück zu seinem Auto, wo er den gesamten Papierwust auf den Beifahrersitz kippte, sich selbst hinter das Steuer setzte, die Augen schloss und sich rüstete, die nächste Botschaft in Empfang zu nehmen.

Er holte den Briefbogen hervor und verstand nun, was die Frau von der Information gemeint hatte. Der Bogen hatte einen Briefkopf mit der Aufschrift *Museum am Modersohn-Haus Hembergstraße 19*. Aber John wusste, dass der Absender des darunterstehenden Briefes nicht das Museum war, er erkannte die kleinen Druckbuchstaben auf den ersten Blick. Er empfand massiven Widerwillen und musste es dennoch tun, er musste lesen.

J.M.!

Was ist nur los mit Dir? Wieso jagst Du mich nicht? Setzt Dich einfach nach Hamburg ab. Wie feige! Aber wie man sieht, ist es gelungen, Dich nach Worpswede zurückzulocken. Vera sollte wirklich vorsichtiger mit dem Alkohol sein. Es war leicht, sie abzufüllen und in Bremen stranden zu lassen. Der noble Herr Anwalt hat auch reagiert, wie er sollte, und erwartungsgemäß »Veras« Brief gleich an Dich weitergeleitet. Du ahnst vielleicht, wer diesen Brief geschrieben hat. Freut mich, dass es mir gelungen ist, Dich zu beunruhigen. Es hätte mich sehr verärgert, wenn Du nicht gekommen wärst.

Ärgerlich finde ich hingegen, dass Du Valentin noch nicht besucht hast. Ich hoffe, dass Du das schnellstens nachholst. Wir spielen ein Spiel, schon vergessen? Ich erwarte, dass Du Dir Mühe gibst. Deshalb wirst Du auch dieses Buch lesen, das ich Dir habe zukommen lassen. Es wird Dir Anhaltspunkte geben, falls Du klug genug bist, sie zu entdecken. Ich bin Dir immer noch viele Schritte voraus, und es bleibt Dir nicht mehr viel Zeit, mich einzuholen. Denk an die zwei Blumen und an das Datum, an dem alles vollendet sein wird.

12

Er wusste, dass sie ihn beobachtete. Irgendwo auf diesem großen Parkplatz, zwischen den parkenden Bussen oder hinter dem WC-Häuschen, lauerte sie darauf, dass er ihrem Befehl Folge leistete und zum Friedhof hinaufging. Es war nicht weit, nur ein paar Schritte, er würde es dennoch nicht tun. Sie sollte sehen, dass er nicht die willfährige Marionette war, zu der sie ihn degradieren wollte. Sollte sie sich ruhig ärgern. Was er wann machte, entschied noch immer er selbst.

Er legte das Paula-Buch auf den Beifahrersitz, klemmte den Schrieb hinter die letzte Seite und faltete den Worpsweder Ortsplan gemächlich über dem Lenkrad auseinander. Ja, jetzt konnte sie rätseln, was er wohl suchte, wohin er wollte, was er im Schilde führte.

Er ließ sich Zeit, obwohl der Plan ausgesprochen übersichtlich war. Ein paar Straßen, die sich wie Flussläufe nach allen vier Himmelrichtungen hin

verzweigten und zwischen Feldern und Wiesen endeten. Als Verbindung zur Außenwelt drei Umgehungsstraßen, die im Ortskern als Findorffstraße und Hembergstraße temporeduziert aufeinandertrafen. Etwas oberhalb davon die Bergstraße, die westlich auf der Findorff- und östlich auf der Hembergstraße endete und somit als Schenkel des Dreiecks fungierte. Die Bergstraße, immerhin, war John mittlerweile ein Begriff, alle Wege schienen von ihr wegzuführen und wieder zu ihr hin. Hier waren der Busparkplatz, die Gästeinformation, der Ausgangspunkt der Führungen, hier flanierten die Touristen an Galerien und Andenkenläden vorbei, hier kreuzten sich ihre Wege von einem Museum ins nächste. Und über allem thronte am Ende der Straße die Zionskirche.
Von den acht Museen, die in dem Plan verzeichnet waren, konnte man fünf in wenigen Gehminuten erreichen. John aber interessierte sich im Moment nur für ein einziges, das Modersohn-Haus. Zehn Minuten zu laufen, höchstens, schätzte er. Er wollte zu Fuß gehen, ihretwegen, wollte sie herausfordern. Nun zeig mal, was du kannst, du Phantom, dachte er, als er aus dem Auto stieg, sich den Schal um den Hals wickelte, die Handschuhe anzog und den Kragen hochschlug. Zum Glück regnete es nicht, aber es ging ein kalter Wind. In etwa anderthalb Stunden würde es dunkel werden. Er sah sich um, als müsse

er sich orientieren. Der Platz war nicht sehr belebt, nicht so, wie man sich als Großstädter einen belebten Platz vorstellte. Niemand schien es eilig zu haben. Pärchen schlenderten von hier nach da, vor einem Bus sammelten sich ein paar Menschen, am Philine-Vogeler-Haus startete eine Gruppe, ging an ihm vorbei und bog dann rechts ab.

John musste nur geradeaus gehen bis zur Kreuzung Hembergstraße, nach acht Minuten war er am Ziel. Zunächst sah er ein bescheidenes, einstöckiges Wohnhaus, gelb und bieder. Das angrenzende Museum mit den Gemälden der alten Worpsweder Maler lag versetzt dahinter, offensichtlich trotz seiner funkelnden Glasfront bemüht, Paula Modersohns letzten Wohnsitz nicht in den Schatten zu stellen.

John nutzte die Glasfront zu einem unauffälligen Rückwärtsblick. War da jemand, der ihm folgte, ein Weghuschen, ein Schatten? Nein, nichts. Was er aber sah, nicht im Spiegel der Scheibe, sondern durch sie hindurch, war ein Gesicht, das er kannte, ein Gesicht mit einem unverwechselbaren kreisrunden Grübchen im Kinn.

Sie sah im selben Moment hinaus, in dem er hineinsah, ihre Augen trafen sich, und auch sie erkannte ihn wieder. Ihre Augenbrauen schnellten nach oben, sie legte den Kopf schief und lächelte. Ohne Wachsmontur und Kapuze sah sie viel weniger vierschrötig aus. In ihren Jeans mit der taillierten kurzen Jacke darüber wirkte sie zwar robust, aber keinesfalls unförmig, jedenfalls wesentlich fraulicher, als er sie in Erinnerung hatte. Vielleicht hing das auch mit ihren lockigen Haaren zusammen, die ihr bis auf die Schultern hingen. Sie stand in der Halle hinter einem wuchtigen, hufeisenförmigen Tresen, auf dem sich seitlich die Kasse befand, während der gesamte Rest als Auslage für Hunderte von Kunstpostkarten diente.

An diesem kalten, verhangenen Oktobertag hatten sich nur wenige Besucher eingefunden, das Foyer war fast leer. »So ein Zufall«, sagte John, als sie sich gegenüberstanden.

»Nö.« Sie schüttelte ihre Locken. »Hier hat man gar keine Chance, sich nicht wiederzutreffen, man muss nur ein paarmal rauf- und runterlaufen, das reicht schon. Mit Ihnen hätte ich übrigens nicht gerechnet. Ist Ihnen das Wetter in England zu schlecht, oder wie kommt es, dass Sie immer noch hier sind?«

John gefiel ihre direkte Art, mit der sie ihm zu verstehen gab, dass sie sich gut an ihn erinnerte.

»Hier friert es sich eben viel gemütlicher«, gab er zurück, »außerdem habe ich noch ein paar Sachen zu regeln.«

»Immer noch wegen des Grabes?« Sie beugte sich vor und senkte die Stimme. »Es geht mich selbstverständlich nichts an, aber ich sage es Ihnen trotzdem, weil sie neulich wegen der Rosen so wütend waren:

Heute steckten wieder zwei drin. Ist das ein Familienstreit oder so was?«

John sah sich um, sein Phantom war allgegenwärtig. »Die Geschichte ist komplizierter. Haben Sie Zeit für einen Kaffee?«

Sie schüttelte den Kopf. »Jetzt nicht. Ich habe noch eine Stunde Dienst. Wir machen das ehrenamtlich hier, wissen Sie, sonst wäre der Aufwand für die vielen Ausstellungen und Museen nicht zu finanzieren. Außerhalb der Sommersaison kommt nicht viel rein, sehen Sie ja selbst. Tja, heute geht es deshalb leider nicht, aber im Prinzip hätte ich nichts dagegen. Ich heiße übrigens Katharina.«

Er ergriff ihre ausgestreckte Hand und drückte sie. »John Magnus. Wie sieht es morgen aus?«

Sie hob bedauernd die Hände. »Leider auch nichts zu machen. Aber Montag in der Mittagspause gegen dreizehn Uhr könnten wir uns auf eine Stunde im ›Kaffee Worpswede‹ treffen, Lindenallee, kennen Sie bestimmt längst. Sind Sie dann noch hier?«

John überlegte keine zwei Sekunden. Vielleicht bot sich ihm hier unvermittelt die Gelegenheit, mehr über Valentin und Paula zu erfahren. Immerhin bestand die Möglichkeit, dass die freundliche Katharina den beiden begegnet war. Sie selbst hatte ja darauf hingewiesen, dass man in dem kleinen Worpswede gar keine Chance hatte, sich nicht zu treffen. Ja, er wollte sich mit dieser Frau unterhalten, unbedingt.

»Sehr gerne. Abgemacht. Gegen eins am Montag. Und jetzt möchte ich bitte eine Eintrittskarte für das Wohnhaus.«

Hinter ihm hatte ein alter Mann geduldig ausgeharrt, und John merkte, dass es an der Zeit war, Katharina wieder ihren Pflichten zu überlassen. Er würde sich nun um Paula Modersohn kümmern und nach den Teilen des Puzzles zu suchen, die die andere Paula für ihn ausgelegt hatte.

Falls Du klug genug bist, sie zu entdecken, hatte sie in ihrem jüngsten Pamphlet geschrieben. Klar, dass sie ihn provozieren wollte, indem sie seine Intelligenz anzweifelte. Das war so plump wie durchschaubar, so etwas verfing nicht bei ihm. Oder doch? Nein, definitiv nein. Es ging ihm nicht darum, dieser Person zu beweisen, wie klug er war. Es ging darum, sie zu stoppen. Nur deshalb ließ er sich darauf ein, den Fährten zu folgen, die sie legte. Und eine, die bislang deutlichste, führte zu Paula Modersohn. Er hatte keine andere Wahl, er musste sich mit ihr befassen. Zu sehen, wo sie gelebt hatte, war ein sinnvoller Einstieg.

13

Als er vom Parkplatz fuhr, dämmerte es bereits. John wischte grimmig die beschlagene Windschutzscheibe frei und fluchte. Seit er das bescheidene, enge Häuschen des Künstlerpaares Otto und Paula Modersohn verlassen hatte, hatte er mit dem Fluchen eigentlich nicht mehr aufgehört. Denn seither erschien ihm die Mission der Unbekannten bedrohlicher und rätselhafter denn je. Das hing mit den zwei wichtigsten Informationen zusammen, die ihm der Rundgang beschert hatte.

Da war zunächst einmal das Datum, das er glaubte, vergessen zu haben, und dem er nun wiederbegegnet war: der zwanzigste November. Die Erinnerung hatte sich eingestellt, als er die Kammer betrat, in der Paula Modersohn gestorben war. Ein Foto hing dort an der Wand, das sie mit ihrem Neugeborenen zeigte. Das Foto, das er kannte. Darunter die Information, die ihm bislang gefehlt hatte: Wenige Tage nach der Geburt ihres Kindes war Paula Modersohn-Becker gestorben, an einer Embolie, mit einunddreißig Jahren. 1907 war das gewesen, an einem zwanzigsten November. Minutenlang hatte John vor diesem Bild gestanden und an seinen ersten Besuch an Valentins Grab gedacht, hatte das feuchte, zerknitterte Papier in seinen Händen wieder gespürt und die gekritzelte Aufschrift vor sich gesehen, die nun Gestalt annahm. Der zwanzigste November, der Todestag der Paula Modersohn-Becker, sollte für die Unbekannte der Tag sein, an dem alles vollendet wäre.

Aber warum? Sie lebte doch noch. Also wo war, neben dem gemeinsamen Vornamen, die Verbindung? Es gab eine, und er musste sie finden.

Er parkte den Wagen vor Valentins Haus, raffte alles, was sich im Laufe des Tages angesammelt hatte, vom Beifahrersitz und stieg aus, ohne sich umzusehen. Die Unbekannte konnte ihm nicht gefolgt sein, ohne dass er es bemerkt hätte, und sie konnte unmöglich wissen, dass er hierher zurückfahren würde.

Bis vor einer Stunde hatte nicht einmal er selbst davon gewusst. Inzwischen aber sah die Sache anders aus. John hatte keine Skrupel mehr, Valentins Haus aufzuschließen, dort zu übernachten und sich gründlich darin umzusehen. Er brauchte Fakten, und die würde er sich beschaffen. Valentin würde sein Eindringen nicht mehr stören, und Vera lag im

Krankenhaus, laut Henri noch mindestens bis Montag.

John sah zu dem weißen Haus hinüber, in dem am Mittag Valentins Nachbarin verschwunden war. Ob sie ihren Beobachtungsposten am Küchenfenster eingenommen hatte und sich gerade eben fragte, was er schon wieder hier wollte? In diesem Fall war es besser, sie darüber zu informieren, dass Vera gefunden war und ihm das Übernachten gestattet hatte. Eine verzeihliche Notlüge, die niemandem schadete. Mit wenigen Schritten überquerte er die Straße.

In dem Haus wohnten zwei Parteien. Er zögerte nur kurz, dann drückte er auf den oberen Knopf neben dem Namen Bianka Mommsen. Durch die Milchglasscheibe sah er, wie im Treppenhaus ein Licht anging, kurz darauf hörte er Schritte auf der Treppe.

»Ach, Sie sind das!« Ihre Überraschung wirkte echt. Sie wischte die Hände an ihrer Schürze ab und wartete auf eine Erklärung.

John kam ohne Umschweife zur Sache. »Ich wollte Ihnen nur Bescheid sagen, dass Frau Kerner nicht verschollen ist. Sie ist erkrankt und liegt zurzeit im Krankenhaus, wahrscheinlich bis Anfang nächster Woche. Und wundern Sie sich nicht, wenn drüben Licht brennt. Das bin ich. Riecht gut bei Ihnen.« Ich Idiot, dachte er und biss sich auf die Lippen. Seine letzte Bemerkung konnte sie als kläglichen Versuch

missverstehen, sich bei ihr zum Essen einzuladen. Dazu hatte er aber weder Zeit noch Lust.
Zum Glück ging sie nicht darauf ein, sondern kam auf Vera Kerner zurück. »Würde mich nicht wundern, wenn es ein Herzanfall war«, sagte sie. »Ihr Mann und seine Neue haben ihr eine Menge zugemutet. Bis heute hat sie sich davon nicht erholt, wenn Sie mich fragen. Igelt sich seitdem ein, hat kaum noch Kontakt. Ab und zu kommt noch mal eine Frau zu Besuch, das ist es schon.«
John wurde hellhörig. »Eine Frau? Hier aus dem Ort?«
»Nein, im Ort habe ich die nie gesehen. Hat ja auch ein Hamburger Kennzeichen. Wissen Sie nicht, wer das sein könnte? Sie haben doch auch ein Hamburger Kennzeichen.«
John verkniff sich eine Antwort, fragte aber nach der Automarke. »Ein kleines, helles«, antwortete sie.
Das hatte er befürchtet, es war ihm klar, dass er auf eine genauere Typenbeschreibung nicht hoffen konnte. »Und die Frau, war die auch klein und hell?«
Aus Biankas Augen blitzten ein paar Funken in seine Richtung. »Hey, ein Auto ist ein Gebrauchsgegenstand. Hauptsache, es funktioniert, der Rest interessiert mich nicht. Okay? Und die Frau war nicht klein und hell, sondern groß und hell.«

Er lächelte, immerhin hatte sie Humor. »Klingt gut. Haben Sie ihre Telefonnummer?«
Sie schüttelte den Kopf und drehte die Hände nach außen, als sei sie untröstlich. »Die wäre sowieso nichts für Sie, erstens zu alt und zweitens der verbitterte Typ. Sie wissen schon: die Lippen nur ein Strich, die Augen nach unten gerichtet. Die arme Frau Kerner wurde allmählich auch so. Komisch eigentlich: Erst zahlt sie es ihrem missratenen Mann gründlich heim. Dann stirbt er, und sie kümmert vor sich hin.«
»Was meinen Sie damit: Sie zahlt es ihm heim?«
Bianka sah John erstaunt an. »Wissen Sie das denn nicht? Vera Kerner hat kurzerhand das Haus gekauft, in dem Valentin Kerner zur Miete wohnte. Und dann hat sie die Dicke vor die Tür gesetzt. Wie eine Furie hat die gezetert, das hätten Sie hören sollen.«
»Paula war dick?« John fiel es schwer, das zu glauben. Zwar hatte Valentin theoretisch innere Werte geschätzt, bei Frauen in seinem nächsten Umfeld aber stets die äußeren bevorzugt.
»Wie sie vorher aussah, kann ich nicht sagen, ich war erst einen Monat vor dem Riesenkrach eingezogen, aber allein in diesen vier Wochen hatte sie ordentlich zugelegt«, antwortete Bianka, wobei sie die Arme um ihre Hüften herum zu einem Halbkreis formte. »Er dagegen wurde von Woche zu Woche

weniger. Tja, unter jedem Dach ein Ach, wie man bei uns sagt. Ich muss hoch, sonst verkocht mein Abendessen.«
John sah zu Bianka auf. Da sie eine Treppenstufe höher stand als er, überragte sie ihn mit ihrer ohnehin stattlichen Länge. Was sie erzählt hatte, ging ihm nicht mehr aus dem Kopf. Zwar hatte er schon gewusst, dass Paula im Sommer vor Valentins Tod weggegangen war, und dass sie das nicht ganz freiwillig getan hatte, lag nahe. Neu war ihm Veras aktive Rolle dabei. Henri hätte ihm das sagen müssen. Denn wenn Vera das Zwillingshaus gekauft hatte, war das nicht ohne Henris Wissen geschehen. Diese verfluchte Geheimniskrämerei.
Bianka wurde unruhig. »Ich muss jetzt wirklich hoch. Wenn Sie wollen, können Sie mitessen. Es gibt Kürbiscremesuppe auf Krabben, ein altes friesisches Gericht. Ich muss nur noch den Sauerrahm unterrühren. Riecht nicht nur gut, schmeckt auch so.«
John verzog den Mund, rettete sich aber gerade noch rechtzeitig in ein bedauerndes Lächeln. Kürbissuppe, das fehlte noch. Allzu lange und allzu geduldig hatte er sich zunächst von Inken, danach von anderen Frauen mit Speisen malträtieren lassen, die nicht nur fleischlos, sondern auch gesund waren und meist in einem Topf köchelten oder in einem Wok garten. Kürbis, Körner, Karotten, Kohlrabi,

Kresse, Kräutertee. »Ein andermal gerne«, antwortete er, »aber ich bin noch satt vom Mittagessen.«
Bianka Mommsen lachte. »Schon gut, ich habe mir gleich gedacht, dass Sie nicht der Kürbissuppentyp sind.«
Schon wieder ein Pluspunkt. Sie war gelassen und nicht schnell beleidigt, eine Kombination, die er bei Frauen zu schätzen wusste. Er fingerte seine Visitenkarte aus der Jackentasche und gab sie ihr. »Die Adresse stimmt nicht mehr, aber die Handynummer schon. Melden Sie sich, wenn Sie demnächst mal in Hamburg sein sollten.«
Sie nahm die Karte gleichmütiger entgegen, als er gehofft hatte.
»Würde mich freuen«, rief er ihr im Weggehen zu, und er meinte das ehrlich.
Kurz darauf stand John zwischen den schwarzen Wänden des kleinen Flurs von Valentins Atelier und steckte den Schlüssel in seine Hosentasche. Er hatte ihn versehentlich samt Band und Haken aus der Verankerung gerissen. Gut so, dann konnte wenigstens niemand anderes mehr damit aufschließen.
Misstrauisch tastete er sich im Dunkeln die Treppe hoch zur mittleren Etage. Valentins Wohnraum hatte er bei seinem letzten Besuch kaum beachtet. Er horchte hinein in das Zimmer und in das Haus. Es war leer, verlassen. Seine Finger fanden einen Schalter. Zu seiner Erleichterung kein Neonlicht, son-

dern ein Spot, der an der Decke montiert war und einen milden Lichtkegel auf einen niedrigen, robusten Holztisch in der Mitte lenkte, um den herum Sitzkissen drapiert waren. Das einzige größere Möbelstück war ein hässlicher, grauer Metallschrank mit Schubladen und vollgestopften Fächern, der an der fensterlosen Längsseite gegenüber der Treppe stand. An deren Absatz stand John und fragte sich, ob das wirklich Valentin war, der hier gelebt hatte. Derselbe Valentin, der in seinem gediegenen Hamburger Haus ein solch wackliges Metallungetüm nicht einmal im Keller untergebracht hätte. John ging zu dem Tisch und befreite sich endlich von dem Papierwust, den er die ganze Zeit schon mit sich herumschleppte. Die Paula-Biographie legte er obenauf.

Das einzige Fenster des Raumes nahm fast die gesamte Kopfseite ein. John öffnete einen der beiden Flügel und lehnte sich hinaus in die Dunkelheit, sah über den Vorgarten auf die Straße und von dort hinüber zu dem weißen Haus. Zwei der drei Fenster im ersten Stock waren erleuchtet, aber er konnte keine Bewegung dahinter erkennen. Er holte tief Luft, blieb trotz der einströmenden Kälte mehrere Minuten lauschend stehen, schloss schließlich das Fenster wieder und rieb die Hände aneinander. Wenn er nicht den restlichen Abend Mantel und Schal anbehalten wollte, musste er auf die Suche nach ein paar

Decken gehen. Immerhin hatte er eine Ahnung, wo er die finden konnte. Er durchquerte den Raum, der an das Schlafzimmer grenzte, in dem er vor ein paar Tagen übernachtet hatte.
Schon als er die Tür öffnete, wusste er, dass sie hier gewesen war. Anders als im übrigen Haus roch es nicht modrig, sondern nach mit einem Hauch Parfum überlagerter frischer Luft. Sie hatte gelüftet, und sie hatte das ohne jedes Risiko tun können, denn das Schlafzimmerfenster lag an der Hinterfront des Hauses, dicht vor der Mauer, vor der er am Mittag gestanden hatte. Niemand hatte sie sehen können, besonders nicht, wenn sie über die Mauer gesprungen war. John rüttelte am Fenstergriff, er war verschlossen. Also war sie durch die Kellertür entkommen. Kein Kunststück, sicher besaß sie noch ihre Schlüssel. Daran hatte er nicht gedacht, er musste sich etwas einfallen lassen, um wenigstens diese Nacht einigermaßen ruhig schlafen zu können. In diesem Zimmer würde er nicht bleiben, in dem die Unbekannte gegenwärtig war wie ein Gespenst. Sie hatte sogar das Bett gerichtet, das er vor drei Tagen zerwühlt hinterlassen hatte. Jetzt war das Laken straff gezogen und das Oberbett zusammengelegt. Auf dem Kopfkissen lag etwas, was wie ein Betthupferl aussah. Aber es war kein Schokoladentaler, sondern etwas Weißes, Zusammengerolltes. Er nahm es hoch und hielt Veras doppelrei-

hige Perlenkette in der Hand, in der Mitte baumelte wie ein Pendel die charakteristische schwarze Perle.

»Dreckstück«, knurrte John, »ich glaube es dir auch so, dass du Vera verschleppt hast.« Es beruhigte ihn, seine eigene Stimme zu hören. Er stürzte hinaus, zurück in den Wohnraum, dann die Treppe weiter hinauf unter die Dachschräge. »Wo bist du, Paula?«, brüllte er, und seine Faust knallte im Dunkeln gegen eine der beiden Staffeleien, so dass sie splitternd und knirschend auf den Boden krachte. Das Geräusch ließ ihn zu sich kommen.

Er erinnerte sich, auf dem Arbeitstisch eine Klemmlampe gesehen zu haben, tastete sich an der Tischkante entlang, bis er sie gefunden hatte, und knipste sie an. Sie schaffte es gerade mal, einen höchstens tortengroßen Flecken auf dem Tisch zu beleuchten. Mit einem Fußtritt schob er die zersplitterte Staffelei beiseite und versuchte, seine Gedanken zu ordnen. Er war im Begriff, sich zu verrennen, trieb von hier nach da, anstatt überlegt einen Schritt nach dem anderen zu tun. Was er brauchte, war eine Struktur. Also: Diese verschrobene Person wollte Rache nehmen, und sie wollte, dass er herausfand, an wem und warum. Er hatte sich bislang gesträubt, ihren diffusen Hinweisen ernsthaft nachzugehen, das hatte sie richtig erspürt. Ab jetzt musste er daran arbeiten, diese leidige Geschichte hinter sich zu bringen. Fang an, ermunterte er sich, geh planvoll vor und nicht kopflos. Sammle dich.

Seine Augen gewöhnten sich allmählich an das Halbdunkel außerhalb des Lichtkegels. Im Zwielicht wirkten Tuben, Pinsel, Töpfe, Papierfetzen, alles was herumlag und -stand, wie Zeugen einer untergegangenen Welt, einst benötigt, nun herrenlos. Die Bilder, die teils gerahmt, teils ungerahmt an den Wänden lehnten, wandten ihm ihre Rückseite zu, als schämten sie sich, dass man sie einfach hatte stehenlassen. Langsam drehte er eines nach dem anderen um. Zum Schluss waren es zwölf Gemälde unterschiedlicher Größe, die er in einer Reihe nebeneinander aufstellte. Sechs davon waren Stillleben, fünf waren Frauenporträts, eines zeigte eine karge Landschaft und war nicht zu Ende geführt worden. John rückte das Bild zur Seite, es schien mit den anderen nichts gemeinsam zu haben.

Das Augenfälligste an den übrigen elf waren zwei Dinge: Erstens waren sie jeweils einem Original nachgebildet. Titel und Entstehungsjahr der Originale waren auf einem Schild am oberen Rahmenrand vermerkt. Ihre eigene Signatur, ein schwungvolles P, hatte die Malerin in der rechten unteren Ecke plaziert. Zweitens war die Person auf den Frauenporträts immer dieselbe, Paula Modersohn-Becker. Auch das *Selbstbildnis mit zwei Blumen in der Hand* war darunter. John setzte sich im Schneidersitz vor die Reihe der Nachbildungen, die Paula gemalt, signiert und dann im Stich gelassen hatte. »Warum hat sie das getan«, fragte er flüsternd in die Lautlosigkeit hinein, »hat sie euch vergessen? Hielt sie euch für misslungen?«

Er rückte näher heran und betrachtete jedes Bild eingehend, besonders die Porträts, und eines davon mit spezieller Aufmerksamkeit: das *Selbstbildnis am 6. Hochzeitstag.* Darin stellte sich die Malerin Paula Modersohn-Becker in einem Halbakt dar, bekleidet nur mit einem Unterrock, der unter den recht runden Bauch gerutscht war. Um den Hals hing eine Bernsteinkette, die bis zu den Brüsten reichte. John erkannte die Kette sofort, ihr Ebenbild lag unten auf der Kommode im Schlafzimmer neben anderen Schmuckstücken. Er musste die Schmuckstücke nicht miteinander vergleichen, um zu wissen, dass sie sich zum Verwechseln ähnlich waren. Sein Phantom Paula war offenkundig ein glühender Fan der Malerin Paula Modersohn. Das erklärte, warum sie ihre kryptischen Mitteilungen vorzugsweise mit dem Leben und dem Werk der Modersohn verwob. Was sie vorhatte, erklärte es leider noch immer nicht.

John stand auf, streckte die Beine und traf mit sich selbst eine Abmachung. Bis Montagnachmittag würde er bleiben. Sollte er bis dahin ausreichend Informationen zusammengetragen haben, um wenigs-

tens annähernd zu verstehen, warum diese Person ihn nicht in Ruhe ließ, dann würde und musste er die Sache zu Ende bringen. Gelang das aber nicht, würde er sie ignorieren und auf keine ihrer Tricks und Drohungen mehr reagieren.
Er verließ das Dachgeschoss, ging hinunter in Valentins Wohnzimmer, hüllte sich in eine Wolldecke aus dem benachbarten Schlafraum und nahm sich den Inhalt des Metallschranks vor.

14

Mitten in das Mittagsläuten der Zionskirche hinein ging John Magnus buchstäblich und im übertragenen Sinne in die Knie. Seine Theorie war soeben wie ein Soufflé in sich zusammengefallen. Die Unbekannte war nicht Paula. Es gab keine Paula. Nicht mehr.

Er kauerte vor Valentins leergeräumtem Blechschrank und starrte auf ein Schriftstück, das er als Allerletztes hinter einer verbeulten Schublade hervorgezerrt hatte. Es war eine Rechnung, gerichtet an Valentin, aber Paula betreffend. Paula Schlotter.

Wieder und wieder las John diesen Namen, der eine Enttäuschung war, weil er sich so profan ausnahm bei all den Verflechtungen mit Modersohn-Becker. Aber die Enttäuschung wich wachsendem Entsetzen, als er weiterlas und widerwillig endlich begriff, was die nüchterne Auflistung dieser Rechnung bedeutete. Zu bezahlen waren eine zweitägige Geburtsvorbereitung, eine von etlichen Komplikationen begleitete Entbindung, zehn Tage nachfolgende stationäre Betreuung wegen depressiver Verstimmung der Wöchnerin, deren Leben am elften Tag, einem zwanzigsten November, durch eine Embolie jäh endete. Das war sie, die Verbindung von Paula zu Paula.

»Mein Gott«, stöhnte John, »mein Gott.« Er kniete auf dem Boden, seine Gefühle schwankten zwischen Trauer, Mitleid, Zorn, Ohnmacht und Angst. Denn die Gewissheit, dass Paula seit fast einem Jahr tot war, hatte zwangsläufig die Gewissheit zur Folge, dass Paula nicht seine Gegenspielerin war.

Er hatte es stattdessen mit einer namenlosen Unbekannten zu tun, von der er nichts wusste, absolut nichts, die ihm aber gerade deswegen noch um ein Vielfaches unheimlicher wurde.

Zum wiederholten Male las er Zeile für Zeile, als bestünde eine Hoffnung, dass er sich doch geirrt, irgendetwas falsch verstanden hatte. Aber nicht einmal, dass es ein englischer Text war, konnte in seinem Fall als Vorwand für einen möglichen Irrtum herhalten. Der Absender, das St. George's Hospital in London, war ihm wohlbekannt. Während seiner Ausbildung hatte er drei Monate als *guest fellow* dort verbracht. Deshalb war das St. George's eine der beiden Frauenkliniken gewesen, die er Valentin seinerzeit empfohlen hatte.

Ohne es zu ahnen, war er Valentin offenbar dabei

behilflich gewesen, dessen schwangere und noch dazu lästige Freundin aus der Schusslinie zu bringen. Hatte er den Mann, der zwanzig Jahre lang sein Freund gewesen war, wirklich so schlecht gekannt? Oder hatten Spielleidenschaft, Schulden und schließlich die gesellschaftliche Ächtung Valentin zu einem verbitterten Menschen ohne Skrupel werden lassen? Sollte es eine Entschuldigung geben, dann höchstens die, dass er damals, wenige Monate vor seinem Tod, schon ein kranker Mann gewesen war und dass er Vera im Nacken hatte. Vera, die das Geld hatte, Vera, die nie hatte Kinder bekommen können. Ob Valentin sein Kind je gesehen hatte? John streckte die Beine und setzte sich gerade auf. Er hatte den gesamten Schrank leergeräumt, aber auf ein Kind gab es keinerlei Hinweise, weder auf sein Geschlecht noch auf seinen Namen noch darauf, wo es nach dem Tod der Mutter untergekommen war. Dies immerhin hoffte er herauszufinden dank seiner immer noch guten Kontakte zum St. George's.

Er stand auf. Allmählich löste sich der Schockzustand, sein Kopf wurde klarer. In den vergangenen anderthalb Tagen hatte er gelesen und gesichtet, bis ihm die Augen brannten, hatte sich sowohl mit Paula Modersohns Biographie befasst als auch durch Valentins Hinterlassenschaft gegraben. Über den gesamten Fußboden verteilt lagen sortierte Häufchen von amtlichen Schreiben, privaten Briefen,

Rechnungen, Dokumenten und bergeweise Fotos. Vieles war unbedeutend, einiges überraschend, insgesamt aber konnte er sich nun wenigstens in groben Umrissen ein Bild machen von dem Teil Valentins, den er nicht gekannt hatte, nicht hatte kennen können. Denn weder war er eine Frau, noch hatte er Valentin in Gesellschaft von Frauen erlebt, mit Ausnahme der wenigen oberflächlichen Begegnungen mit Vera. Valentins Verhältnis zu Frauen aber hatte ganz offensichtlich, neben dem zu Geld und Besitz, eine prägende Rolle in dessen Leben gespielt. Mit seinem Segelfreund und kultivierten Gesprächspartner hatte dieser andere Valentin wenig gemein.
John unterdrückte das bittere Gefühl, hintergangen worden zu sein. Bei aller Enttäuschung nämlich musste er sich eingestehen, dass sie beide, er und Valentin, in stillschweigendem Einverständnis alles außen vor gelassen hatten, was die Harmonie ihrer Zweisamkeit gestört hätte. Sie brauchten sich, weil jeder dem anderen einen Rückzugsraum bot, in dem Ärger, Niederlagen, der Alltag ausgesperrt waren. Sie hatten sich nicht einmal oft gesehen, manchmal lagen Wochen zwischen ihren Treffen. Aber sie wussten, dass sie einander hatten.
John stützte sich auf den schäbigen Blechschrank, dessen Inhalt ihm den anderen Valentin enthüllte. Entdeckt hatte John einen Mann, dem es wichtig war, ein großbürgerliches Leben zu führen, wozu,

mindestens in Hamburg, ein angesehener Beruf, eine ordentliche Adresse und eine untadelige Gattin gehörten. All das hatte Valentin vorzuweisen, aber – und die Entdeckung dieses Charakterzugs überraschte John zutiefst – in dem Maße, in dem Valentin zu bewahren suchte, was er hatte, setzte er es gleichzeitig leichtsinnig aufs Spiel. Briefe und Fotos lieferten den Beweis, dass er mit mindestens einem Dutzend Frauen mehr oder weniger lange Verhältnisse gehabt hatte. Drei hatte John auf Fotos wiedererkannt, zwei davon waren Ehefrauen von Segelkameraden, die Dritte hatte er kürzlich erstmals getroffen, sie war seine Pensionswirtin. Ihr Name war Eva, wie John erst aus ihren Briefen erfuhr, die sie Valentin noch monatelang nach Worpswede hinterhergeschickt hatte. Eva war eine der Letzten aus der Hamburger Ära, und sie schien die Trennung besonders hart getroffen zu haben. Sie tat ihm leid.
Andere Briefe kamen nicht von liebeskranken oder wütenden Frauen, sondern von Staatsanwälten und Gläubigern. Etwa zur gleichen Zeit hatte Valentin zu kränkeln begonnen. In seinen durcheinandergewürfelten, teilweise eingerissenen Unterlagen fand John Laborbefunde, Berichte von Kardiologen und die Rechnung eines Chinesischen Heilzentrums.
Trug man alles zusammen und besah es in dem entsprechenden Zeitablauf, so war nicht zu übersehen, dass Valentin auf einem Pulverfass gesessen hatte,

unter dem bereits die Lunte gezündet war. Als er wegzog, war er krank, verschuldet, aus der Kanzlei geflogen, hatte sich in einer frischen Affäre mit Paula verfangen und war gezwungen, von dem Geld seiner trinkenden Frau zu leben, die ihn verachtete und sich gleich mit.
Irgendwann auf dieser Talfahrt in die Tristesse hatte jemand begonnen zu hassen. Jemand, der Paula Schlotters offenkundige Begeisterung für Paula Modersohns Kunst teilte und das gleiche Todesdatum beider Frauen als Zeichen wertete, Rache nehmen zu dürfen. Oder jemand, der das Todesschicksal beider Frauen als Vorwand nutzte, um seine Rachephantasien zu rechtfertigen, die sich nicht nur gegen Valentin, sondern, das war das hauptsächlich Beängstigende, gegen zwei weitere Personen richteten. *Siehst Du die zwei Blumen in ihrer Hand? Für jeden, der es verdient hat, eine.* John kannte diesen Satz längst auswendig. Aber trotz allen Grübelns fielen ihm keine zwei Menschen ein, denen er gelten könnte. Vera allenfalls, hatte er bislang gedacht, sie hatte die schwangere Paula zum Auszug gezwungen. Aber seit er wusste, dass Paula tot war, erschien ihm auch das unsinnig. Das Phantom war ihm ferner denn je, immer weniger verstand er, was ausgerechnet ihn zum Adressaten der verworrenen Botschaften hatte werden lassen. Das zermürbende, einsame und in jeder Hinsicht unbequeme Wochen-

ende hatte ihm Erkenntnisse über Valentin eingebracht, aber keine zu der Unbekannten. Im Gegenteil, neue Fragen waren aufgetaucht. Gemäß seiner Absprache mit sich selbst bedeutete das: ignorieren, aufhören, nicht mehr reagieren.
Er sah auf die Uhr, schon nach zwölf. In einer knappen Stunde war er mit Katharina verabredet. Eine Verabredung, die mittlerweile überflüssig geworden war, aber es war eine Frage der Höflichkeit, dennoch hinzugehen. Außerdem konnte er die Gelegenheit nutzen, endlich einmal wieder etwas Anständiges zu essen. Zuvor musste er sich allerdings in einen einigermaßen akzeptablen Zustand bringen. Er stieg die Treppe zur oberen Etage hoch und durchquerte das Atelier.
Durch das Glasdach beleuchtete das Mittagslicht die Bilder, die er die Wand entlang aufgereiht hatte. John blieb vor den fünf Porträts stehen. Er hatte sie nach ihrem Entstehungsjahr sortiert. Das erste von 1897 zeigte Paula Becker mit einundzwanzig Jahren. Die rotbraunen Haare lockten sich ungebändigt um Stirn und Ohren, die großen, runden Augen, der fest verschlossene Mund unter der ausgeprägten Nase und die leicht schiefe Kopfhaltung sagten deutlich: Ich weiß, was ich will, und ich hole es mir. In dem nächsten, drei Jahre später entstanden, signalisierten der langgestreckte Hals, das vorgereckte Kinn und der Triumph in ihrem Blick, dass sie

sich gegen alle Widerstände durchgesetzt hatte: Sie war das erste Mal in Paris, besuchte eine Malakademie, bewohnte ein winziges Atelier und war selig zwischen all den Malern und Kunstgalerien.
Wie traurig dagegen das *Selbstbildnis mit weißer Perlenkette* von 1906. Sie war nun dreißig Jahre alt, seit fünf Jahren mit dem bodenständigen Landschaftsmaler Otto Modersohn verheiratet, lebte in Worpswede, und ihre Illusionen waren verschwunden. Niemand in ihrer norddeutschen Heimat nahm sie als Malerin ernst, ihre Sehnsuchtsstadt Paris war weit weg. Brav hatte sie ihr störrisches Haar mit einem Reif gebändigt, brav das Kleid, brav eine weiße Perlenkette um den Hals, die Augen unter den schweren Lidern melancholisch, dem Mund gelang mit Mühe ein resigniertes Lächeln. Der Kontrast zu dem danebenstehenden *Halbakt mit Bernsteinkette* konnte nicht größer sein.
John ging in die Hocke. Erst seit er Genaueres über das Leben der Paula Modersohn-Becker nachgelesen hatte, konnte er sich diesen Kontrast erklären. Der Halbakt, ganz in gelbem Pastell gehalten, war im Sommer 1906 in Paris entstanden. Noch einmal hatte sie es geschafft, dorthin zu entkommen, und diesmal sollte es endgültig sein. Sie war entschlossen, sich von Otto Modersohn scheiden zu lassen und in Paris zu bleiben. Fast ein Jahr hielt sie durch, dann zerbrach ihre Widerstandskraft an zunehmen-

der Geldnot, an Freunden, die sie im Stich ließen, an den Vorwürfen der Familie, am Drängen ihres Mannes. Zum Schluss war sie froh und dankbar, dass er ihr Anfang 1907 hinterherreiste. Als sie gemeinsam nach Worpswede zurückkehrten, war sie schwanger.

John fragte sich, ob die Schwangerschaft sie darüber hatte hinwegtrösten können, dass sich ihre Hoffnungen auf ein eigenständiges Leben als Malerin in Paris nicht erfüllt hatten. Das letzte Porträt in der Reihe, das mit den zwei Blumen in der Hand, ließ diesen Schluss nicht zu. Es war entstanden im Todesjahr der Paula Modersohn. Weit weg war das pastellene Gelb des euphorischen Pariser Sommers, hier war der Hintergrund dunkel, die Körperhaltung beherrscht, die zwei Blumen klemmten freudlos hinter der steif ausgestreckten Hand.

Hatte die andere Paula Nähe gefühlt zu diesem Lebensschicksal, ohne wissen zu können, dass sie ihm am Ende noch sehr viel näher kommen würde?

John wandte den Blick ab, zu intensiv führte ihn das Gemälde zurück zu der Unbekannten und ihren Drohungen. Er erhob sich und verschwand im Bad. Glattrasiert und schon im Mantel stand er wenig später in der Mitte des Wohnraums. Es war Zeit zu gehen, und er wollte nie wiederkommen. Die Häufchen der auseinanderdividierten Papiere aus Valentins Leben ließ er einfach liegen. Nur ein Dokument

faltete er sorgfältig zusammen und steckte es in die Brusttasche seines Mantels: die Rechnung vom St. George's.
Seine Gedanken waren bei Valentin, als er langsam die Treppe hinunterstieg, die Holzlatte entfernte, die er zur Sicherung innen vor die Haustür geschoben hatte, und den Vorgarten durchquerte in der Hoffnung, nicht von Vera entdeckt zu werden. Er wusste nicht, ob sie inzwischen zurück war aus dem Krankenhaus, aber er wusste genau, dass er ihr nicht begegnen wollte.
Bianka Mommsen hatte er das restliche Wochenende über nicht mehr gesehen.

15

Wie ein Puppenhaus unter freiem Himmel, dachte John, voll von Skulpturen, an denen Schildchen klebten: der *Bonze des Humors,* der aussah wie ein kichernder Buddha, ein *Schlafender* aus Stein, ein *Träumender,* eine *Moorfrau,* dazwischen Bäume, Büsche, niedrige Treppen, bepflanzte Anhöhen, regensatter Rasen und als Blickfang am Ende eines gekiesten Fußwegs das »Kaffee Worpswede«. Das Haus, keine zwanzig Schritte von der unvermeidlichen Bergstraße entfernt, war eine außergewöhnliche Mischung aus friesischem Bauernhaus und geschwungener Dachkonstruktion, wie John sie von asiatischen Teehäusern kannte. Die Mixtur aus Formen und Farben setzte sich innen fort. Es gab runde Nischen, spitze Winkel, Emporen und Fenster wie Halbmonde. Mittendrin ragte ein hölzernes Ungetüm mit breiten Schwingen bis fast zur Decke.

»Gefällt sie Ihnen?«, fragte Katharina. John hatte sie

nicht bemerkt, sie musste kurz nach ihm hereingekommen sein.

»Die Holzplastik, meine ich«, ergänzte sie, als sie seinen fragenden Blick bemerkte.

»Geschmacksache«, murmelte er, während er sich nach einem freien Tisch umsah. »Sehr viel Holz auf zu wenig Raum. Sieht aus, als wäre es irgendwann einmal durchs Dach geplumpst, und niemand weiß, wie man es wieder loswird, durch die Tür jedenfalls nicht. Wollen wir uns ans Fenster setzen?«

Sie nahm ihm gegenüber Platz, ihren Mantel legte sie auf den Stuhl neben sich. John nahm an, dass sie seine flapsige Einschätzung des Kunstwerks geärgert hatte, jedenfalls sah sie schweigend aus dem Fenster, als dächte sie über ungehobelte Engländer nach, die sich anmaßten, Urteile über das Kulturgut der Worpsweder Künstlerelite zu fällen.

»Andererseits ist es ein phantasievolles Kunstwerk, interessant«, ergänzte er, um Schadensbegrenzung bemüht.

Als sie sich ihm wieder zuwandte, wirkte sie allerdings nicht verärgert, sondern nur sehr müde. »Über dem Eingang ist ein plattdeutscher Spruch eingraviert: *Wer't mag, der mag't, un wer't nich mag, de mag't jo woll nich mögen.* Wie Sie schon sagten, es ist alles Geschmacksache. Also, halten wir uns damit nicht länger auf. Was macht der Rosenkrieg?«

»Keine Ahnung, ich bin nicht mehr am Grab gewesen. Und Sie? Wieso sind Sie eigentlich so oft auf diesem Friedhof?«

»Bin ich normalerweise nicht. Nur zu Beginn des Winters, bevor alles erfriert, mache ich unser Familiengrab winterfest. Als wir uns trafen, hatte ich gerade das Sommergemüse entfernt.« Sie winkte der Kellnerin.

Während sie ihre Bestellungen aufgaben, hatte John Zeit, sich zu überlegen, ob er sie nach der Unbekannten fragen sollte. Er entschied sich dafür. »Ich möchte Sie etwas fragen, was mir sehr wichtig ist«, begann er, als die Kellnerin außer Hörweite war. »Dieser Rosenkrieg, wie Sie es nennen, wird von einer Person geführt, die ich weder kenne noch verstehe. Sie steckt Botschaften in das Grab meines Freundes und Rosen, auf die er lebensbedrohlich allergisch war. Sie verfolgt und belästigt mich, und ich habe keine Ahnung, warum sie das tut. Haben Sie vielleicht einmal in der Nähe des Grabes eine Frau gesehen, eventuell sogar beobachtet, wie sie sich daran zu schaffen gemacht hat? Sie ist schließlich nicht unsichtbar, man muss sie doch wahrgenommen haben.«

Katharina hatte sich vorgebeugt und ihm aufmerksam zugehört. »Das ist scheußlich«, sagte sie nach einer nachdenklichen Pause. »Nein, mir ist nichts aufgefallen. Aber es tut mir so leid für Sie, das muss

Sie sehr belasten. Und Sie haben tatsächlich überhaupt keine Ahnung, wer die Frau sein könnte?«
John beugte sich nun ebenfalls vor, so dass sich ihre Köpfe fast berührten. Er musste nicht lange abwägen, ob er auf Katharinas Frage eingehen wollte. Es tat ihm gut, darüber zu reden, abschließend, wie er für sich dachte. »Anfangs glaubte ich zu wissen, wer sie ist, nämlich eine ziemlich durchgeknallte Ex-Freundin von Valentin, eine Paula Schlotter.«
»Paula?« Katharina hielt sich die Hand an den Mund. »Darauf war ich nicht gefasst«, fuhr sie leiser fort. »Paula ist doch schon länger als ein Jahr nicht mehr hier.«
»Sie kennen sie?«, fuhr John eine Spur zu scharf dazwischen. Katharina richtete sich auf, legte die Hände auf die Tischplatte und sah ihn an. »Ich habe Ihnen doch gesagt, hier begegnet man sich zwangsläufig, wenn man nur ein paarmal die Straße rauf- und runterläuft. Paula habe ich an der alten Eiche getroffen.« Sie brach ab, als die Kellnerin die Getränke brachte und eine brodelnde Lasagne vor John abstellte. Er griff nach dem Löffel, legte ihn aber wieder zur Seite. Katharina deutete auf seinen Teller. »Misstrauen Sie jetzt sogar schon dem Koch?«
»Nein, nur den Blasen. Ich kann mir Schöneres vorstellen als eine Verbrennung zweiten Grades an meinen Mundschleimhäuten.«

Er schob sich ein Stück Brot in den Mund und betrachtete die Frau, die so spröde wirkte – trotz der rotblonden Locken und des Grübchens im Kinn. Dass sie ihn als misstrauisch, womöglich als paranoid einstufte, ärgerte ihn. Erstmals fragte er sich, warum sie überhaupt bereit gewesen war, sich mit ihm zu treffen. Zwar sagte ihm sein gesamter Bekanntenkreis nach, ein Frauentyp zu sein, was möglicherweise stimmte, aber nicht immer ein Vorteil war. Vielmehr gab es nicht wenige Frauen, die gerade deshalb vor ihm zurückschreckten. Mit Recht. Seine bisherigen Beziehungen einschließlich seiner kurzen Ehe hatten gezeigt, dass er nicht zum Langstreckenläufer taugte.

Katharina hatte sich zurückgelehnt und nippte an ihrer Cola. Selbst bei sehr optimistischer Einschätzung sah es nicht danach aus, als wollte sie Eindruck schinden bei dem Mann, der ihr gegenübersaß. Schmeichelhaft war das nicht.

John zog den Teller zu sich heran und begann, seine Lasagne in vier Teile zu zerlegen. »Darf ich dich etwas fragen? Ich darf doch du sagen, oder? Es fällt mir leichter.«

Sie zuckte die Achseln, was er als Einverständnis wertete.

»Hast du dich mit mir getroffen, weil du neugierig warst auf den Rosenkrieg, wie du es nennst?«

Sie zog die Augenbrauen hoch. »Selbstverständlich.

Ich habe doch vergangenen Mittwoch sofort gemerkt, dass an diesem Grab etwas vor sich geht, was Sie in Rage versetzt.« Sie stockte und korrigierte sich. »Verzeihung – dich in Rage versetzt. Am Samstag habe ich gesehen, dass wieder Rosen drinsteckten, die falschen Blumen, wie du ausdrücklich betont hattest. Und dann sind wir uns im Museum über den Weg gelaufen. Ist doch logisch, dass ich mich unter diesen Umständen mit dir treffe, wenn du es schon selbst vorschlägst.« Unverblümt, dachte John, aber wenigstens gab ihm ihre unverstellt ehrliche Antwort die Möglichkeit, ihr ohne Umschweife noch ein paar Fragen zu stellen. »Wenn das so ist«, sagte er deshalb, »dann kannst du mir vielleicht helfen, ein paar Sachen zu klären. Da wäre zum Beispiel Paula Schlotter. Erzähl mir etwas über sie. Bitte.«

Katharina sah wieder zum Fenster hinaus, ohne etwas Bestimmtes zu fixieren. »Ich entsinne mich an einen Tag Anfang Mai vorigen Jahres«, begann sie. »Ich hatte frei, also war es wohl ein Samstag. Um die Mittagszeit bin ich bei strahlendem Vorfrühlingswetter hinausgeschlendert zu der alten Eiche. Du wirst sie nicht kennen, sie steht draußen auf dem Weyerberg, da wo der Fritz-Mackensen-Weg sich gabelt. Keine zehn Minuten Fußmarsch von hier. Ich besuche die alte Eiche oft, musst du wissen, sie ist etwas Besonderes. Ihr Stamm, ihre Krone, alles an ihr ist kraftvoll. Dabei ist sie schon dreihundertsechzig Jahre alt. Gepflanzt wurde sie entweder aus Protest oder zur Erinnerung daran, dass der Weyerberg nach dem Dreißigjährigen Krieg komplett abgeholzt werden musste wegen der Zwangszahlungen an die Besatzer. Seitdem also steht sie da, die alte Eiche, majestätisch, würdevoll, magisch. Ich fürchte, sie wird bald sterben, weil sie niemand mehr berühren darf. Die Behörde hat einen Zaun um den Baum ziehen lassen, aus versicherungstechnischen Gründen, nehme ich an. Es könnte ja mal jemandem ein Ast auf den Kopf fallen, der vorher nicht darüber belehrt wurde, dass Bäume Äste haben. Arme alte Eiche. Traurig.«

»Und dort hast du Paula getroffen«, warf John ein, um den drohenden Umweg über Bäume und Magie abzukürzen. An der Art, wie Katharina für einen Moment die Augen schloss, konnte er ablesen, dass sie die Unterbrechung ärgerte. Er wusste nicht, was ihr durch den Kopf ging, aber er tippte darauf, dass sie ihn mindestens für einen unsensiblen Ignoranten hielt.

»Ja. Paula stand damals vor ihrer Staffelei und war vertieft in ihre Arbeit«, fuhr Katharina fort, »weiß gekleidet, mit einem Strohhut auf dem Kopf, wie ein Gemälde aus dem vorigen Jahrhundert. Auf der Leinwand hatte sie die Eiche skizziert, aber auch einen Kanal mit Birken, den es dort gar nicht gibt. Ich sprach sie darauf an. Sie sagte, die Eiche symbolisiere ihre innere Heimat, der Kanal mit der Allee zeige die äußere.«

»Den Entwurf hat sie nie zu Ende gebracht«, warf John ein. Er erzählte Katharina von dem unvollständigen Landschaftsgemälde, das er in Valentins Atelier gesehen hatte, und von den Modersohn-Kopien.

Katharina wurde lebhafter. »Das passt. Sie fühlte eine Wesensverwandtschaft zur Modersohn, gleichzeitig zerriss es sie, dass sie glaubte, nicht deren Begabung zu haben. Diese Besessenheit war nicht gut für sie, das habe ich schnell gespürt. Eine Gemeinsamkeit zumindest gab es: Sie hätte – ebenso wie ihr großes Vorbild – einen Partner gebraucht, der sie fördert und leitet, und nicht einen, der sie schwängert.«

»Du wusstest, dass sie ein Kind erwartet?«

»Ich habe es erraten, bei unserem letzten Zusammentreffen zwei Monate später, wieder unter der Eiche. Sie war rundlich geworden. Danach habe ich sie nicht mehr gesehen. Weißt du mehr? Du hast gesagt, anfangs hattest du Paula in Verdacht, deine Verfolgerin zu sein.«

Da John nicht abschätzen konnte, wie Katharina auf die Nachricht von Paulas Tod reagieren würde, wollte er lieber nicht davon sprechen. »Nein«, entgegnete er ausweichend, »es muss jemand anderes sein.« Er zog die letzte Mitteilung der Unbekannten

hervor und zeigte Katharina den Briefkopf des Modersohn-Museums. »Ist der echt?«
Sie schüttelte den Kopf. »Eher nicht. Zumindest habe ich ihn so noch nie gesehen. Ist vielleicht gefälscht, oder? Es ist ja extrem einfach, sich einen Briefkopf im Computer zu zimmern. Meinst du, das war die mit den Botschaften vom Grab?« Sie sah John erwartungsvoll an, aber der faltete das Papier kommentarlos zusammen und steckte es weg. »Sofern sie das wirklich war«, fuhr Katharina fort, »wollte sie dich damit wohl ins Museum locken. Hat ja auch geklappt.«
John reagierte gereizt wie jemand, der in flagranti bei einer Dummheit ertappt wird. »Komisch eigentlich«, entgegnete er schmallippig, »dass ich dann prompt auf dich getroffen bin.«
Katharina schüttelte ungläubig den Kopf, fasste sich aber schnell. »Wenn ich gewusst hätte, in welchem Ton du mit mir sprichst, wäre ich nicht gekommen«, sagte sie und griff nach ihrem Portemonnaie.
John stand auf und machte der Kellnerin ein Zeichen. »Lass mal, ich mach das schon.« Während er zahlte, war Katharina in ihren Mantel geschlüpft und hatte das Lokal verlassen. Er lief hinter ihr her und hielt sie auf. »Entschuldige, ich bin etwas dünnhäutig zurzeit. War nicht so gemeint.«
»Das war unnötig«, entgegnete sie nüchtern, drehte sich um und lief über die Terrasse davon. Erst als sie

hinter dem Haus verschwunden war, fiel John ein, dass er sie nicht einmal nach ihrer Telefonnummer gefragt hatte. Er musste sich eingestehen, dass es während ihrer Unterhaltung nur um seine Belange gegangen war. Von sich selbst hatte Katharina so gut wie nichts erzählt, hatte dazu auch keine Gelegenheit gehabt. Nur ihre Vorliebe für die alte Eiche hatte sie erwähnt.

John überlegte, ob er vor seiner Rückfahrt nach Hamburg einen Spaziergang zu dem Wunderbaum machen sollte, ein wenig Bewegung und frische Luft täten gut nach dem Horrorwochenende in Valentins feuchtkaltem, stickigem Reihenhausverlies. Weil es anfing zu nieseln, entschied er sich dagegen und ging zu seinem Wagen zurück. Der Nieselregen bot ihm auch eine willkommene Ausrede, nicht am Friedhof anzuhalten, wozu er schon fast gegen jede Vernunft bereit gewesen war.

Ohne zu zögern, fuhr er an der Auffahrt zur Kirche vorüber. Farewell Worpswede, farewell Valentin, farewell Paula, Katharina, Bianka, Vera und wer ihr sonst noch alle seid. Farewell.

16

Der Dienstag erwachte mit einer so schönen Morgenröte, wie sie Hanne schon lange nicht mehr gesehen hatte. Die aufgehende Sonne tauchte den Himmel in helles Rot, auf Wiesen und Dächern funkelte der Rauhreif.

Sie stand auf dem Rasen vor dem Kälberstall und lauschte auf das leise Glucksen des Wassers, das sich nur wenige Meter von ihr entfernt durch den Kanal kräuselte. Sie hörte ein fernes Brummen, das bald näher kommen und ziemlich genau um halb acht ihren Hof passieren würde. Noch hielt der Schulbus nicht bei ihr an, sechs Jahre konnte er sich noch Zeit lassen damit, denn noch war Lilly nicht einmal ein Jahr alt. Hanne versuchte sich vorzustellen, wie es sein würde, wenn Lilly mit einem bunten Schulranzen auf dem Rücken den Bus enterte, ihr vielleicht noch einmal zuwinkte und dann entschwand auf der geraden, einsamen Straße, auf der kaum je Autos fuhren.

Irgendwo am Ufer des Kanals flatterten Wildgänse auf und flogen, die langen Hälse gestreckt, in einer Fünferformation gackernd davon. Dann war es wieder still. Aus den Ställen hörte Hanne ab und zu eine Kuh schnaufen, das Geräusch verlor sich in der Weite des flachen Landes. Die Kühe waren gemolken und satt, selbst der verletzte Bulle gab Ruhe.
Hanne stöhnte, sie war wieder in der Wirklichkeit angekommen. In den vergangenen Tagen hatten sie viele Widrigkeiten zu überwinden gehabt. Quase war verendet, unter Mühen hatten die Männer den schweren Kadaver aus dem Boxenstall ziehen müssen, wo er dann Stunden lag, ehe endlich der Abdecker kam. Es folgte die übliche Papierflut, und als hätte das nicht gereicht, machte auch noch der Bulle Probleme. Stieg so ungeduldig auf eine Kuh, dass er nach hinten überkippte und sich an der Hüfte verletzte. Das hieß wieder Tierarzt, wieder zusätzliche Ausgaben, und das blöde Vieh stand nun für Wochen in einem abgeteilten Gatter auf Stroh, zur Reha sozusagen. Wenn sie den Zusatzverdienst von Kai nicht hätten, wäre das alles gar nicht mehr zu stemmen.
Hanne stöhnte erneut und sah zum Himmel. Die Morgenröte schlich sich in einem Streifen am Horizont entlang davon, der Himmel hüllte sich nun, als hätte er sich ihren trüben Gedanken angepasst, in düsteres Grau. Hanne schüttelte sich, ihr war kalt.

Sie blinzelte hinüber zur ehemaligen Scheune. Dort war alles ruhig. Offenbar schlief der Gast noch. Mit dem Umbau der Scheune zu einer Ferienwohnung hatte Hanne eine zusätzliche Einnahmequelle erschlossen, sich aber auch zusätzliche Arbeit aufgebürdet. Der derzeitige Gast, eine allein reisende Dame, war die letzte Buchung für diese Saison.

Fröstelnd ging Hanne zum Haus zurück und betrat von der Dielenseite aus die Küche. Baschtel, Kurt und Gregori hatten ihr Frühstück beendet und drückten sich an ihr vorbei, sobald sie den Raum betrat. Lilly hantierte wie jeden Morgen um diese Zeit friedlich mit ihren Spielsachen im Laufstall. Sie war ein geliebtes, aber kein verzärteltes Kind. Als Bauernkind musste sie früh lernen, dass zum Verzärteln niemand Zeit hatte. Hanne bedauerte das manchmal. So oft wie möglich stahl sie sich ein paar Minuten, um mit Lilly zu kuscheln und zu spielen, auch außerhalb ihrer gemeinsamen abendlichen Stunde, die sie sich ohnehin niemals ausreden ließ. Nicht einmal von Kai. Kai war viel pragmatischer als sie. Manchmal warf Kai ihr sogar vor, dass sie zu weich sei. Am Wochenende wäre es darüber beinahe zu einem Streit gekommen, obwohl sie sich normalerweise nie stritten. Aber Kai war wieder so nervös in letzter Zeit, fast so schlimm wie im Frühjahr. Hanne hatte das vorsichtig angesprochen am Wochenende, war aber auf taube Ohren gestoßen. Blödsinn, hatte

Kai gesagt, es gebe lediglich ein paar Dinge zu regeln. Das sei anstrengend, aber nicht mehr lange, dann sei alles geklärt. Kai hatte sich jede weitere Nachfrage verbeten, und Hanne hatte geschwiegen. Sie krempelte die Ärmel ihres Pullovers hoch, es wurde Zeit für die Küchenarbeit. »Übertreib es nicht«, sagte sie zu Lilly, die sich mit hochrotem Kopf unermüdlich am Gitter hochzog, danach auf ihren wackeligen Beinchen zu stehen versuchte und jedes Mal wieder auf den Hintern plumpste. Hanne hatte schon die Arme ausgebreitet, um sie hochzunehmen, als das Telefon läutete.
»Bist du es, Hanne?« Kai klang aufgeregt. »Hör zu, ich komme am Abend zu dir, wir müssen reden.«
Hannes Finger umkrampften das Telefon, Kai tauchte normalerweise nie unter der Woche auf dem Hof auf. »Ist etwas passiert?«, fragte sie und merkte selbst, wie dünn ihre Stimme klang.
»Es brennt«, rief Kai ins Telefon. »Verstehst du, Hanne, es brennt im Haus.«
Die Verbindung war beendet, ehe Hanne reagieren konnte, aber noch immer umkrampften ihre Finger den Hörer. In welchem Haus brannte es? Und wieso regte Kai sich derart darüber auf?

17

Froh, endlich wieder in Hamburg zu sein, saß John Magnus zur gleichen Stunde bei einem ausgedehnten Frühstück in seiner Pension und goss sich die zweite Tasse Kaffee ein.

Er hatte hervorragend geschlafen, fühlte sich erfrischt und irgendwie erleichtert. Es gelang ihm sogar, sich im Wesentlichen auf den Tag zu konzentrieren, der vor ihm lag, und nur noch in begrenztem Maße an die verstörenden Ereignisse der vergangenen Woche zu denken. Deshalb war es ihm auch ganz recht, dass er der sonst allgegenwärtigen Hausherrin seit seiner Rückkehr am Nachmittag des Vortags nicht begegnet war, denn noch immer war er sich nicht schlüssig, wie er mit seinem neu erworbenen Wissen umgehen sollte. Durfte er sie auf Valentin und Vera Kerner ansprechen oder wäre das taktlos? Er wollte in Ruhe darüber nachdenken, nichts überstürzen. Die hübsche junge Frau, die heute den Frühstücksservice übernommen hatte – wahrschein-

lich auf Stundenbasis aus dem nahen Uni-Pool rekrutiert –, stellte eine frische Kanne Kaffee auf den Tisch. »Wo ist eigentlich Ihre Chefin?«, fragte John beiläufig.
Die studentische Aushilfskraft klaubte benutztes Geschirr und Besteck zusammen. »Frau Haberland ist heute nicht im Haus. Herr Schröder vertritt sie.« Sie deutete zur Empfangsdiele, wo ein sehr korrekt wirkender Herr Anfang dreißig die Hoheit über die Rezeption übernommen hatte.
Schon zehn Minuten später lenkte John sein Mietauto aus der Parklücke, in seiner ehemaligen Praxis hatten sich Handwerker angesagt.
In dem guten Gefühl, allmählich wieder ins Gleichgewicht zu kommen, stellte er sein Handy auf stumm, drehte im Gegenzug das Radio auf und behielt dieses System den gesamten restlichen Tag bei, arbeitete systematisch alle Erledigungen ab, die er sich vorgenommen hatte, und erwog am späteren Nachmittag sogar, Inken nach langer Zeit mal wieder anzurufen und zu einem gepflegten Essen einzuladen.
So kam es, dass er erst gegen achtzehn Uhr sein Telefon wieder hervorzog und feststellte, dass Inken ihrerseits bereits ein Mal angerufen hatte und Henri sogar vier Mal. Beide hatten Rückrufwünsche auf die Mailbox gesprochen, wobei Henris letzte Ansage gerade mal zehn Minuten zurücklag und schon

sehr ungeduldig klang. John rief ihn unverzüglich an.
Keine halbe Stunde später saßen sie sich in der Kanzlei gegenüber und John erfuhr von dem Feuer in Worpswede und seinem tragischen Ausgang.
Ausgebrochen war es kurz vor acht am Morgen. Ein Anwohner hatte die Feuerwehr informiert, dass Rauch aus einem Haus dringe. Als die Feuerwehr eintraf, schlugen bereits Flammen aus dem Dach und drohten auf die linke Hälfte des Doppelhauses überzugreifen. Das Feuer konnte relativ rasch gelöscht werden, im Haus aber hatten sich giftige Dämpfe ausgebreitet. Feuerwehrmänner suchten mit Atemschutzmasken nach den Bewohnern. Wie sich herausstellte, war die linke Haushälfte derzeit unbewohnt. Aus der rechten wurde eine Person geborgen, die Besitzerin des Hauses. Vera. Und Vera war tot.
»Furchtbar«, sagte Heinrich von Zahn, »furchtbar. Sie war doch erst seit gestern aus dem Krankenhaus zurück. Ob sie wieder getrunken und dabei geraucht hat? Vielleicht war es auch eine Kerze.«
John sagte gar nichts. Er konnte nicht. Er fühlte sich wie von einer Wattewand umgeben, Henris Stimme schien von jenseits dieser Wand zu kommen, dunkel, verzerrt. John klammerte sich am Stuhl fest, aber es half nicht viel, alles schwamm um ihn herum, während seine Kieferknochen sich verkantet zu

haben schienen. Er versuchte zu sprechen, aber seine Zähne ließen die Wörter nicht durch. Er formte die Hände zu einem Trichter, hielt sie sich vor den Mund und atmete ein und wieder aus, ein und wieder aus. Nach einer Weile löste sich der Schwindel, er trank einen Schluck Wasser und räusperte sich.
»Was, wenn es weder eine Zigarette noch eine Kerze noch ein Kurzschluss war?«, fragte er. »Erinnern Sie sich an das *Selbstbildnis mit zwei Blumen in der Hand*, das ich Ihnen bei meinem ersten Besuch vor einer knappen Woche gezeigt habe, samt dem dazugehörigen Schrieb?«
Henri nickte.
»Siehst Du die zwei Blumen in ihrer Hand? Für jeden, der es verdient hat, eine«, zitierte John und brach ab.
Henri führte seinen Gedanken fort. »Sie meinen, diese Unbekannte könnte die erste Blume vergeben haben? An Vera? Wenn es dazu einen konkreten Verdacht gibt, müssen wir den weiterleiten.«
John schüttelte den Kopf. »Konkret ist hier gar nichts. Da gibt es ein paar verschrobene Anspielungen. Mehr nicht. Man würde uns auslachen. Dass ich mich belästigt und verfolgt fühle, ist unerheblich, ich würde mich höchstens zum Deppen machen. Warten wir erst einmal ab, was die Ermittlungen und die Obduktion ergeben. Jeder unnatürliche Todesfall wird untersucht, wissen wir ja. Sollte sich

daraus der Verdacht ergeben, dass Vera ermordet wurde, müssen wir neu nachdenken. Denn dann besteht die berechtigte Furcht, dass auch eine zweite Blume vergeben wird.«

»Aber das ist ja der reine Wahnsinn«, entgegnete Henri. »Möglicherweise plant diese Irre einen weiteren Mord.«

»Ich wünschte, wir könnten etwas unternehmen, aber wir haben nicht genug in der Hand. Noch ist nicht einmal klar, ob es einen ersten Mord gegeben hat. Und wir wissen beide, dass nur Fakten zählen. Drohungen reichen nicht.« John schüttelte wieder den Kopf. »Im Internet finden Sie in manchen Chatrooms viel härteren Tobak, ohne dass ein Mensch einen Finger rührt. Nein, es kostet nur Zeit und Energie, die Polizei damit zu behelligen, und führt zu nichts. So ist es leider.«

Henri sah ihm in die Augen. »Sie haben Angst«, sagte er. »Sie fürchten sich davor, dass sie sich wieder meldet, dass Sie ihr auch in Hamburg nicht entkommen können.«

John wich seinem Blick nicht aus. »Ja, ich fürchte mich davor. Ich fürchte mich, weil ich nicht weiß, ob sie nur hilflos wütend oder tatsächlich gefährlich ist. Vielleicht sogar gefährlich für mich? Ich weiß es nicht. Aber eines weiß ich mittlerweile: Ich werde sie ignorieren. Erst wenn auch das nichts hilft und sie dennoch weitermacht, muss ich herausfinden, wer sie ist, weil es sonst niemand tut. Ich hoffe aber inständig, dass sie aufgibt und mich endlich in Ruhe lässt.«

Heinrich von Zahn schwieg eine Weile. »Versprechen Sie mir, dass Sie mich auf dem Laufenden halten«, sagte er schließlich und reichte John eine Karte über den Tisch. »Hier finden Sie alle Telefonnummern, über die Sie mich erreichen können, jederzeit.«

John spürte, dass dieses Angebot aufrichtig war. Sie verabschiedeten sich freundschaftlich und verabredeten für den nächsten Abend einen späten Absacker in der Bar des »Vier Jahreszeiten« am Jungfernstieg.

Noch auf dem Fußweg zurück in seine Pension rief John bei Inken an und überredete sie, sich mit ihm beim Italiener an der Hallerstraße zu treffen. Er konnte jetzt nicht alleine sein.

18

Als John Magnus an diesem späten Dienstagabend gemeinsam mit Inken zu seinem Hotel zurückschlenderte, ahnte er nicht, dass, entgegen all seinem Hoffen, schon die nächste Botschaft bereitlag.

Inken hatte sich bei ihm untergehakt und duckte sich an seiner Schulter vor der frischen Brise, die vom Meer her über die Elbe fegte, die Stadt durchlüftete und für einen hohen, klaren Sternenhimmel sorgte.

»Warum haben wir uns eigentlich getrennt? Weißt du das noch so genau?«, fragte Inken. »Wir kommen doch prima miteinander aus.«

John strich ihr eine Haarsträhne aus der Stirn. »Eben«, antwortete er, »diese Chance hätten wir ohne Trennung verpasst.« Er hätte auch sagen können: Wir waren egoistisch, streitbar, kompromisslos, zwei paaruntaugliche Individualisten. Das aber sagte er nicht, denn er genoss die Vertrautheit, die er trotz aller Gegensätzlichkeit spürte, die Freundschaft und Zuneigung zwischen ihnen taten ihm gut. Sie hatten einen angenehmen Abend bei einem köstlichen Essen verbracht. Ihr harmonisches Beisammensein hatte ihm geholfen, seine aufgewühlte Stimmungslage zu beruhigen. Deshalb hatte er auch bewusst das Thema Worpswede gemieden, sondern lediglich beiläufig erwähnt, dass er im Teufelsmoor gewesen war, und auch das nur, weil Inken unbedingt hatte wissen wollen, wo er am Wochenende gesteckt hatte.

»Aber noch mal verschwindest du nicht einfach, ohne dich abzumelden.« Inken sah von seiner Schulter aus zu ihm hoch. »Als Nicht-Ehefrau darf ich das ruhig mal so sagen, ohne dass es gleich als Besitzanspruch gewertet wird. Wenn du mich heute nicht zurückgerufen hättest, hätte ich den ADAC-Hubschrauber losgeschickt, um dich zu suchen.«

John lachte. »Man könnte meinen, ich hätte einen Achttausender bestiegen oder die Wüste durchquert.«

»Schlimmer. Du warst im Teufelsmoor.«

»Sei nicht so überheblich, Weib. Bestimmt bist du noch nie dort gewesen.«

»Und ob.« Inken löste sich von seiner Schulter und breitete triumphierend die Arme aus. Sie sah attraktiv aus, fand John, in ihrem cognacfarbenen Mantel, der ihr fast bis zu den Knöcheln reichte. Die blonden Haare trug sie kürzer als früher, glatt und fransig gestuft, so dass sie gerade die Ohren bedeckten. »Ich war sogar im Auge des Orkans. In Worpswede, dem Künstlermekka des Nordens.«

Johns Züge verhärteten sich. Wie kam sie bloß auf Worpswede? Er wollte nichts davon hören.

Inkens Gesichtsausdruck wurde ernst, sie hatte seine Abwehr bemerkt. »Es ist wegen Valentin, stimmt's? Ich dachte mir schon, dass dich sein Tod sehr getroffen hat. Ich war nicht sehr überrascht, er war ziemlich mies drauf die letzte Zeit da oben.«

John fuhr auf. »Woher willst du das wissen?«

»Ich bin dort gewesen. Habe ich doch gesagt. Ist ungefähr eineinhalb Jahre her, ich hatte gerade den neuen Job angetreten.«

John wusste, dass Inken als Werbetexterin in einer Agentur im Falkenried arbeitete. Was aber hatte das mit Valentin zu tun? »Du kanntest Valentin doch kaum«, hakte er nach. »Wieso hast du ihn besucht, wenn du beruflich in Worpswede warst?«

»Besucht ist das falsche Wort. Über den Weg gelaufen sind wir uns. Das kannst du in dem Dorf praktisch nicht vermeiden.«

John stutzte. Das hatte Katharina ähnlich formuliert. Die spröde Katharina mit dem Grübchen im Kinn, die er so verärgert hatte, dass sie ihm davongelaufen war, bevor er ihre Telefonnummer hatte erfragen können. Nun musste er sich wohl damit abfinden, als der Engländer mit dem unverschämten Benehmen im Archiv ihrer Erinnerungen gelandet zu sein.

Sie waren inzwischen am Hotel angekommen, wo Inken ihren Wagen geparkt hatte. Sie zückte schon ihren Autoschlüssel, aber John hielt sie am Arm zurück. »Nun will ich auch den Rest der Geschichte hören, wenn es dir nichts ausmacht.«

Sie zuckte mit den Schultern. »Also gut, aber dann von vorne. Wir hatten von einem Landhaus mit Dreisterneküche, Moorbädern aus eigenem Torf und Frühnebel live vor der Haustür den Auftrag für eine Werbebroschüre, sollten aber das Deckblatt von einem Worpsweder Grafikstudio designen lassen. Warum auch immer.« Inken verdrehte die Augen, lehnte sich aber entspannt gegen ihren Wagen und fuhr fort: »Also habe ich die Herrschaften telefonisch instruiert, was geht und was nicht. Ausdrücklich habe ich keine Moorleiche gebrieft. Und was kriege ich?«

»Eine Moorleiche«, ergänzte John automatisch und starrte Inken an. Sie verstand seinen leeren Blick falsch. »Moorleiche. Ja. Das ist das, was du geworden wärst, wenn ich nicht den ADAC-Hubschrauber losgeschickt hätte.«

John zwang sich zu einem Grinsen. Sein Sinn für Humor war momentan etwas begrenzt, aber seine Geduld zahlte sich aus. Nach ein paar weiteren Umwegen in die Welt des Designs und Werbetextens erzählte Inken endlich auch von ihrer Begegnung mit Valentin. Demnach war sie, um ein weiteres Moorleichendesaster zu verhindern, zu dem Worpsweder Grafikstudio gefahren. Dort fiel ihr ein Mann auf, der laut schwadronierend seine Vorstellungen für ein Plakat zum Besten gab. Sie hatte ihn zunächst nicht erkannt, weil sie auch seine Begleiterin nicht kannte. Eine junge Frau Anfang dreißig, nicht groß, ein bisschen stämmig, aber hübsch, vor allem wegen der großen, verträumten Augen. Sie wirkte unglücklich, ein wenig fahrig, hielt, ja krallte sich die ganze Zeit fest an den Mann, der wesentlich älter war als sie. Er war schwarz gekleidet – schwarzes Hemd, schwarze Hose –, alles schlackerte an ihm herunter, weil er so dünn war. Im Kontrast dazu stand sein weißes, volles und sehr gepflegtes Haar. Und das Haar war es schließlich, das Inken Valentin erkennen ließ, aber auch erst, nachdem er sich zu ihr umgewandt und sie gemustert hatte.

Nachdem beiderseits der Groschen gefallen war, hatten sie sich begrüßt, und Valentin hatte darauf bestanden, ihr sein Atelier zu zeigen. Inken war erstaunt, wie chaotisch es dort war, am meisten aber wunderte sie sich über Valentin selbst. »Mein Reich«, hatte er ausgerufen und dabei mit den Armen einen großen Bogen beschrieben, »das lasse ich mir von niemandem zerstören.« Mit ähnlich großer Geste

hatte er Inken danach seine Gemälde präsentiert. Äpfel und Birnen, wie sie sich ausdrückte, und ein paar Porträts.
Seine junge Begleiterin war in einem Zimmer ein Stockwerk drunter verschwunden und nicht wieder aufgetaucht. Inken hatte die Flucht ergriffen, sobald sich die Gelegenheit dazu bot. »Ich sage dir, der Mann war ein Despot«, schloss sie, »und so wie er sich aufführte, konnte man ihn auch für einen Aufschneider halten. Als er mich vor der Haustür verabschiedete, hat er zu dem anderen Klinkerhaus nebenan gedeutet und gesagt, dass er sich das auch noch kaufe, sobald er die Alte los sei, die da noch drin wohne. Stell dir das mal vor. Ganz Hamburg weiß doch, dass er sein Geld verzockt hat. Wahrscheinlich hat er sogar auf Kosten seiner geschiedenen Frau gelebt. Wo steckt die eigentlich?«
John schluckte. Wo Vera derzeit steckte, mochte er sich lieber nicht vorstellen, geschweige denn darüber reden. Dennoch blieb ihm nichts anderes übrig, als Inken die Wahrheit zu sagen. »Sie waren nicht geschieden. Sie hat ihn am Gängelband geführt bis zum Schluss, das Haus, in dem er lebte, gehörte ihr, und das Nachbarhaus auch. Heute Vormittag ist sie tot in ihrem Schlafzimmer gefunden worden.«
Inken nickte, als habe sie dieses Ende erwartet. »Dann stimmt es also tatsächlich, was man sich erzählt, dass sie ihm alle Demütigungen und Weiber-

geschichten heimzahlte, indem sie ihn an ihren Tropf hängte. Das ist krank.« Sie beugte sich zu John vor und gab ihm einen Kuss auf die Lippen. »Du hast recht. Durch unsere Trennung haben wir die Chance verpasst, uns gegenseitig zu zerfleischen. Bleib mir gewogen und melde dich.«

Noch vor einer Stunde hätte er sie gebeten zu bleiben, aber die Leichtigkeit des Abends war verflogen. Er ließ sie ziehen.

19

Veras trauriges Ende sprach sich rasch herum, in den Kreisen der Hamburger Anwaltschaft, bei den Seglern, in der ehemaligen Nachbarschaft, kurz, bei all jenen, die zuvor schon Valentins Weg in den Absturz und Veras Abgleiten in die Trunksucht hatten mit ansehen müssen. Sie alle nahmen die Nachricht, wie es sich gehörte, mit Bedauern entgegen. Untereinander erzählten sie sich noch einmal die wirklich scheußlichen Geschichten, die sich um Valentins Spielsucht rankten, um die daraus resultierenden Schulden und Unterschlagungen und um wechselnde Begleiterinnen. Deren Namen, soweit bekannt, wurden nach stillschweigender Übereinkunft nur genannt, wenn niemand mit am Tisch saß, den eine solche Enthüllung hätte beleidigen können.

Einige wenige, die Valentin seinerzeit noch im Herzzentrum besucht hatten, erinnerten sich an die Krankenschwester, die immer bei ihm anzutreffen

war, was entsprechende Rückschlüsse zuließ. Da aber nur wenige sie zu Gesicht bekommen hatten, war das Interesse an ihr gering.
Der Name Eva Haberland fiel nicht ein einziges Mal, sang- und klanglos verschwand ihre Affäre in der Versenkung, in die sie Valentin schon zu Lebzeiten befördert hatte.
Dass Paula Schlotter nicht erwähnt wurde, war nicht verwunderlich, denn was sich im Worpsweder Leben der Kerners abgespielt hatte, war in Hamburg kaum bekannt. So erklärte es sich auch, dass in den ersten ein, zwei Tagen nach dem tragischen Ereignis Vera wahlweise in einem Bauernhaus, einer Etagenwohnung, einer Villa mit Reetdach, gar in einem Trinkerheim umgekommen sein sollte. Ähnlich verhielt es sich mit dem Zustand, in dem sie sich nach dem Brand befunden habe: Man habe sie entweder gar nicht gefunden, habe sie gefunden, aber entstellt, habe sie lebend gefunden, aber zu spät. Am dritten Tag rüttelte sich das Vermutete mit dem Tatsächlichen zurecht und kam der Wahrheit zumindest nahe. Damit erlahmte naturgemäß das Interesse, zumal das Wochenende bevorstand.
Anders bei Heinrich von Zahn. Für ihn war der Fall Vera Kerner noch nicht vom Tisch. Als ihr Testamentsvollstrecker würde er noch eine Weile beschäftigt sein, bevor auch er damit abschließen konnte.

Vera hatte das Testament im Mai dieses Jahres, nur zwei Wochen nach Valentins Tod, mit von Zahn in der Kanzlei aufgesetzt, er hatte es notariell beglaubigt und hinterlegt und ihr eine Kopie ausgehändigt. Vera war so umsichtig gewesen, diese Kopie in ihrem Wandsafe zu deponieren, wo sie bereits an ihrem Todestag gefunden wurde, was für die Ermittler ein Glücksfall war. Denn wer, wenn nicht Veras Anwalt, hätte ihnen sonst so zügig Auskunft geben können zu allen Fragen, die sowohl die familiären als auch die finanziellen Umstände der Toten betrafen.

Auch an diesem Freitagmittag ging es um die verstorbene Vera Kerner.

Heinrich von Zahn schob ein paar Akten zur Seite. »Ich habe dich hergebeten«, sagte er zu John, der an der anderen Seite des Besprechungstisches saß, »weil ich neue Informationen habe. Ich überschreite damit vielleicht hie und da meine anwaltlichen Kompetenzen, aber angesichts dessen, was du erlebt hast, hast du meiner Einschätzung nach das Recht, einige substanzielle Dinge zu erfahren.«

Seit zwei Tagen duzten sie sich. Noch ging ihm das Du allerdings recht schwer über die Lippen, obwohl er es als der Ältere selbst angeregt hatte nach dem zweiten Drink und einer vertrauensvollen Unterhaltung am späten Mittwochabend in der Bar des »Vier Jahreszeiten«.

Er versuchte, sich bequemer hinzusetzen, und nahm sich nicht zum ersten Mal vor, dafür zu sorgen, dass das kleine Besprechungszimmer mit komfortableren Stühlen ausgestattet würde. »Tut mir leid, dass wir nicht in mein Büro können, aber da legen ein paar Techniker gerade letzte Hand an meine Computeranlage. Mein E-Mail-Anschluss hatte den Geist aufgegeben, da ging gar nichts mehr. Hoffentlich klappt es heute endlich. Seit Montag ziehen die Strippen, ich bin wie aus der Welt katapultiert. Aber jetzt zur Sache. Was ist denn?« Nachdem sie diskret angeklopft hatte, öffnete Henris Sekretärin leise die Tür, als hätte sie Angst, jemanden aufzuwecken. Sie strahlte. »Es funktioniert endlich wieder.«
Henri blinzelte skeptisch zu ihr hoch. »Lassen Sie die Herren bloß nicht weg, bevor Sie sich selbst davon überzeugt haben, rufen Sie die Mails auf, es werden ja genug aufgelaufen sein in den letzten Tagen, und schicken Sie zwei oder drei Testmails los.«
Als die Tür sich wieder schloss, setzten die zwei Männer ihre Unterhaltung fort. Noch konnte sich John in der neu gewonnenen Zuversicht wiegen, dass er der Unbekannten entronnen war. Seit sechs Tagen hatte er nichts mehr von ihr gehört. Seine Anspannung hatte erst allmählich nachgelassen, nach fast einer Woche wollte er daran glauben, dass es vorbei war. Er atmete tief ein und sah Henri erwar-

tungsvoll an. »Na, dann sag mal, was es Neues gibt.«

Zunächst berichtete Henri, dass die bisherigen Ermittlungen seine anfängliche These stützten.

Erstens: Vera hatte einen hohen Promillewert im Blut (wie viel genau, wollte er nicht sagen).

Zweitens: Sie hatte in ihrem Wohnzimmer geraucht, und sie wäre wahrlich nicht die Erste, die in betrunkenem Zustand eine glimmende Zigarette fallen lässt. Dafür sprach auch, dass sich Rauchgase entwickelt hatten, wahrscheinlich schon in der Nacht, bevor es zu brennen begann.

Drittens: Vera war in ihrem Schlafzimmer an den giftigen Gasen gestorben.

Viertens: Einbruchspuren waren nicht vorhanden.

Fünftens: Der Safe war unangetastet.

Sechstens: Angesichts der bisherigen Ergebnisse und der erfolgten Obduktion konnte die Beerdigung in der kommenden Woche stattfinden.

»Darum kümmere ich mich«, erklärte von Zahn. »Es ist ja sonst niemand da. Gegenwärtig lasse ich prüfen, ob Vera bei Valentin bestattet werden kann. Den Termin erfährst du von mir, sobald ich ihn weiß. Ich habe überlegt, ob wir zusammen nach Worpswede fahren, um Vera die letzte Ehre zu erweisen. Könnte gut sein, dass wir die Einzigen sind.«

John hob abwehrend die Hände. »Keine gute Idee.

Du weißt, warum.« Henri verstand oder versuchte es zumindest, das sah John ihm an.
»Noch eine Anmerkung zum Testament«, sagte Henri in dem ihm eigenen sachlichen Tonfall. Vera habe verfügt, ihr gesamtes Vermögen (eine Summe nannte er nicht) in eine noch zu gründende Stiftung einfließen zu lassen. Zielgruppe: Kinder in Not. Von Zahn sah John mit einem vielsagenden Blick an. »Ob sie so charaktervoll war, dabei auch an das Kind zu denken, das Paula geboren hat, vermag ich nicht zu beurteilen. Ich rege aber an, den Aufenthaltsort dieses Kindes zu ermitteln. Es wäre mehr als legitim, ihm als Erstem Unterstützung aus der Stiftung zukommen zu lassen.«
John räusperte sich verlegen. An das Kind hatte er kaum mehr gedacht. »Selbstverständlich«, sagte er, aber weiter kam er nicht, denn plötzlich stand die Sekretärin in der Tür, diesmal hatte sie nicht angeklopft.
»Dr. von Zahn, wenn Sie eben mal kommen könnten. Ich müsste Ihnen etwas zeigen.« Sie warf einen verstohlenen Blick auf John, sah aber sofort wieder weg. Seltsamerweise stand Henri umgehend auf und folgte ihr. Als er kurz darauf zurückkehrte, um seinen Besucher in sein Büro zu holen, war Johns Schonzeit beendet.
Gemeinsam starrten sie auf den Monitor. John erkannte augenblicklich Valentins Grab, obwohl es

ein Chaos aus Matschklumpen und wirr durcheinanderliegenden Rosen war, deren lange Stengel systematisch durchgeknickt oder zerfleddert waren und deren Köpfe zermalmt und zerrissen zwischen die Reste der massakrierten Blumen geworfen worden waren. Zweifellos handelte es sich um ein Foto, das in Eile entstanden war, denn es war unscharf, von dem halben Herz aus Stein fehlte im Bildausschnitt die obere Rundung, Valentins Name war nur zu entziffern, wenn man wusste, was dort eingraviert war.

John wandte sich ab. »Das ist widerlich«, sagte er dumpf. »Weshalb macht die so was?«

»Sie hat es gemacht, um dich zu provozieren, fürchte ich.« Henri legte ihm begütigend eine Hand auf den Arm und klickte mit der anderen die Datei weg, so dass die Mail sichtbar wurde, der sie angehängt war. UMGEHEND WEITERLEITEN AN JOHN MAGNUS stand in der Betreff-Zeile und darunter zwei Absätze:

John, Du Langweiler. Oder bist Du einfach nur ein Dummkopf? Ein langweiliger, feiger Dummkopf? Wie erbärmlich, dass Du nicht einmal versuchst, mich aufzuhalten.

Was sagt Dein Gewissen dazu? Oder hast Du keins, genau wie Dein Freund Valentin keins hatte? Du solltest mir längst auf der Spur sein. Aber Du bemühst dich gar nicht. Das ärgert mich. Es ist nicht gut, mich zu ärgern.

Eine Chance gebe ich Dir noch. Eine. Bald.

Heinrich von Zahn ließ Johns Arm los und bedeutete ihm, sich zu setzen. Er selbst ließ sich auf seinen Schreibtischsessel sinken. »Die Nachricht liegt seit Dienstag auf meinem Rechner. Die Absenderin kann nicht wissen, dass du ihre Mail mit drei Tagen Verspätung erhalten hast. Sie wird schäumen vor Wut, dass du nicht reagierst. Ich bin sicher, sie hat erwartet, dass du sofort nach Worpswede zurückkehrst und dich zumindest um das Grab kümmerst. Sie hat darauf gelauert.«

»Um mich dann«, setzte John den Gedankengang fort, »umgehend mit neuen kryptischen Anspielungen auf Trab zu halten. Aber ich mache nicht mehr mit.«

»Das akzeptiert sie nicht. Zum Glück scheint sie nicht zu wissen, wo sie dich finden kann, sonst bräuchte sie nicht mich als Überbringer. Wobei wir uns fragen müssen, woher sie meinen Namen, meine Anschrift, Telefonnummer und Mailadresse hat.«

Beunruhigt stand Henri auf und lief im Zimmer umher. John erhob sich ebenfalls und stellte sich ans Fenster. Auf der Alster, bei gutem Wetter ein Seglerparadies, waren an diesem windigen Herbsttag keine Schiffe unterwegs. Er drehte sich zu Henri um. »Sie weiß es, weil sie sich in Valentins Haus aufgehalten hat. Es war ein Leichtes für sie, die Korrespondenz mit dir zu lesen. Sie musste nur die Schubladen öffnen. Das habe ich ja auch getan.«

»John.« Henri war in der Mitte des Raumes stehen geblieben. Seine Stimme klang energisch. »Wir fahren gemeinsam nach Worpswede zu Veras Beerdigung. Dieses Versteckspiel muss ein Ende haben. Außerdem sollten wir endlich die Polizei einschalten.«

»Mit weiter nichts als einer neuen Drohung?« John stützte sich gegen die Wand. »Du weißt selbst, dass das allerhöchstens ein paar bürokratische Vorgänge auslösen würde. Nein, das bringt nichts.«

Auf Henris Wangen bildeten sich rote Flecken. Er war ungewöhnlich aufgebracht. »So oder so, das muss ein Ende haben«, schnaubte er und riss die Tür zum Vorzimmer auf, wo sich seine Sekretärin, schon im Mantel, gerade ins Wochenende verabschieden wollte.

Sie war fast draußen, als sie plötzlich stehen blieb und sich noch einmal zu John umwandte. »Das hatte ich ja ganz vergessen, Herr Magnus. Heute Mittag, kurz bevor Sie gekommen sind, hat Ihre Schwester angerufen, weil Sie sich über Handy nicht gemeldet haben. Sie hat wohl geglaubt, dass Sie schon hier sind. Jedenfalls habe ich ihr gesagt, sie soll es doch mal im ›Reeders House‹ versuchen. Vielleicht haben Sie ja auch inzwischen mit ihr telefoniert.«

John hob langsam die Hände zum Kopf und vergrub sie in seinen Haaren. »Wohl kaum«, sagte er mühsam beherrscht, »ich habe keine Schwester.«

20

John verspürte keine Angst, als er am Freitagnachmittag in seine Pension im »Reeders House« zurückkehrte. Vielmehr war er angewidert und aufgebracht, ein Gemütszustand, der für Beklemmung und Ängstlichkeit keinen Raum ließ.

Später würde er sich immer wieder wundern über seine Reaktion und sie sich schließlich damit erklären, dass er die wahren Ziele der Unbekannten damals tatsächlich nicht einmal annähernd ahnte. Ihre Besessenheit war beängstigend, das schon, aber gerade dieser Charakterzug ließ die Frau in seinen Augen schrumpfen, sie war erbärmlich. Sie belästigte ihn, sie verfolgte ihn, sie verbarg sich und wollte doch gleichzeitig gefunden werden, kurz, sie hatte einen Hang zur Dramatik, die ihn bei Frauen schon immer abgestoßen hatte. Später würde er unumwunden einräumen, dass sein schwerster Fehler in der ganzen Geschichte der war, sie nicht ernst genommen zu haben. Nur

loswerden wollte er sie, so schnell wie möglich loswerden.
Er war zu Fuß unterwegs an diesem Nachmittag, von der Kanzlei aus brauchte er nur zwanzig Minuten. Als er am Hotel ankam, hatte er sich so sehr in seinen wütenden Wunsch vertieft, die Unbekannte schnellstmöglich zu entlarven, dass er beinahe hoffte, sie möge ihm hier auflauern.
Was er tatsächlich sah, war ein heller, kleiner Wagen, der auf dem reservierten Parkplatz neben der Treppe anhielt und aus dem eine helle, große Frau ausstieg. John dachte an Biankas Beschreibung und wunderte sich, dass ihm dabei nicht schon eher Eva Haberland eingefallen war. Der silberfarbene 1er BMW war voller Dreckspritzer, als sei seine Besitzerin durch schlammige Schlaglöcher oder über unebene Feldwege gefahren. Eva Haberland stieg aus und holte eine Reisetasche aus dem Kofferraum. John rannte schräg über die Straße und stand so unverhofft neben ihr, dass sie zusammenzuckte, als er sie ansprach. »Sind Sie eine Rallye gefahren oder waren es Ferien auf dem Bauernhof?«
Anstatt eine Antwort zu geben, schüttelte sie nur abweisend den Kopf und schlug den Kofferraumdeckel zu. Auf der Ablage hinter dem Heckfenster entdeckte John einen Reiseführer und einen Straßenplan von Worpswede.

Obwohl er ihre Abwehr spürte, folgte er Eva Haberland die Treppen hinauf bis in den Fahrstuhl. »Ich bin ungern aufdringlich«, sagte er, als sie nach oben fuhren, »aber wenn Sie erst einmal hören, worum es geht, werden Sie mich verstehen. Wir müssen uns unterhalten. Es geht um Valentin.«
»Valentin?« Die Fahrstuhltür öffnete sich, sie ging zielstrebig auf die Kommandozentrale los, schob ihre Tasche hinter den Tresen und ließ sich scheinbar ungerührt von ihrem Stellvertreter Bericht erstatten, bevor sie ihn in den Feierabend entließ.
»Können wir etwas für Sie tun?«, fragte der junge Herr Schröder beflissen, als er John entdeckte, der sich an den Türpfosten gelehnt hatte.
»Ja, Sie könnten mir sagen, ob jemand für mich angerufen hat. Meine Schwester vielleicht?«
»Nein, tut mir leid, da war kein Anruf für Sie.«
Damit verschwand er, John und Eva waren alleine.
»Valentin?«, fragte sie wieder. John sah ihr in die Augen und begriff, dass sie noch immer litt. Sie tat ihm leid, so wie sie ihm schon einmal leidgetan hatte, als er ihre unglücklichen Briefe gefunden hatte, lieblos hineingestopft in einen Blechkasten. Aber sein Misstrauen überwog sein Mitleid, denn da waren das verschmutzte Auto und der Reiseführer auf der Ablage.
»Ja, unser gemeinsamer Freund Valentin.«
Sie verzog keine Miene. »Und?«, fragte sie nur.

John entschied sich, auf jede weitere Vorrede zu verzichten.
»Valentins Tod hat Ereignisse nach sich gezogen, die ich mir nicht erklären kann«, begann er, »und ich bitte Sie, mir dabei zu helfen, das aufzuklären.« Während er sprach, beobachtete er ihre Reaktion.
»Ihre Probleme gehören Ihnen«, schnarrte sie, »die gehen mich nichts an.«
John lehnte sich mit breit ausgestreckten Armen auf den Tresen, sie trat einen Schritt zurück.
»Aber Valentin geht Sie etwas an«, zischte er, »und Vera. Sie waren bei ihr in Worpswede, und das so oft, dass es sogar die Nachbarn bemerkt haben. Vor drei Tagen ist sie ums Leben gekommen. Und Sie sind seit vier Tagen nicht mehr gesehen worden, obwohl Sie sonst hier nur allzu gern den Zuchtmeister spielen. Geht Sie nichts an? Ich bitte Sie!«
John gab seine Drohstellung auf, als er sah, wie sie auf den Stuhl vor der Telefonanlage sackte und ihre Hände sich ineinanderkrampften, als schickte sie ein inniges Stoßgebet zum Himmel.
»Ich habe doch nur Valentins Grab besuchen wollen«, sagte sie leise, »und dann musste ich feststellen, dass es verwüstet war. Ich habe zwei Tage gebraucht, um es wieder herzurichten. Wer macht denn so was?« Sie hielt den Kopf gesenkt, so dass John sie kaum hörte.

»Sehen Sie, wir sollten miteinander reden«, entgegnete er, nun wieder milder.

Sie richtete sich auf und sah ihm in die Augen. Es passte zu seinem Eindruck von ihr, dass sie keine Tränen vergoss und sich sofort sammelte. Sie deutete hinter sich zu einem kleinen Büro. »Ich kann hier nicht weg, aber dort hinten sind wir einigermaßen ungestört.« Sie stand auf und ging ihm voraus, nun wieder sicher auf den Beinen.

Sie unterhielten sich fast zwei Stunden, gelegentlich unterbrochen von Anrufen und hin und wieder einem Gast. Es war höchst aufschlussreich.

Danach ging John in sein Zimmer und streckte sich auf dem Bett aus. Die Hände unter dem Nacken verschränkt, sah er zu, wie draußen vor den schallisolierten Fenstern – ein Zugeständnis des Denkmalschutzes an die Moderne – das Tageslicht in Dämmerung überging. Die einzigen Geräusche kamen vom Flur. Ab und zu klappte eine Tür, rief jemand jemandem etwas zu, läutete ein Telefon. Der kurze Flur mündete in den weiträumigen Eingangsbereich, in dem Eva Haberland herrschte.

Eva Haberland! Was konnte er ihr glauben? Was nicht? Zumindest bei einer Lüge hatte er sie ertappt, das minderte sein Vertrauen in den Rest. Er zwang sich, zum Anfang zurückzukehren, ihr Eingeständnis nämlich, dass sie gleich nach ihrer Ankunft in

Worpswede das Grab besucht hatte, am späten Montagnachmittag also.
Ihre Schilderung der Verwüstung entsprach dem Foto, das John auf Henris Monitor gesehen hatte. Er behielt es für sich, denn Eva erzählte von einem Mann, der sie mitfühlend ansprach, als sie sich daranmachte, das Chaos zu beseitigen, einem Mann jenseits der fünfzig, groß, hager, mit einem zerzausten weißen Haarkranz. Der Pastor. John hatte ihn fast vergessen, irgendwo in den Tiefen seiner Manteltasche musste noch der Zettel mit einer Telefonnummer sein.
Eva war also bemerkt worden. Bei einer Schandtat oder bei ihrer angeblichen Beseitigung? John war vorsichtig genug, beides in Erwägung zu ziehen. Deshalb verschwieg er Eva, was er selbst darüber wusste.
Dass sie tatsächlich alles wieder mühsam in Ordnung gebracht hatte, glaubte er ihr vorbehaltlos, das war überprüfbar, und es hätte keinen Sinn gehabt zu lügen.
Aber was hatte sie darüber hinaus in Worpswede getan – zwischen Montag, dem Tag ihrer Ankunft, und Freitag, dem Tag ihrer Abreise? Sie habe Ruhe gesucht, ab und an brauche sie das, und sie habe Vera besuchen wollen, so wie sie das in den vergangenen Monaten öfter getan habe. Am Dienstagmittag – sie kam immer nur mittags, weil Vera

dann noch nicht betrunken war, jedenfalls nicht sehr – war sie zu dem Haus gegangen und gar nicht erst hineingekommen. In der offenen Haustür standen zwei Feuerwehrmänner in nassen, schwarzen Mänteln, im Vorgarten waren Pflanzen und Rabatten plattgewalzt, der Rasen hatte braune Flecken, die Fenster unter dem Dach waren rußgeschwärzt.

Ihr war sofort klar, dass etwas Schlimmes passiert sein musste, aber die Männer wollten ihr keine Auskunft über Vera geben, weil sie keine Verwandte war, verwiesen sie an die Polizeistation in der Hembergstraße. Dort war sie nicht hingegangen. So hatte sie erst am Abend erfahren, dass Vera tot war. Ein Schock.

Sie war dennoch, wie geplant, zwei weitere Tage geblieben. Der Bauernhof, in dem sie sich in einer zu einer Ferienwohnung umgerüsteten Scheune eingemietet hatte, lag auf schnurgerader Straße zwischen Worpswede und Lilienthal in einem großen, schlammigen Areal zwischen Kanal und Waldrand. Am Morgen hatte sie vom Küchenfenster aus die Rehe aufwachen sehen, ein Schauspiel, das sie offenbar faszinierte. »Die schütteln sich wie Hunde, haben Sie das gewusst?«, hatte sie gesagt und dabei zum ersten Mal fast weich gewirkt. »Fangen am Schwanz an und hören am Kopf wieder auf.«

Hätte er nicht behutsam das Gespräch auf Valentin

und Vera zurückgeführt, wären sie wahrscheinlich jetzt noch bei Rehen, Gänsen, Pfauen und Igeln.
John zog seine Hände unter dem Kopf hervor, schaltete die Leselampe über dem Bett ein und streckte sich wieder aus.
Erstaunlich bereitwillig war sie ihm gefolgt, als er seinerseits zu erzählen begann von seinen letzten Begegnungen mit Vera und von seinem Staunen über den anderen Valentin, den er erst allmählich entdecke. Eva hatte ihm aufmerksam zugehört, gelegentlich selbst etwas hinzugefügt, und hatte dabei zeitweise sogar ihre steife Zurückhaltung aufgegeben, als sei sie geradezu erleichtert.
Schließlich hatte sie von sich aus begonnen, ihre Beziehung zu Valentin und Vera zu schildern. Demnach hatte sie Valentin vor vier Jahren kennengelernt, als er in ihrem kleinen Hotel ein paar Zimmer für auswärtige Klienten buchte und sie dabei trickreich herunterzuhandeln versuchte.
In der Folge begegneten sie sich sporadisch, wenn er einen Gast abholte oder bei ihr ablieferte. Valentin war damals noch ein energiegeladener und gutaussehender Mann. Seine weißen Haare waren ein attraktiver Gegensatz zu dem zumindest in den Sommermonaten braunen Teint, eine Bräune, die er regelmäßig auf seinem Segelboot oder während seiner Stippvisiten auf Sylt auffrischte. Die Verbindung zwischen Valentin und Eva wurde enger, und neun

Monate nach dem Kennenlernen wurden sie ein Paar, wenn auch ein heimliches. Evas Tage waren nun ausgefüllt von ihrem Beruf und ihrer neuen Liebe. Die Rolle als Schattenfrau betrachtete sie als vorübergehend. Unausgesprochen galt für sie als abgemacht: Wir bleiben zusammen, und Valentin wird regeln, was zu regeln ist.

Unausgesprochen?, hatte John dazwischengefragt, und Eva hatte nur resigniert die Hände gehoben. Man könne es kaum erklären, aber tatsächlich habe diese Tatsache damals für sie festgestanden, so dass sie keinen Zweifel zuließ. Hätten sie sich die wenigen gestohlenen heimlichen Stunden denn mit Grundsatzdiskussionen versauern sollen? Nein, sie sei immer tatkräftig gewesen und habe immer bekommen, was sie wollte. Sie habe daran geglaubt, dass auch Valentin tatkräftig war und das Richtige tun würde. Sie arbeitete weiter und wartete ab.

Sogar die ersten Anzeichen seines Niedergangs hatte sie in die falsche Richtung gedeutet. Sie waren etwas über ein Jahr zusammen, als er eines Tages mit einem riesigen Blumenstrauß zu ihr kam und sie um eine größere Summe bat. Er hatte offengelassen, wofür er das Geld brauchte, hatte nur ein bisschen verschmitzt geheimnisvoll getan, und Eva hatte an eine Investition in die Zukunft geglaubt.

»Glauben wollen«, wie sie hinzugefügt hatte, »in

meinem Kopf gab es nur eine Wahrheit. Meine. Und die war unantastbar.« Erste Risse entstanden, als Valentin längere Zeit im Krankenhaus lag. Ihr fiel auf, dass ihre Besuche ihm lästig waren, er wurde abweisend, manchmal sogar grob, und sie bemerkte, dass es eine Krankenschwester gab, die sich besonders beflissen um Valentin kümmerte. Dass sie ihn verloren hatte, gestand Eva sich nicht ein, auch nicht, als sie ihm später zusammen mit der anderen in der Stadt begegnete. Die ist nur ein Zwischenspiel, dachte sie. So war es auch. Dann aber stand eines Tages Paula bei ihr an der Rezeption.

Paula. John war zusammengezuckt. Aus allen Winkeln kroch dieser Name. Eine Verhuschte sei die gewesen, eingehüllt in einen schwarzen, knöchellangen Rock, darüber eine Bluse mit einem gehäkelten Krägelchen. »Valentin gehört mir«, habe sie gesagt und Eva dabei mit brennenden Augen unter schweren, melancholischen Lidern unverwandt angesehen, bevor sie sich umdrehte und so schnell verschwand, wie sie gekommen war.

Valentin hatte nach diesem Vorfall jeden Kontakt abgewehrt, Eva hatte ihn nie wiedergesehen und auch nicht die siebzigtausend Euro, die sie ihm im Laufe der Zeit als Darlehen hatte zukommen lassen. Als Darlehen, hatte sie betont, von Schenkung könne keine Rede sein. Es sei ihr Geld, und sie wollte es zurückhaben. Da er bald darauf nach Worpswede

geflüchtet war, hatte sie ihm noch einige Briefe geschrieben, aber vergebens.
Auch an dieser Stelle hatte John gezuckt. Ihre Briefe nämlich kannte er. In ihnen forderte sie kein Geld ein, sondern ihre verlorene Liebe. Sie wollte nicht die Siebzigtausend, sie wollte Valentin zurückhaben. Sie log. John schwieg dazu und wartete ab, wie es weiterging.
Als Valentin gestorben war, hatte sie sich wegen des Geldes an Vera halten wollen. Deshalb die Besuche. Sie hatten gestritten, ja, immer wieder, Eva hatte nicht nachgelassen, und Vera hatte nicht nachgegeben, bis zum Schluss nicht. Möglich, dass sie noch verletzt und wütend war. Dabei, hatte Eva angefügt und gelacht, war ich doch Schnee von gestern, sogar Paula war Schnee von gestern. Und Valentin ist es inzwischen auch.
Genauso wie Vera, hatte John ergänzt und dann schnell noch einmal nach Paula gefragt. Wie war sie? Was trieb Valentin zu ihr?
Wieder hatte Eva aufgelacht. Valentin? Der war in Hamburg unten durch, ruiniert, Paula war sein Strohhalm und sein Werkzeug. So hatte es ihr jedenfalls Vera erzählt. Durch Paula sah Valentin eine Chance, sich neu zu erfinden. Als Bohemien. Als Maler. In der Künstlerkolonie Worpswede. Während Paula hinter den Kulissen produzierte, wollte er vor den Kulissen präsentieren. Er hatte nicht ge-

nug Geld, um teure Profis einzukaufen, die öffentlichkeitswirksam das zu Kunst erklären, was sie als Kunst verkaufen wollen. Valentin hatte nur noch Paula, die verhuschte Malerin, die kaum mitbekam, was um sie herum vor sich ging. Und dann war auch die weg, wie vom Erdboden verschluckt.

Eva hatte sich in Rage geredet. Mit einem Mal unterbrach sie sich und sah auf die Uhr.

»Was wissen Sie noch über Paula?«, hatte John fast flehentlich nachgefragt. Eva hatte immerhin einen Moment nachgedacht und sich zu einer Antwort durchgerungen. Sie habe wohl aus der Gegend da oben gestammt. Soweit sie sich erinnere, habe Vera sogar einmal von einer Verwandten Paulas gesprochen, die sie vor nicht allzu langer Zeit kennengelernt habe. An sich sei Paula recht ansehnlich gewesen, vom Körperbau eher der Typ, der mit beiden Beinen auf der Erde steht. Nicht durchscheinend zart, wie sie es sich vielleicht gewünscht hätte.

Eva war schon aufgestanden, um wieder nach vorne zu gehen, als sie sich noch einmal an John wandte.

»Komisch, es fällt mir gerade auf, wo wir darüber sprechen. Sie repräsentierte tatsächlich einen Frauentyp, den Sie dort öfter antreffen. Die Frau, der ich heute Morgen auf dem Bauernhof die Miete gezahlt habe, ist der gleiche Typ. Ja, das Teufelsmoor.«

Obwohl er langsam Hunger bekam, blieb John noch eine Weile auf dem Bett liegen. Paula. Sie war der

Ausgangspunkt, das Zentrum. So wie er zunächst gedacht hatte, Paula wolle für ihre Vertreibung Rache nehmen, hielt er es nun für möglich, dass jemand für Paula Rache nehmen wollte, für ihren Tod. Für ihr verwaistes Kind. Eine Verwandte passte ins Bild. Oder eine Person, die Paula nahestand, sich ihr verpflichtet fühlte, sogar deren Passion für die andere, die berühmte Paula übernahm. Da war zunächst einmal das Foto mit Baby: Die abgebildete Paula Modersohn war im Kindbett gestorben – wie ihre Namensvetterin fast einhundert Jahre später. Ihr Baby, ein Mädchen, hatte überlebt – wie auch das Baby der anderen? Und war es auch ein Mädchen?
John richtete sich auf und suchte auf dem Nachttisch nach einem Notizblock. *Das Kind lebt,* notierte er, *und ist wahrscheinlich weiblich. Henri nach Nachforschungen fragen, dringend beschleunigen.*
Er blieb auf der Bettkante sitzen, das Datum ging ihm nicht aus dem Kopf, der zwanzigste November, beider Todestag. Verrückt. Da ahmte die eine Paula die andere geradezu besessen nach, verlor sich in ihren Phantasien, wurde sonderlich dabei und schaffte es schließlich sogar, an einem zwanzigsten November zu sterben. War so viel Projektion denkbar?
Es ging ihr schlecht, sie hatte eine schwere Geburt hinter sich, sie war deprimiert, alleine, verlassen. Es war November, ein trüber Monat in einem fremden Land. Die Zwanzig rückte näher, das magische Da-

tum, um zu sterben. John wusste von Todkranken, die mit einem letzten Aufbäumen der Willenskraft ihr Sterben hinauszögerten – weil sie noch nicht Abschied genommen hatten von dem Sohn, der Tochter, oder weil noch etwas zu vollenden war, bevor sie gehen konnten. Ja, dachte John, es ist denkbar. Aber ungewöhnlich ist es doch. Er schrieb eine weitere Notiz auf den Block: *genauere Umstände zu Paulas Tod: St. George's kontaktieren.* Die letzte Notiz strich er wieder durch. Seine bisherigen Telefonate mit dem St. George's waren kaum über Smalltalk hinausgekommen. Niemand dort wollte riskieren, mit den strengen Datenschutzregeln zu kollidieren und sich selbst in Schwierigkeiten zu bringen.

Bloody hell, dachte er, was mache ich hier eigentlich? Wenn es so weiterginge, wäre er bald ebenso auf den zwanzigsten November fixiert wie Paula Schlotter, dann liefe er Gefahr, in einem Monat ein toter Mann zu sein. Die Härchen an seinen Armen stellten sich auf, es war ihm tatsächlich gelungen, sich selbst Angst einzujagen. Zu allem Überfluss drängte sich ihm ein Satz aus der zweiten Botschaft der Unbekannten auf, den sie auf die Rückseite des *Selbstbildnisses mit zwei Blumen in der Hand* geschrieben hatte: *Ein Datum hast Du schon. Es steht für den Abschluss. Bis dahin werden beide Blumen vergeben sein, und meine Mission ist erfüllt.*

Er stand auf und schlug mit der Faust auf den Tisch, um seine irreale Angst zu bändigen, die immer neue Bilder hervorbrachte. Die Mitteilungen, die Anspielungen, die Drohungen, Veras Perlenkette auf dem Kopfkissen. Er hatte sie, genau wie alles andere, zur Kenntnis genommen. Mehr nicht. Einen Tag später war Vera tot gewesen.

Er setzte sich wieder auf das Bett und zwang sich, ruhig durchzuatmen.

Seine Hände zitterten nur deshalb, weil er seit Stunden nichts gegessen hatte. Er ging ins Bad, trank einen Schluck und hielt das Gesicht unter den Wasserhahn. Schon besser. Sie wollte ihm nicht ans Leben, versuchte er sich zu beruhigen, er sollte ihre Spielregeln befolgen, darum ging es. Sie wollte Mittelpunkt einer Suchaktion sein. *Jage mich,* hatte sie eigenhändig geschrieben. Sie war eben verrückt – was tatsächlich dafür sprach, dass sie mit Paula verwandt war. Falls Eva Haberland diese Verwandte nicht nur erfunden hatte, um von sich selbst abzulenken.

»Hör auf!«, fauchte John sein übellauniges Ebenbild im Spiegel an. Das konterte sofort. »Umfaller! Von wegen ignorieren. Sie hat dich fest im Griff.« John warf sich ein Handtuch über den Kopf. Fest im Griff, dachte er und wünschte sich inständig, dass sie verschwinden möge von diesem Planeten.

21

In der Nacht von Sonntag auf Montag sank das Thermometer auf minus fünf Grad.

Hanne trug zwei Wollpullover unter ihrer wattierten Winterjacke, als sie im Melkstand darauf wartete, dass die ersten zwölf Kühe, je sechs rechts und links von ihr, hereintrotteten und sich Leib an Leib zum Melken aufstellten. Die anderen warteten im Stall vor dem Gitter, das auf den schmalen Laufsteg führte und sich erst öffnete, wenn die gemolkenen Kühe den Melkstand auf der anderen Seite wieder Richtung Stall verlassen hatten. Die Euter waren prall, und manche Kühe waren so ungeduldig, dass sie schnaubend versuchten, andere wegzuschubsen. Waren sie erst einmal auf dem Steg, wurde ihre Bewegungsfreiheit durch die Wand auf der einen und ein Geländer auf der anderen Seite begrenzt. Es blieb ihnen nichts anderes übrig, als sich in Reih und Glied hintereinander aufzustellen. Besonders störrischen Exemplaren gelang es dennoch hin und wie-

der, mit den Hinterbeinen auszuschlagen. Hanne musste immer auf der Hut sein. Schließlich stand sie in einer Rinne in der Mitte, die Kühe mit ihren mächtigen Körpern befanden sich in Kopfhöhe.
Die erste Gruppe hatte sich aufgereiht. Hanne zog das Melkgeschirr, das an der Decke baumelte, zu sich hinunter und hoffte, dass die computergesteuerte Anlage nicht wieder Zicken machte. Mit energischen, routinierten Handgriffen brachte sie das Geschirr an den Zitzen der Euter an, die Pumpen begannen zu arbeiten, und die Milch floss in durchsichtige Behälter.
Hanne war zufrieden mit dem Zustand der Herde. Kühe reagierten auf Hitze empfindlicher als auf Kälte, auch Minusgrade machten ihnen normalerweise nichts aus. Viel kälter aber durfte es nicht werden. Die Tiere standen und liefen im Stall auf Matten, auf denen auch die Ausscheidungen landeten, die täglich weggefegt werden mussten. Bei extremer Kälte über einen längeren Zeitraum würde alles festfrieren, und der Stall ließe sich nicht mehr reinigen. Schlimmer noch, die empfindlichen Klauen der Tiere würden das nicht unbeschadet überstehen. Hanne zog besorgt die Stirn in Falten. Der frühe Kälteeinbruch in diesem Jahr verhieß nichts Gutes.
Kurz nach sieben waren die letzten zwölf Kühe gemolken und in den Stall zurückgetrottet. Hanne ging in einen kleinen Raum, der durch Leitungen

mit dem Melkstand verbunden war. Hier stand der Milchtank, in den die Tagesproduktion floss. An diesem Vormittag war es Kurt, der die technischen Abläufe kontrollierte und protokollierte. »Kalt heute«, sagte er nur, und Hanne wusste, dass er damit auf seine Weise Besorgnis ausdrückte.

Nachdem sie sich in der Schleuse umgezogen hatte, lief Hanne nach oben zu Lilly. Die Kleine saß schon hellwach in ihrem Bett und beschäftigte sich mit einem abwaschbaren Bilderbuch aus weichem Plastik. »Lalla, Mamamam«, sagte sie freudestrahlend, als Hanne hereinkam. Hanne holte das Foto vom Regal und kniete sich neben das Kinderbett. »Das hier ist deine Mama, Lillyschatz.«

»Mamam«, wiederholte das Kind und streckte die Arme aus. Hanne hob sie hoch, es war Zeit für Lillys Frühstück.

Erst gegen acht gönnte sich Hanne ihre erste Pause. Sie saß auf der Eckbank in der Küche und sah aus dem Fenster hinüber zu den Bäumen, zwischen denen sich eine Handvoll Rehe ihren Schlafplatz gewählt hatten. Untertags kamen sie immer wieder an diesen Platz zurück, gerade eben waren es zwei. Sie stritten sich. Vor Tagen schon war Hanne ein Bock aufgefallen, der besonders streitlustig war, sie nannte ihn für sich »der Halbstarke«. Er wirkte jung und selbstbewusst und setzte jedem Artgenossen, der nicht spurte, mit gesenktem Kopf nach, bis der end-

lich das Weite suchte oder sich ergab. Die meisten ergaben sich.
Hanne seufzte und wärmte ihre Hände an dem heißen Kaffeebecher. Auch sie gab meist nach. Gestern zum Beispiel, als Kai sie angebrüllt hatte, nur weil sie die Adresse der Frau aus Hamburg nicht notiert hatte. Hanne verstand nicht, was daran so wichtig war. Die Frau war eines Abends aufgekreuzt, die Adresse hatte sie von der Gästeinfo in Worpswede erhalten. Sie hatte nach einer Unterkunft für drei Tage gefragt, und eine Rechnung hatte sie nicht verlangt. Drei Übernachtungen, das war schnell verdientes Geld, das sie gut gebrauchen konnten. Hanne bereute es, dass sie überhaupt davon erzählt hatte.
Sie hatte sich gewiss nur eingebildet, dass die Frau sie immer, wenn sie sich begegneten, irgendwie prüfend angesehen hatte.
»Sie erinnern mich an jemanden«, hatte die Frau am Freitag dann gesagt, kurz bevor sie abgefahren war. »Haben Sie eine Schwester?«
Hanne hatte abgewinkt und ihr erklärt, dass ihre Schwester ihr überhaupt nicht ähnlich sähe. Na und? Was war daran so schlimm?
»Ich mag es nicht, wenn die Gäste zu privat werden«, hatte Kai gesagt und dann das Thema fallen gelassen.
Es war schon der zweite Sonntag in Folge, den Kai

ihr verdarb mit dieser ewigen Gereiztheit. So war Kai eben, reizbar und verschlossen. Über das Feuer hatten sie seit Dienstag kein Wort mehr verloren. Hanne akzeptierte das. Aber Streit mochte sie nicht hinnehmen, ihre Sonntage wollte sie sich nicht verderben lassen.

»Mamamam«, sagte Lilly, die inzwischen gelernt hatte, sich in ihrem Laufstall stehend von einer Ecke in die andere zu hangeln. Hanne schüttelte den Kopf. »Nein, ich bin Hanne.«

Draußen vor dem Fenster stand der Halbstarke alleine zwischen den Bäumen.

22

Zwei Monate vor seiner geplanten Abreise nach Sussex war an einen geordneten Rückzug nicht mehr zu denken. Nur vierzehn Tage hatten gereicht, Chaos in Johns Leben zu tragen. Zwar funktionierte er nach außen hin mit gewohnter Umsicht und Zielstrebigkeit, allenfalls ein wenig angespannter als gewohnt, vor sich selbst aber konnte er seinen wahren Zustand nicht verleugnen.

Nur gut, dass niemand sah, wie er mit hängenden Schultern an dem schmalen Tisch in seinem Hotelzimmer saß, vor sich den Terminkalender mit dem Eintrag unter Freitag, neunzehnter Oktober, der ihm, John Magnus, schwarz auf weiß bestätigte, dass er inzwischen ein Getriebener war, gezwungen, Dinge zu tun, die er nicht tun wollte. Um zwölf Uhr mittags, in genau vier Stunden, würde er zusammen mit Henri hinter Veras Sarg hergehen. Henri hatte ihn davon überzeugt, dass nur so eine Chance bestünde zu einem Endspurt mit »der Dame X«, wie er sie mittlerweile nannte.

Seit der Termin feststand, versuchte John, Energie und Kampfgeist zu mobilisieren. Aber das dicke Polster aus Selbstbewusstsein, Selbstdisziplin und Selbstbestimmung, das sein Gemüt bislang erfolgreich in der Balance gehalten hatte, franste aus wie ein altes Sofakissen. Dieses Bild hatte er leichtsinnigerweise in einem Gespräch mit Inken bemüht, die prompt darauf geantwortet hatte, das wäre eine gute Gelegenheit, ein paar olle Fransen loszuwerden. Wie so viele Frauen neigte auch Inken zu solch kleinen, spitzen Seitenhieben, in diesem Fall hatte er das ohne Gegenwehr ausgesessen. Inken nämlich war ihm neben Henri zur wichtigsten Stütze geworden. Nach und nach hatte er sie informiert über die Machenschaften der Unbekannten, wobei er immer wieder versucht hatte abzuwiegeln, um sie nicht übermäßig zu beunruhigen.

Seit Samstag sahen sie sich täglich, und in diesen sechs Tagen war ihre Verbundenheit gewachsen – eine Tatsache, die ihm den bevorstehenden Abschied nicht gerade leichter machte. Immer öfter ertappte er sich bei der Frage: Warum verlasse ich vertraute Menschen wie Inken und diese Stadt und dieses Land? Warum habe ich mich niederdrücken lassen, anstatt nach Auswegen zu suchen? Weil ich so bin, wie ich bin, dachte John, ich bin gut im Wütendsein, aber schlecht im Krisenmanagement. Doch er war lernfähig, und Henri war ein guter Lehrmeister. Probleme Schritt für Schritt abarbeiten, war dessen Devise, mit kaltem Herzen und klarem Kopf, vor allem aber eins nach dem anderen.

Eins nach dem anderen, dachte John und trat ans Fenster. Die Zweifel an seiner Ausreise waren zwar ein Problem, dessen er sich annehmen müsste, aber es musste warten, bis es an der Reihe war. Ganz oben auf der Prioritätenliste stand der Endspurt in Worpswede, ihm hatte nun alle Konzentration zu gelten. Deshalb hatte er Inken auch ausgeredet, ihn dorthin zu begleiten, auf sie achtzugeben wäre eine zusätzliche Belastung für ihn gewesen.

John sah hinunter auf die Rothenbaumchaussee, wo der Berufsverkehr Richtung Innenstadt hinter zwei auf der Fahrbahn geparkten Hummer fast zum Erliegen kam. Er hoffte, dass sich der Stau löste, bevor Henri ihn abholen würde. Punkt neun, hatten sie verabredet, sollte John an der Straße stehen. Bis dahin blieb noch eine knappe Dreiviertelstunde.

Johns Schultern waren gestrafft, seine Gedanken galten nun ausschließlich dem bevorstehenden Ereignis und der Begegnung mit der Unbekannten. Henri hatte recht: Sie wollte sich finden lassen, heute. Und in noch einem Punkt hatte Henri recht behalten: Die nächste Botschaft, von ihr als letzte angekündigt, würde sie nicht nach Hamburg senden,

sondern vor Ort absetzen. Sie wolle, so Henris These, nicht das Risiko eingehen, wieder ins Leere zu laufen, sondern Johns Reaktion beobachten können. Tatsächlich hatte John seit der ekelhaften Mail vom vorangegangenen Freitag nichts mehr von ihr gehört.
Auf dem Flur wurden Stimmen laut, Eva begrüßte neue Gäste. John wusste nicht, ob sie vorhatte, zu Veras Beerdigung zu fahren. Im Augenblick jedenfalls war sie noch hier. Seit ihrer Unterredung war sie John aus dem Weg gegangen, wahrscheinlich, weil sie nicht bereit war, sich weiteren Fragen auszusetzen. Ein wenig schämte er sich dafür, dass er ihr so dreist zugesetzt und damit alte Wunden aufgerissen hatte. Immerhin war er nicht so taktlos gewesen, Valentins Kind zu erwähnen.
Valentins Kind! Viel hatten er und Henri nicht in Erfahrung bringen können, nicht einmal, ob es ein Mädchen oder Junge war. Das Kind war – das zumindest wussten sie – gleich nach der Geburt in eine englische Pflegefamilie gegeben worden. Bisher war es nicht gelungen, diese Familie ausfindig zu machen. Wo das Kind sich aufhielt, bei wem, seit wann, all das unterlag dem Datenschutz. Henri war jedoch zuversichtlich, eine Spur zu finden, sobald die Stiftung gegründet war und ihre Arbeit aufnehmen konnte.
Die Stimmen auf dem Flur waren verstummt. John

zog Mantel, Schal und Handschuhe an, nahm den Terminkalender vom Tisch, steckte ihn in seinen Aktenkoffer und sah sich prüfend im Zimmer um, bevor er die Tür mit einem energischen Ruck von außen zudrückte.

Am Empfangstresen saß zu Johns Erstaunen der akkurate Herr Schröder. »Die Chefin«, antwortete er auf Johns Frage, »musste dringend weg und wird vor heute Abend nicht zurück sein.«

Fünf Minuten später stieg John bei Heinrich von Zahn zu.

»Wird vielleicht doch voller, als wir dachten«, sagte er in einem Anflug von Sarkasmus. »Eva Haberland ist auch schon unterwegs.«

23

Eine halbe Stunde hatte es gekostet, sich durch den Hamburger Berufsverkehr zu quälen, ehe Henri in Höhe der Harburger Schwarzen Berge endlich Gas geben konnte.

Noch achtzig Kilometer bis Worpswede, mit etwas Glück würden sie gegen halb elf da sein. Henri hatte sich vorgenommen, noch vor der Beerdigung um zwölf den Kollegen aufzusuchen, der ihm behilflich war, Veras Erbe zu regeln, indem er amtliche Angelegenheiten vor Ort erledigte.

»Die Mühlen der Bürokratie mahlen langsam, aber stetig«, sagte er und schoss an einem Lkw vorbei auf die Auffahrt zur Bremer Autobahn. »Wir brauchen endlich grünes Licht, um Frau Kerners Haus und Grund verkaufen zu können.«

John saß schweigend neben ihm. Seit sie die Stadt verlassen hatten, versuchte Heinrich von Zahn, ihn abzulenken, indem er ständig redete, mehr, als es seine Art war, und so intensiv, dass seine Bemühungen schon den Tatbestand der parlamentarischen Narkose erfüllten. Tatsächlich fühlte John sich zwar nicht gerade eingeschläfert, aber doch eingelullt von der verhaltenen Stimme und der Sicherheit, die in ihr mitschwang. Er lehnte den Kopf gegen die Nackenstütze und schloss die Augen. Als er sie wieder öffnete, hatte er fünfzig Kilometer verschlafen und Henri hatte soeben die Autobahn verlassen. Für die restlichen dreißig Kilometer mussten sie sich mit Landstraßen begnügen.

»Gut geschlafen?«, fragte Henri und deutete auf Johns Handy, das zwischen beiden in der Konsole lag. »Könnte sein, dass es jetzt losgeht. Eine Bianka Mommsen hat sich gemeldet, möchte dich schnellstmöglich sprechen. Nur wenige Kilometer vor dem Zieleinlauf gibt uns das zu denken. Findest du nicht?«

John streckte seine Beine und riss die Augen auf, um die Schatten des Tiefschlafs zu vertreiben, der ihn hinterrücks erwischt hatte. »Bianka ist harmlos.« Er räusperte sich. »Sie war Veras Nachbarin und mag Kürbissuppe mit Krabben.«

»Und du meinst wirklich, dass sie das entlastet?« Henri schnaubte durch die Nase und hielt John das Telefon hin. »Komm erst mal zu dir und dann ruf die Frau zurück. Hör dir an, was sie will. Und sei um Himmels willen von nun an immer wachsam, egal, mit wem du es zu tun bekommst.«

Bianka meldete sich beinahe sofort, sie schien auf den Rückruf gewartet zu haben. John blieb zurückhaltend. Er sagte nicht viel mehr als zweimal »ja«, einmal »nein« und »hm« und abschließend »gegen halb elf«.

»Sie ist harmlos«, wiederholte er, nachdem das Gespräch beendet war. Bianka hatte lediglich wissen wollen, ob es in Ordnung sei, wenn sie zu Veras Beerdigung käme. Er hatte ja gesagt, weil es aus seiner Sicht durchaus normal war, einer Nachbarin das letzte Geleit geben zu wollen. Er fand es auch nicht ungewöhnlich, dass Bianka ihn vorher schon treffen wollte, nachdem sie begriffen hatte, dass er bereits kurz vor Worpswede war. Also hatten sie sich für halb elf am Parkplatz unterhalb der Kirche verabredet, um irgendwo in der Nähe einen Kaffee zu trinken und dann gemeinsam gegen zwölf zum Friedhof zu gehen. »Du bist sowieso beschäftigt«, sagte er zu Henri, »und ich muss abwarten, was auf mich zukommt. Das kann ich zu zweit genauso gut wie alleine.«

Henri betrachtete über sein Lenkrad hinweg die vorüberziehende, karstige Landschaft mit einer Aufmerksamkeit, als gelte es, jedes Detail zu erfassen, jeden Strohballen, jede Birke, jedes einzelne Rind und Pferd, das rechts und links von ihnen auf den Weiden stand. Seine fürsorgliche Redseligkeit war besorgter Nachdenklichkeit gewichen. Sie waren gleich da, er würde John absetzen und sich selbst überlassen, und sie beide mussten darauf bauen, dass ihr Informationssystem immer und überall funktionierte. Beider Telefone waren aufgeladen, beide hatten die Nummer des anderen gespeichert, so dass ein Knopfdruck genügte, beide würden sich an die Vereinbarung halten, sich gegenseitig über ihren jeweiligen Aufenthaltsort zu informieren.

Es war vier Minuten vor halb elf, als sie in Worpswede einfuhren, und Punkt halb elf, als John unterhalb des Parkplatzes ausstieg und unter einem Ahorn am Rand des schmalen Gehsteigs Position bezog. Durch das herbstlich verfärbte Blätterdach fielen Sonnenstrahlen und zeichneten Muster auf den Boden. Die Luft war kalt, klar und würzig. Jedes Geräusch schien sich einzeln auf den Weg gemacht zu haben, näherte sich, überflog ihn und verschwand wieder. Irgendwo zwischen den Ästen zirpte ein Vogel, zipzipzip. Was für ein Vogel war das? Nach fünfundvierzig Jahren auf diesem Planeten kannte er mehr Biersorten als Vogelarten, er war ein verdammter Stadtjunkie.

John wechselte das Standbein. Auf der Straße, die an dieser Stelle eine Biegung machte, schaltete ein Mann seinen alten Opel kratzend einen Gang tiefer. John verzog unwillkürlich den Mund. Sein Blick fiel auf den gegenüberliegenden Gehsteig. Hinter dem Fenster eines Goldschmiedeateliers bemerkte er eine

Frau, die an einem Arbeitstisch hantierte, dann aber das Werkzeug mit einer ungeduldigen Handbewegung beiseiteschob, sich erhob und John durch die Scheibe hindurch musterte. Kurz darauf trat sie unter dem Klang eines Glasglockenspiels aus der Tür, sah sich nach allen Seiten um, lief quer über die Straße und kam direkt auf ihn zu. Johns Muskeln spannten sich. Er trat einen Schritt auf die Fremde zu, aber sie huschte an ihm vorüber, so dicht, dass er ihr Parfum riechen konnte. Er versuchte, den Duft zu vergleichen mit dem, der ihm in Valentins Haus aufgefallen war. War es der gleiche? Verdammt, war es der gleiche oder nicht? Er wusste es nicht. Sein Puls nahm Fahrt auf.

Die Fremde streifte nicht weit von ihm in gebeugter Haltung an den Büschen entlang, drückte Äste beiseite, rief etwas. Ihre Stimme klang lockend, schmeichelnd. Aus ihrem im Nacken gebundenen Knoten lösten sich ein paar Strähnen. Er sah, dass sie fror in ihrer viel zu dünnen Bluse. Langsam, suchend näherte sie sich ihm wieder. Nur noch zwei Schritte von ihm entfernt richtete sie sich auf und sah ihn an. Das also ist sie, dachte John. Einen Herzschlag lang war er davon überzeugt. Bis er ihre Augen aufleuchten sah, den Blick an ihm vorbei gerichtet. Er drehte sich um. Von oben, vom Parkplatz her, kam eine andere Frau in einem grünen Anorak, die Kapuze tief in die Stirn gezogen, auf dem Arm eine Katze.

»Du solltest deinen Tiger endlich mal an die Leine legen, ich hätte ihn beinahe überfahren«, sagte sie, legte der anderen das Tier in den Arm und wandte sich zu John um. »Tut mir leid, dass ich mich verspätet habe, die Rettungsaktion hat ein paar Minuten gedauert.«

»Bianka?« John gab sich alle Mühe, sich nicht anmerken zu lassen, dass er sie zunächst nicht erkannt hatte, aber sie ließ sich nicht täuschen. Lachend streifte sie die Kapuze ab. »Perfekte Tarnung, so ein Ding. Tschüss!« Letzteres galt der Frau, die mitsamt ihrer wiedergefundenen Katze eilig die Straße überquerte und in dem Laden verschwand.

»Eine Freundin von Ihnen?«, fragte John. Bianka nickte. »Wir sind im gleichen Club, dem Club der Malweiber.«

John stutzte nur kurz, dann fiel ihm ein, woher er das Wort »Malweiber« kannte. »So wurden hier doch zu Zeiten von Paula Modersohn die malenden Frauen genannt, oder?«

»Ja, von den malenden Männern natürlich, und die meinten das herablassend. Torfköppe. Als wenn man fürs Malen einen Schwanz bräuchte.«

»Aber schaden kann er auch nicht«, warf John ein.

»Nö, wenn man ’ne Quaste dranbindet, kann man den Pinsel sparen.«

»Sicher alles schon mal dagewesen«, knurrte John, der sich allmählich fragte, ob der übermäßige Genuss von Kürbiscremesuppe möglicherweise chemische Veränderungen in den Vorderlappen auslöste. Vielleicht war Bianka aber auch nur albern aufgelegt, oder unsicher, oder sie war – eine Männerhasserin. Sie ging vor ihm her zum Parkplatz hinauf, und John folgte ihr. Wie ein Schaf, dachte er, Henri würde sich die Haare raufen. Was, wenn Bianka doch nicht so harmlos war? John blieb stehen und tastete nach dem Handy. Immerhin hatten Henri und er eine Art Funkbereitschaft vereinbart. Daran wollte er sich halten.

»Wohin gehen wir eigentlich?«

»Zu meinem Wagen. Sie stehen schon davor.« Bianka schloss die Beifahrertür zu einem Fiat auf. Johns aufkeimendes Misstrauen riet ihm, lieber nicht einzusteigen. Hinein mit dir!, befahl ihm dagegen sein unbedingter Wille, diesmal nicht zu kneifen. Er durfte keiner Konfrontation aus dem Weg gehen, keine Chance vergeben. Heute sollte und musste dieser Spuk ein Ende finden, er durfte es nicht vermasseln. Er stieg ein. Bis zur Beerdigung blieben noch siebzig Minuten.

»Kleine Spritztour gefällig?«, fragte Bianka und wendete den Wagen. »Viel gesehen haben Sie bestimmt noch nicht von Worpswede. Dabei wird hier jeder Baum und jeder Stein gepflegt und bewahrt und erst recht jedes alte Haus. Es lohnt sich also.« Sie wartete Johns Zustimmung nicht ab, sondern

bog in die Bauernreihe ein, wo sich, wie sie John erklärte, schon im Mittelalter oder sogar früher Bauern angesiedelt hatten. Im Laufe der Zeit waren teilweise stattliche Höfe entstanden. Langsam fuhr Bianka an den bestens sanierten Bauernhäusern vorüber, die sich mit ihren langgezogenen Dächern unter üppige Baumkronen duckten. Sie deutete auf ein altes Fachwerkhaus. »Das war früher eine Scheune, jetzt sind Ateliers drin. Bauern wohnen hier schon lange nicht mehr. Wir fahren mal weiter zur Hamme. Nur drei Kilometer raus aus dem Ort, schon sind Sie in der romantischen Weite der Hammewiesen.« Sie lächelte.
Machte sie sich über ihn lustig? Weite. Romantik. Was sollte das? John rutschte auf seinem Sitz nach vorn, beide Füße fest auf dem Boden, die rechte Hand auf dem Knie, jederzeit bereit, zu reagieren, und sei es durch einen Sprung aus dem Wagen.
»Ist Ihnen nicht gut?«, fragte Bianka. Sie ließen soeben das Ortsschild Worpswede hinter sich, ein Hinweisschild wies nach Osterholz-Scharmbeck. Bianka setzte den Blinker und bog rechts auf ein unebenes Sträßchen ab, der kleine Fiat geriet vorübergehend in bedenkliche Schieflage.
»Gosh«, entfuhr es John. Bianka sah ihn von der Seite an, ihr Lächeln war verschwunden. »Was haben Sie denn?«
Ihre Blicke trafen sich, und selbst sein allgegenwär-

tiges Misstrauen konnte nicht verhindern, dass John sich in diesem Augenblick mit ihren Augen sah: Ein gestandener Mann mit handfesten Zukunftsplänen hockte sprungbereit auf der Kante eines Autositzes und krallte sich an der Armatur fest. Sollte Bianka nicht die Verrückte sein, die allmählich sein vegetatives Nervensystem zerrüttete, musste sie sein Verhalten befremden. Dann konnte sie nicht verstehen, was falsch daran war, ihm ihren Heimatort zeigen zu wollen und ihn damit zugleich von den trüben Gedanken an die bevorstehende Beerdigung abzulenken. Dann musste sie ihn für einen Spielverderber, einen Spießer, einen Weichling halten. Und wenn sie es doch war? Dann war sie erstens eine gute Schauspielerin, und zweitens gab er ihr mit seinem kindischen, unbeherrschten Verhalten Anlass zur Genugtuung. So oder so, er musste sich aus dieser erbärmlichen Defensivhaltung befreien.

Vermeintlich gelassen lehnte er sich mit einem abwiegelnden »alles okay« in seinem Sitz zurück und sah sich höflich nach einer Mühle von achtzehnhundertirgendwas um, auf die Bianka ihn aufmerksam machte. Sie konnte ja nicht wissen, dass er als Kind mit seinen Eltern Hunderte von Kirchen, Burgen und eben auch Mühlen hatte besichtigen müssen. Mit zwanzig Jahren hatte er Bilanz gezogen und sich geschworen, Kirchen, Burgen und Mühlen nur noch in Ausnahmefällen zu betreten. Ein solcher

Ausnahmefall war zuletzt die Zionskirche gewesen. Er sah auf die Uhr. In spätestens fünfzig Minuten mussten sie am Friedhof sein.
Sein Telefon läutete, der abgesprochene Kontrollanruf von Henri. »Wo ich bin?« John sprach laut genug, um auch von Bianka verstanden zu werden. »Ich befinde mich drei Kilometer außerhalb jeder menschlichen Siedlung in einem kleinen schwarzen Fiat, der wahrscheinlich demnächst zwischen Wasser und Wiesen steckenbleibt, der Weg wird schmaler, jetzt endet er sogar. Da vorne ist nur noch Wasser und ein Steg, der ins neblige Nichts führt.«
»Ins Naturschutzgebiet«, korrigierte Bianka sachlich, »und hier gibt's Kaffee.«
Sie parkte am Ufer vor einer Kate, die eine Mischung aus rotem Klinkerbau und blauem Fachwerk war. »›Neu-Helgoland‹, früher eine Haltestation für die Torfschiffer, heute Ausflugslokal«, fügte sie hinzu und löste den Gurt.
»Neu-Helgoland« schien aus Henris Sicht so etwas wie ein sicherer Hort zu sein. »Die Kneipe kenne ich«, sagte er am anderen Ende der Leitung. »Da habe ich mal einen wunderbaren Braten vom Moorrind gegessen. Ist aber schon Jahre her.« Leiser setzte er noch ein besorgtes »pass auf und sei wachsam« hinzu.
Wenig später saßen sie in der Gaststube, in der sich an diesem frühen Mittag nur wenige Gäste einge-

funden hatten, und wärmten ihre Hände an einem Pott dampfenden Kaffees. John beobachtete Bianka und wartete ab. Sie hatte ihren grünen Anorak über die Stuhllehne gehängt, dem Anlass gemäß trug sie Kleidung in gedeckten Farben, eine dunkelblaue Hose mit einem blauen Rollkragenpullover darüber, der nur wenig dunkler war als das Blau ihrer Augen. Die waren ihm bei ihrer ersten Begegnung schon aufgefallen, er hatte es nur vergessen. Wenn er sie objektiv betrachtete, was in seiner derzeitigen Lage besonders schwierig war, dann sah er eine norddeutsch geprägte junge Frau, etwas herb, aber dadurch unverwechselbar, ruhig und bestimmt im Auftreten, heimatverbunden und sicher eingebunden in einen Familien- und Freundeskreis, wahrscheinlich pflichtbewusst und ordentlich, aber auch neugierig und unternehmungslustig. Was er nicht sah, waren Nervosität, Hass, Verspanntheit, Hinterlist. War es möglich, dass sie sich so gut tarnte? Aber wie lange noch? Vorausgesetzt, sie folgte einem Plan, dann hatte sie nicht mehr viel Zeit, damit herauszurücken. Falls sie es war. Falls.

»Es tut mir leid um Vera.« Bianka sah ihn an, als erwartete sie, dass auch er endlich einmal etwas dazu sagte. Aber er schwieg. Sie sollte reden. Bianka hob die Augenbrauen. »Ich jedenfalls muss oft an Vera denken, seit das passiert ist«, fuhr sie fort, »auch wenn Vera eigen war und zu viel getrunken hat, so

etwas hatte sie nicht verdient. Sie war eine traurige Frau. Obwohl es ihr nach dem Krankenhaus besserging. Habe ich gehört.«
»Gehört? Von wem?«, fragte John verblüfft. Immerhin war Vera am selben Tag entlassen worden, an dem sie vermutlich spätabends starb. Wen hatte sie in der kurzen Zwischenzeit noch getroffen?
»Ich habe Ihnen doch von unserem Club der Malweiber erzählt«, antwortete Bianka. »Also, wir malen nicht nur miteinander, wir stellen auch Gemälde der alten Worpsweder Maler nach. Und weil wir jedes Jahr zu Beginn und zum Ende der Saison eine Vorstellung geben, anfangs unter der alten Eiche, inzwischen meist auf der kleinen Freilichtbühne am Barkenhoff, sammeln wir bei Freunden und Bekannten Spenden. Wir haben ziemlich viele Auslagen, wissen Sie, obwohl wir unsere Kostüme selber nähen. Na ja, und im Frühjahr hatte uns Vera tatsächlich etwas Geld gespendet, deswegen haben wir jetzt wieder angefragt.«
»Wir?«, warf John ein.
Bianka schüttelte den Kopf. »Na ja, ich nicht, das hat eine andere übernommen. Mir war das etwas peinlich, weil Vera doch erst vor einem halben Jahr ihren Mann verloren hat. Aber die anderen, wir sind zehn, haben gesagt, vielleicht ist sie sogar froh, wenn sie Besuch bekommt. Und das war ausgerechnet an dem bewussten Montag.«

»Hieß diese Spendensammlerin Katharina?« John war die Frage herausgerutscht, sobald er sie gedacht hatte. Es war absurd. Dass Bianka die alte Eiche erwähnte, reichte schon, um sein Misstrauen gegen Katharina aufleben zu lassen. Absurd.
Bianka hob wieder die Augenbrauen. »Katharina? Nein. Wieso? Bei uns gibt es gar keine Katharina.«
John spürte, dass sie kurz davor stand, auch ihn als »eigen« einzustufen, was aus norddeutscher Sicht alles andere als ein Kompliment war. Es gefiel ihm nicht, so falsch eingeschätzt zu werden, zumal sein Misstrauen gegen Bianka im Schwinden war. Sie war harmlos, im Grunde hatte er das von Anfang an gewusst. Und die Unbekannte war noch immer unbekannt. Er drückte seine Finger gegen die Schläfen, als könnte er den Gedanken zurückschieben, er sollte verschwinden, er wollte ihn nicht haben.
Um die Nervosität in den Griff zu bekommen, lenkte er das Gespräch zurück zu dem Club der Malweiber und ihren Aktivitäten, ein Hobby, das Bianka mit Feuereifer betrieb. Dass er instinktiv ins Schwarze getroffen hatte, erkannte er an Biankas Reaktion. Sie hatten noch eine knappe Viertelstunde, aber die nutzte sie.
Der Club, erfuhr John, bestand seit vier Jahren. Seine Mitglieder, Frauen aus Worpswede und den umliegenden Gemeinden, einte die Lust am Spielen, das Interesse am Malen und an der plastischen Kunst

und die Mission, die Geschichte über die Anfänge der Künstlerkolonie Worpswede zu bewahren und weiterzugeben.
Diese Geschichte begann Ende des neunzehnten Jahrhunderts, als sich die ersten Künstler in Worpswede ansiedelten, unter ihnen Otto Modersohn. Dessen spätere Ehefrau Paula wurde zwar nicht zu ihren Lebzeiten, aber bald nach ihrem frühen Tod die Berühmteste von allen. Ihr zu Ehren, John merkte an dieser Stelle auf, hatte der Malweiber-Club ein Markenzeichen gewählt, das einem der zahlreichen Selbstporträts der Malerin entliehen war, dem *Selbstbildnis mit Hut und Schleier.* Ebendiesen Hut hatten die Clubfrauen zum Vorbild genommen und nachgeschneidert.
Bianka nahm die Hände zu Hilfe, um ihn zu beschreiben. »Er ist aus schmiegsamem Filz, vorne rot, hinten grün, hat die Form einer flachen Kappe mit einer schmalen Krempe über der Stirn und wird gerade auf den Kopf gesetzt. An den Rändern ist ein gelber, hauchzarter Schleier angeheftet, der nach hinten bis über die Schulterblätter fällt. Jede von uns hat so ein Stück, und jede Neue muss ihn sich anschaffen, wenn sie aufgenommen werden will. Paula würde sich bestimmt darüber freuen.«
In Johns Schläfen pochte es wieder. Er stand auf. Höchste Zeit zurückzufahren.

24

Der gefrorene Boden knirschte unter den Reifen, als Bianka den Wagen auf dem Parkplatz unterhalb der Zionskirche in eine Parklücke manövrierte. Sie hatte noch nicht den Zündschlüssel herumgedreht, als John schon heraussprang und unter dem Brausen des Mittagsläutens den aufsteigenden Fußweg zur Kirche hochlief.

Heinrich von Zahn begrüßte ihn vor dem grünen Portal mit ausgestreckter Hand. »Durchwachsenes Wetter heute«, sagte er. »Minus vier Grad sind das mindestens.« Er streifte sich seinen gefütterten Handschuh wieder über. »Unser Gottesmann wird gleich eintreffen. Ein sympathischer Mensch. Außerordentlich entgegenkommend.«

John stimmte ihm zu. Auch er fand es sehr freundlich, dass der Pastor auf Henris Bitte hin zugestimmt hatte, an Veras Grab ein Gebet zu sprechen, obwohl Vera dem Zeitgeist und dem Wunsch nach

Steuerersparnis gefolgt und schon vor Jahren aus der Kirche ausgetreten war.
Henri suchte neben einem Mauervorsprung Schutz vor dem kalten Wind. John tat es ihm gleich. Fest eingepackt in ihre Wintermäntel, die Kragen hochgeschlagen, standen sie nebeneinander an fast derselben Stelle, an der John dem Pastor vor zweieinhalb Wochen schon einmal begegnet war. John tastete in seiner Manteltasche nach dem Zettel mit der Telefonnummer, von der er nie Gebrauch gemacht hatte. Henri stieß ihn an. Vier Personen kamen hintereinander den Weg hinauf, ein Mann und drei Frauen. Eine von ihnen war Bianka. John nickte ihr zu, bevor sie wenige Schritte vor ihm zu den Gräbern abbog. Die anderen drei kannte er nicht. Schweigend gingen auch sie weiter Richtung Friedhof. John sah ihnen nach, bis sie hinter Bäumen verschwanden.
Die langen Grabreihen, die bis an des angrenzende offene Feld reichten, lagen unter einer hauchdünnen Schicht von Rauhreif. Auf den gewundenen Wegen tauchten ab und zu konturlose Gestalten auf, eingepackt in Mäntel, Schals und Mützen. Von der Westseite her, wo es ebenfalls einen Zugang zum Friedhof gab, bewegte sich etwas Gelbes. So gelb wie die Öljacke, die Katharina getragen hatte. John stieß Henri an. Aber noch ehe der reagieren konnte, wurden sie abgelenkt von drei Männern, die sich gemessenen Schrittes näherten.

»Die Urne«, flüsterte Henri. Sie wurde, abgedeckt mit einem blauen Samttuch, von einem Mann getragen, neben dem ein zweiter herging. Beide waren in uniformes Grau gekleidet. Hinter ihnen erkannte John den im Wind flatternden Grauschopf des Pastors. Schulter an Schulter mit Henri ging er der Gruppe entgegen. Sie verständigten sich fast wortlos, formierten sich zu einer Prozession und traten den Weg zu Valentins letzter Ruhestätte an, die nun auch Veras wurde. Die wenigen Menschen, die ihnen begegneten, machten ihnen respektvoll Platz.
Mit fünf Minuten Verspätung standen sie vor dem Grab, der Pastor in der Mitte, flankiert von dem Grauberockten mit der Urne und seinem Kollegen, der einen prüfenden Blick auf die wenigen Gebinde warf, die seitlich abgelegt worden waren. Viel Zeit würde es ihn nicht kosten, sie nach der Zeremonie ordentlich zurechtzulegen. John und Henri stellten sich an der anderen Längsseite auf, eine Position, die es ihnen ermöglichte, die Szene im Auge zu behalten.
Wie nicht anders erwartet, hatten sich nur ein halbes Dutzend Trauergäste eingefunden. Als Erste entdeckte John Eva Haberland. Sie hielt sich abseits von den anderen und bewegte lautlos die Lippen, als sei sie ins Gebet vertieft. John vermutete, dass es vor allem Valentin war, dem ihre Gedanken galten. Vorne am Grab, gleich hinter dem Pastor, unterhielt

sich Bianka leise mit der Katzenbesitzerin vom Vormittag. Aus deren Anwesenheit schloss John, dass sie die Spendensammlerin war, die Vera besucht hatte. Neben den beiden stand ein Mann, der John an den akkuraten Herrn Schröder aus Hamburg erinnerte. Er hatte ihn nie zuvor gesehen, ebenso wenig wie den drahtigen Alten mit den derben Gummistiefeln, der mit den Händen seine Mütze knetete. Er hatte sich hinter die anderen verzogen und sah sich unsicher um, als wolle er sich vergewissern, dass er auch wirklich niemandem im Wege stand.
Auf die Frau, die schräg hinter dem Alten zwischen zwei Lebensbäumen stand, wurde John erst aufmerksam, als sie, den Blick auf ihn gerichtet, einen Schritt vortrat und dabei die Äste streifte. Sie war etwa Ende dreißig, klein und stämmig. Unter ihrer Strickmütze kringelte sich festes, rostbraunes Haar. Am auffallendsten aber waren ihre großen, müden Augen. Sie sah ihn noch immer an. Johns Magen reagierte so, wie er es sonst nur bei Achterbahnfahrten tat, was ein Grund dafür war, dass John dieses Gefährt gewöhnlich mied. Den Blick der Unbekannten aber konnte er nicht meiden.
»Ich glaube, wir haben sie«, flüsterte er Henri ins Ohr. »Die mit der Strickmütze, links zwischen den Büschen. Sie starrt mich unentwegt an.«
Henri nickte bedächtig, wie es seine Art war. Der Pastor räusperte sich. Sie waren schon zehn Minu-

ten über die Zeit. Die Anwesenden falteten die Hände und blickten nach vorne. Die Frau mit der Strickmütze zog sich einen Schritt zurück in ihre grüne Höhle. Ihre Augen blieben auf John gerichtet, der sich dessen bewusst war. Von den Präliminarien bekam er daher kaum etwas mit. Zuerst sprach der Pastor ein paar Worte, dann Henri, schließlich folgte ein gemeinsames Gebet. Als die Urne in die Erde gelassen wurde, dirigierte Henri John nach vorne neben die Schale, in der Erde und Schaufel bereitlagen.

Wieder standen sie Schulter an Schulter, und so kam es, dass sie beide nahezu sekundengleich entdeckten, was ihnen von der anderen Seite aus verborgen geblieben war. Auf der überschaubaren Ansammlung von Gestecken und nur einem Kranz – er war von Henri in Auftrag gegeben – leuchtete zuoberst ein Strauß gelber Rosen, von denen zwei unterhalb der Knospen geknickt waren. Da, wo der Strauß zusammengebunden war, baumelten zwei Beigaben: ein Briefumschlag mit Trauerrand und eine doppelreihige Perlenkette mit einer schwarzen Perle in der Mitte. John hatte diese Kette zuletzt vor zwölf Tagen gesehen, an dem trostlosen Wochenende in Valentins Haus. Sie hatte zusammengerollt auf dem Kopfkissen in Paulas ehemaligem Zimmer gelegen, und er hatte sie – überdrüssig, wütend und angewidert, wie er war – einfach liegen lassen.

»Veras Kette«, sagte er leise, »das ist perfide.« Er hatte Mühe, sich zu beherrschen. Die Fäuste geballt, drehte er sich um zu der unbekannten Frau. Sie war noch da, er glaubte, ihre weiße Mütze zwischen den Zweigen der dichten Büsche schimmern zu sehen, und obwohl sie sich seinem Blick entzogen hatte, wusste er, dass sie ihn unablässig beobachtete. In seinen Schläfen pochte es, und in seinem Kopf formte sich die Vision, sie zu greifen und ihre widerliche Niedertracht aus ihr herauszuschütteln.
Henri spürte seine Unruhe und handelte. Als sei das ein Teil der Inszenierung, bückte er sich bedächtig nach dem Rosenstrauß, hob ihn hoch, band in aller Ruhe die zwei Beigaben los und reichte den Brief an John weiter, während er die Kette nach einer respektvollen Verbeugung hinuntergleiten ließ auf die Urne. Die Rosen legte er auf dem Grabstein ab. Mit einer höflichen Handbewegung gab er dem, der aussah wie der akkurate Herr Schröder, zu verstehen, dass er nun an der Reihe sei.
»Der Abgesandte der Sparkasse«, raunte Henri, zog sich mit John in die zweite Reihe zurück und forderte ihn auf, den Brief zu öffnen. »Sie wartet darauf, also tun wir ihr den Gefallen.«
John hatte die Karte noch nicht einmal vollständig herausgezogen, als er sich erschrocken an Bianka Mommsen wandte, die an der Reihe war, ihre drei Schaufeln Erde auf die Urne zu schütten. Es war

John gleich, auf Pietät konnte er jetzt keine Rücksicht nehmen. Er hatte Mühe, seine Stimme zu dämpfen. »Schräg hinter Ihnen versteckt sich eine Frau und beobachtet uns. Kennen Sie die?«
Bianka drehte sich nicht einmal um. »Die ist mir auch aufgefallen. Seltsames Benehmen. Aber ich kenne sie nicht, nie gesehen.«
John sah sie ungläubig an. Sie musste sich irren. Oder sie verschwieg ihm etwas. So kam sie ihm nicht davon. »Ich muss Sie unbedingt sprechen, sobald das hier vorüber ist.«
Sie fragte nicht nach. »Gut«, sagte sie nur und griff sich endlich die Schaufel, »dann warte ich an der Kirche auf Sie.«
Henri räusperte sich ungehalten und nahm ihm den Brief aus der Hand. »Halt deine Emotionen im Zaum, sie beobachtet uns«, sagte er leise und las mit demonstrativem Interesse die Karte. »Hm. Diesmal also eine Frau mit Hut und Schleier. Sagt dir das was?« Ohne eine Antwort abzuwarten, las er den wie immer handgeschriebenen Hinweis:
Heute ist der Tag der zweiten Blume. Willst Du wissen, wem sie gilt? Frag nach diesem Hut.
»Na, dann fragen wir doch mal danach.« Selbst Heinrich von Zahn sah keine Notwendigkeit mehr für allzu respektvolle Zurückhaltung.
Die ohnehin karge Verabschiedung der Vera Kerner war beendet, der Pastor davongeeilt, die Trauerge-

meinde zerstreute sich. Eva Haberland hatte in ihrer Abseitsposition verharrt, war dem Grab nicht einen Schritt näher gerückt und gleich nach dem Gebet Richtung Westausgang verschwunden.
Dorthin war auch die Frau mit der Strickmütze unterwegs, als Henri sie einholte, sich vor sie stellte und ihr so den Weg versperrte. Sie drehte sich verängstigt um, aber da stand John schon hinter ihr. Ihre Augen wurden noch größer. Schöne, ausdrucksvolle Augen, die unter anderen Umständen sein Interesse geweckt hätten, die Frau näher kennenzulernen. Unter diesen Umständen aber galt das Gegenteil. Er wollte sie loswerden, ein für alle Mal.
»Wer sind Sie und was wollen Sie von mir?«, fauchte er. Er versuchte, die Frau zu packen, aber Henri schob sich mit unaufgeregter Gewandtheit zwischen die beiden, drehte John den Rücken zu und sprach die Frau betont sachlich an. »Ich bin Anwalt und vertrete die Interessen meines Mandanten.« Er deutete hinter sich, ohne sich umzuwenden. Zwischen seinen Augenbrauen hatten sich zwei senkrechte Furchen gebildet. »Sie bringen sich in eine ernste Situation, wenn Sie nicht endlich aufhören mit Morddrohungen, diffusen Botschaften und Grabschändung. Zumindest Letzteres ist eine Straftat. Ferner haben Sie eine hilflose Person verschleppt und ausgesetzt. Im Übrigen wird zu klären sein, wie Sie an die Kette der Verstorbenen kamen, die Sie ge-

schmackloserweise als Teil Ihrer heutigen Botschaft benutzten.«

»Kette? Welche Kette? Ich verstehe überhaupt nicht, wovon Sie sprechen. Sie verwechseln mich. Ich habe lediglich an einer Beerdigung teilgenommen. Das ist nicht verboten.« Die Stimme der Frau klang fest, aber ihre Augenlider vibrierten. Zum wiederholten Male sah sie den Westweg entlang, als erwarte sie von dort Hilfe. John konnte seine Ungeduld kaum beherrschen. »Hören Sie auf mit dem Mist. Wir stehen uns gegenüber. Das ist es doch, worauf Sie aus waren. Dann lassen Sie endlich raus, was Sie von mir wollen. Reden Sie Klartext, Menschenskind.«

»Sie. Sie sind ja völlig ver…« Die Frau brach mitten im Wort ab, ihre Augen verengten sich. In Sekundenschnelle stieß sie die zwei Männer beiseite und rannte los, so schnell, als ginge es um ihr Leben, rannte direkt auf einen einzelnen Mann zu, der hinter der Aussegnungshalle aufgetaucht war, da, wo der Weg abbog zum Seitenausgang. Abwartend stand der Alte da in seinen Arbeitsstiefeln. Die Mütze, die er zuvor in den Händen geknetet hatte, trug er nun auf dem Kopf, die Hände waren in den Taschen vergraben. Die Frau rief ihm etwas zu, während sie an ihm vorbeihastete. Als sie hinter der Halle abbog und aus dem Blickfeld geriet, baute er sich breitbeinig in der Mitte des Weges auf.

»Die kennen sich«, stellte Henri fest. Er atmete

schwer, denn einem ersten Impuls folgend waren sie der Frau nachgesetzt, bis Henri das unwürdige Spektakel beendete, John abbremste und auf den Alten wies. Dessen Haltung wurde bedrohlicher, je näher sie ihm kamen.

»Dürfen wir Sie etwas fragen?«, rief John ihm zu und blieb erschrocken stehen. Die rechte Hand des Alten war blitzschnell aus der Tasche gefahren, aus der geballten Faust richtete sich, auf den ersten Blick kaum erkennbar, etwas Metallenes, Spitzes gegen die beiden. John hob beschwichtigend die Arme. Der Alte hielt die Augen auf sie gerichtet, während er langsam rückwärts lief, bis auch er hinter der Halle abdrehte und entkam.

»Und nun?«, fragte John.

»Nun fahren wir unverzüglich zur hiesigen Polizeistation und geben den Vorfall zu Protokoll«, entgegnete Henri.

»Und was ist, wenn sie gar nicht die Richtige ist?«, wandte John ein. »Sie wirkte erschrocken. Das passt nicht.«

Henri ließ sich nicht beirren. »Sie ist die richtige Frau, genauso wie das Messer ein richtiges Messer war.« In seiner unaufgeregten Art, die keinen Widerspruch zuließ, eilte er in langen Schritten dem Ausgang zu. John folgte ihm. An Valentins und Veras gemeinsamer Grabstätte deuteten nur noch die frisch geharkte Erde und die darüber verteilten Blumengebinde darauf hin, dass hier vor kurzem ein Mensch beerdigt worden war. Der Rosenstrauß mit den zwei geknickten Köpfen lag noch immer auf dem Stein.

Bianka hatte Wort gehalten und vor der Kirche auf John gewartet. Zum Schutz vor der Kälte hatte sie ihren Schal bis zur Nasenspitze hochgeschoben und hüpfte mal auf dem einen, mal auf dem anderen Bein. »Na endlich.« Sie trat auf John zu. »Was ist denn nun so wichtig, dass ich mir dafür einen Schnupfen holen muss?«

John sah, wie Heinrich von Zahn die Stirn krauste und auf seine Armbanduhr klopfte. »Wir haben keine Zeit zu verlieren.«

»Eben«, entgegnete John knapp. »Fahr du alleine dorthin«, er vermied absichtlich das Wort Polizei. »Ich muss hier noch etwas Dringendes klären. Falls meine Unterschrift gebraucht wird oder so, kann ich das später nachholen. Jetzt geht es nicht. Wir halten Telefonkontakt wie vereinbart.«

»Querkopf«, raunzte Henri. Dass er grußlos davoneilte, zeigte, wie verärgert er war. John hoffte, ihm seine Entscheidung später verständlich machen zu können.

»Ärger?«, fragte Bianka. John zuckte nur die Achseln und sah sie nachdenklich an. Noch war er sich nicht im Klaren, wie weit er ihr trauen konnte. Aber es half nichts, er brauchte Antworten, und er brauchte sie schnell. »Haben Sie Aufnahmen von Festen oder Veranstaltungen mit Ihren Malweibern, auf denen alle drauf sind«, begann er und hoffte auf den Überrumpelungseffekt, »und wenn ja, würden Sie mir die zeigen?«

Sie standen noch immer auf dem Vorplatz der Kirche. Bianka zeichnete mit der Fußspitze Kringel in den Kies. »Hinter wem genau sind Sie her?«, fragte sie. Ihre Stimme klang kalt und abweisend.

John erschrak über das Missverständnis. »Nein, Bianka, es ist nicht, was Sie denken. Ich will gewiss nicht mit Ihrer Hilfe eine Frau aufreißen. Es ist ganz anders und viel ernster. Ich brauche Ihre Hilfe. Bitte.«

Sie hörte auf, Kringel in den Kies zu zeichnen, und sah ihn an, als prüfe sie nun ihrerseits, wie weit sie ihm trauen konnte. Sie war nicht überzeugt, das spürte er. Er überlegte nur kurz, dann zog er die Karte aus seiner Tasche und reichte sie ihr. Sie warf einen kurzen Blick darauf. »Die Frau mit Hut und Schleier. Na und?«

Er fuhr sich über die Augen. Die Zeit lief ihm davon. »Sehen Sie auf die Rückseite.«

Sie drehte die Karte um, und ihre Schultern strafften sich. »Was soll das bedeuten? *Heute ist der Tag der zweiten Blume. Willst Du wissen, wem sie gilt? Frage nach diesem Hut.* Klingt abgefahren. Aber wegen so einem Ding muss man keinen Aufstand machen, finde ich.«

John knetete die Hände, als wollte er sämtliche zwischen Kirche und Friedhof versammelten Mächte dazu bewegen, Bianka zur Einsicht zu bringen. »Es war nicht die erste Kontaktaufnahme, es gibt schon frühere, in denen sie unmissverständlich droht. Ich bitte Sie, glauben Sie es mir einfach. Alle lassen auf eine Besessenheit für Paula Modersohn schließen und alle haben mit Valentin und Vera Kerner zu tun.«

Bianka rieb ihre kalte Nase und begann, auf und ab zu marschieren. »Ich habe Fotos«, sagte sie nach einer Pause, die ihm endlos schien. »Gehen wir.«

25

Nicht einmal der Anblick des spielenden Kindes konnte Hanne beruhigen. Sie riss den Verschluss ihrer Jacke auf, warf Mütze und Handschuhe auf die Eckbank und tigerte von einer Ecke der Küche zur anderen. Kurt beugte sich über den Laufstall zu Lilly hinunter und tätschelte ihr die Wangen, eine für ihn ungewöhnlich emotionale Geste. Anfangs hatte er es nicht gemocht, hin und wieder auf Lilly aufpassen zu müssen, inzwischen aber freute er sich darüber. Die Kleine war ihm ans Herz gewachsen.

An normalen Tagen hätte Hanne diese Zärtlichkeit gerührt. Dies aber war kein normaler Tag, Hanne war aufgewühlt und weit davon entfernt, Rührung zu empfinden. »Du hast heute Nachmittag frei«, sagte sie.

Kurt, der schon die Klinke in der Hand hatte, um endlich an die Arbeit zu gehen, sah auf die Uhr. »Nee, nä.« Das war halb Frage, halb Protest. Noch

nicht einmal drei, und er sollte alles stehen und liegen lassen?
Hanne versuchte, sich aus ihrer dicken Jacke zu schälen, blieb im Ärmel hängen, zerrte, fluchte und schleuderte das Teil endlich von sich. »Geh nach Hause, für heute ist Schluss. Und nimm Gregori gleich mit.«
Kurt kratzte sich am Kopf, wie er es immer tat, wenn im Stall oder anderswo auf dem Hof ein Problem zu lösen war. Und hier gab es gerade ein gewaltiges Problem, das spürte er, aber er wusste weder, welches, noch, wie es zu lösen wäre. Klar war nur, er wurde nicht gebraucht dabei, er war über. Und wenn das so war, dann war das so. Er ging ohne ein weiteres Wort. Hanne hörte seine schweren Schritte, dann fiel die Haustür ins Schloss. Nur Minuten später schoben Kurt und Gregori ihre Fahrräder unter dem Küchenfenster vorbei.
Außer Lillys Gebrabbel und dem klackernden Geräusch der Klötze, die sie unermüdlich aufeinanderschichtete, um sie sofort wieder umzuwerfen, war es gespenstisch ruhig im Haus und auf dem Hof. Auch Baschtel würde heute nicht mehr auftauchen. Kai hatte ihn nach Bremen geschickt, um sich die neuesten Fendts anzusehen. Für Baschtel war ein Traktor nur ein Traktor, wenn er ein »Fendt« war. Seine Augen hatten gestrahlt.
Wieso war er dann vorher noch auf dem Friedhof

aufgetaucht? Was hatte er bei der Beerdigung gewollt? Hatte Kai auch ihn geschickt? Hanne blieb am Fenster stehen und sah über die Wiese hinüber zum Kanal, der neben der Straße entlangfloss. Über dem Wasser lagen Nebelschleier. Sie drückte die Stirn an die kalte Scheibe. Wenn sie nur verstehen könnte, was heute geschehen war. Der Engländer war grob geworden, wütend. Aber sie begriff nicht, was ihn so wütend gemacht hatte. Sie hatte ihn beobachtet, ja, das stimmte. Das durfte sie, das musste sie sogar, sie hatte es Kai versprochen. Der Engländer ist der Letzte von den dreien, hatte Kai gesagt. Ich will wissen, wie er sich fühlt, wenn er am Grab der beiden anderen steht. Jede Regung, jede Bewegung, jedes Wort, einfach alles, hörst du? Schreib es auf, sobald du zu Hause bist, damit du nichts vergisst, nicht die kleinste Kleinigkeit, wenn du mir danach davon berichtest. Das ist sehr wichtig, verstehst du?

Hanne zog sich vom Fenster zurück und strich sich über die kalte Stirn. Lilly war über dem Spielen eingeschlafen, das Gesicht auf einem dicken Bauklotz, in der Hand die Teeflasche. Hanne hob sanft das Köpfchen an, schob das Holz beiseite und legte ihren Schal über den kleinen Körper. Fröstelnd richtete sie sich auf. Das Feuer im Herd war fast erloschen, niemand hatte Holz nachgelegt. Sie würde das gleich erledigen, sobald Kai angerufen hatte.

Ihr graute vor dem Gespräch, davor, noch einmal wiederholen zu müssen, was sie am liebsten sofort vergessen würde, wenn sie nur könnte. Aufschreiben musste sie das nicht, die Bilder standen vor ihr. Wie sie sich zwischen die Lebensbäume duckte, gerade noch rechtzeitig, bevor die anderen kamen. Nicht einmal Baschtel hatte sie gesehen, obwohl er der Erste war, der eintraf. Er legte sogar etwas neben dem Grab ab, wahrscheinlich ein Gebinde, denn da lagen schon ein paar andere. Baschtel verdrückte sich dann sehr bald, und dabei entdeckte er sie, aber sie hatte den Finger auf die Lippen gelegt und er hatte verstanden. Warum nur bestand Kai auf diesem Versteckspiel?

Hanne seufzte, holte nun doch Papier und Schreibstift von der alten Anrichte und setzte sich auf die Eckbank. Der Engländer war hinter der Urne hergegangen. Dank Kais Beschreibung hatte sie ihn gleich erkannt, war aber überrascht, wie groß und stattlich er war. Und wie gut er aussah. Ein bisschen wie Hugh Grant, dem fiel auch immer eine Haarsträhne in die Stirn. Sie hatte sich geärgert, dass sie ihn nicht sofort grässlich fand. Kai wollte so etwas bestimmt nicht hören. Der Engländer jedenfalls hatte sich zusammen mit einem weißhaarigen Herrn seitlich aufgestellt, dummerweise genau in Blickrichtung zu ihrem Versteck. Als sie unvorsichtig wurde und einen Schritt vortrat, knackte ein Ast, und er hob den Kopf. Kai würde böse sein über diese Schusseligkeit. Sie selbst hatte sich vor Schreck nicht mehr gerührt und immer weiter in seine Richtung gestarrt in der Hoffnung, dass er sie nicht bemerkt hatte. Er tuschelte mit dem Weißhaarigen, aber sie konnte nichts verstehen, dann begann der Pastor zu beten.

Das war der Moment, als sie zum zweiten Mal erschrak. Sie hatte die einzelne Frau, die sich die ganze Zeit über abseits hielt, zunächst nicht beachtet. Dann aber sah sie ihr Profil und erkannte sie. Es war die Gleiche, die vorige Woche die Ferienwohnung gebucht hatte.

Hanne malte Zacken auf das Papier, unschlüssig, ob sie Kai von der Frau erzählen sollte. Die hatte schon einmal für Unruhe gesorgt. Besser also, sie erwähnte sie nicht. Zum Glück war die Frau gleich nach dem Gebet gegangen, noch vor dem seltsamen Ritual mit dem Rosenstrauß. Die Urne war gerade versenkt, da hob der Weißhaarige feierlich einen Strauß gelbe Rosen hoch, an dem etwas baumelte, wie es sonst bei Geschenken für Kindergeburtstage üblich ist. Er band es los, überreichte dem Engländer einen Umschlag und behielt das andere selbst, um es in die Grube zu werfen. Dabei verbeugte er sich. Sie hatte ein solches Beerdigungsritual noch nie gesehen, vielleicht war es ja ein englischer Brauch. Dazu schien auch zu gehören, dass der Weißhaarige und

der Engländer anschließend den Brief gemeinsam lasen.
Hanne stand auf und tigerte erneut durch das Zimmer. Was dann kam, würde Kai wütend machen. Die Entdeckung. Die wüsten Beschimpfungen. Die Verfolgung. Sie musste das Kai schonend beibringen. Immerhin war es einigermaßen glimpflich ausgegangen, weil Baschtel glücklicherweise noch in der Nähe gewesen war. »Hilf mir«, hatte sie ihm nur zurufen können. Das hatte er wohl auch getan, denn die Männer waren ihr nicht weiter gefolgt, sie war unerkannt entkommen. Das war doch das Wichtigste, damit würde sie beginnen. Die gute Nachricht zuerst, damit Kai sich nicht zu sehr aufregte.
Es war kühl geworden, im Herd platzte das letzte Scheit Holz. Der Kasten daneben war leer. Es war Kurts Aufgabe, Holz zum Feuern aufzustapeln. Aber sie hatte ihre Arbeiter weggeschickt, weil Kai darauf bestanden hatte. Auch das war etwas, das sie nicht verstand.
Es war so still, dass sie aus der Diele das Schlagen der Standuhr hörte. Viertel nach drei. Als das Telefon schrillte, spürte sie Angst.

26

Viertel nach drei«, sagte Bianka, »die richtige Zeit für einen starken Tee.« Während sie sich am Herd zu schaffen machte, stützte John seine Ellbogen auf die Platte des Küchentischs und sah durch das Fenster hinüber zu dem verlassenen Doppelhaus. Inzwischen hatte Nieselregen eingesetzt, so stetig und gleichmäßig, als hinge ein hauchdünner Schleier vom Himmel herunter.

Sie weinen, dachte John und korrigierte sich sofort. Häuser weinten nicht, sie sahen traurig aus, wenn mit oder in ihnen etwas Trauriges geschehen war. Nein, auch das traf es nicht. Ein Stein war ein Stein, es gab ihn nicht in lustig oder traurig, sondern nur rot, schwarz, weiß oder braun. Steine hatten keine Emotionen, allenfalls weckten sie welche bei jenen, die sie betrachteten.

Bianka bewahrte ihn davor, unversehens esoterisches Neuland zu betreten. »Tja, sieht nicht einladend aus, solch ein Haus mit angekokelten Fenstern.

Wenigstens ist inzwischen das Dach mit Planen winterfest gemacht.« Sie stellte ein Tablett mit Teegeschirr und Keksen auf den Tisch, daneben eine Kanne mit heißem Tee, der nach Vanille duftete. »Gießen Sie schon mal ein, ich hole die Fotos. Ganz altmodisch geschossen mit einer Olympus. Ist auch ein Hobby von mir.«

Als sie zurückkam, schwenkte sie ein Album, rückte ihren Stuhl neben seinen, schlug die erste Seite auf und begann, die Fotos zu erläutern, die im Verlauf der vergangenen vier Jahre entstanden waren.

Im Wesentlichen handelte es sich um Schnappschüsse von den zweimal jährlich stattfindenden Vorführungen, in denen die Malweiber Szenen nachstellten, die dem Leben aus der Blütezeit der Worpsweder Künstlerkolonie nachempfunden waren. Die Frauen trugen lange Kleider, wie sie um neunzehnhundert modern waren, teils verspielt aus weißem, mit Spitzen verziertem Musselin, teils in strengem Schwarz, hochgeschlossen und mit langen Ärmeln. Die Haare waren im Nacken zusammengebunden, an den Schläfen kringelten sich ein paar herausgezupfte Strähnen.

Bianka zeigte auf ein buntes Foto mit idyllischer Kulisse. »Wir verbringen viel Zeit mit den Vorbereitungen, aber wie man sieht, lohnt es sich. Hier haben wir einen Ausschnitt aus einem Gemälde von dem Maler und Architekten Heinrich Vogeler nach-

gestellt. Es heißt Sommerabend, aber es könnte auch Wehmut heißen. Die Künstlergruppe war dabei, sich aufzulösen, und alle waren niedergeschlagen. Wir haben das dieses Jahr im August im Garten vor dem Barkenhoff aufgeführt, dem ehemaligen Wohnhaus von Heinrich Vogeler. Dort haben sie sich gerne zum Feiern und Quatschen getroffen. Auch Rilke hat eine Zeitlang dazugehört. Der Dichter.« Sie brach ab. Hörte der Mann ihr überhaupt zu?
John hatte sich über das Foto gebeugt und studierte die Gesichter der fünf abgebildeten Personen, vier Frauen und ein Mann. Drei der Frauen saßen auf einer üppig begrünten Terrasse vor dem Haus, aber sie sahen sich nicht an, sondern schienen, jede für sich, ernsten Gedanken nachzuhängen. Besonders fiel die Frau links im Vordergrund auf, weil sie als Einzige ein helles, festliches Kleid mit einem ausladenden Spitzenkragen trug, das so gar nicht zu ihrem melancholischen Gesichtsausdruck passen wollte. Der wiederum passte nicht zu der bodenständigen Bianka, die sich hier nur unvollkommen als Paula Modersohn präsentierte, wie John fand. Wenigstens erkannte er den üppigen, locker gesteckten Nackenknoten wieder, er hatte ihn so auch schon auf Paula-Abbildungen gesehen. Der einzige Mann auf dem Foto stand, nur schemenhaft zu erkennen, im Hintergrund. Mit seinem öden, grauen Anzug, dem steifen Hemdkragen und dem Vollbart war er

der personifizierte Stimmungskiller an einem lauen Sommerabend. Sein mürrischer Blick auf die drei Frauen im Vordergrund verstärkte diesen ersten Eindruck.

Die vierte Frau hielt sich abseits. Sie stand rechts von der Gruppe auf der Treppe, eine Hand auf der Gartenpforte, und wandte den anderen den Rücken zu. Bei näherem Hinsehen erkannte John in ihr die Katzenfreundin. »Aha, meine neue Bekannte, ganz in Grün und genervt, wie es aussieht.«

»Das gehört zur Rolle der Martha Vogeler. Die war, als das Gemälde entstand, schon nicht mehr glücklich in ihrer Ehe. Aber verlassen hat sie ihren Mann erst viele Jahre später. Vor hundert Jahren war das noch eine mutige Entscheidung.«

John fiel Bianka ins Wort, bevor sie sich wieder in der Vergangenheit verlor. »Zurück zu meinem Problem. Die Frau, die ich suche, muss die Kerners und Valentins Freundin Paula gekannt haben. Trifft das auf Ihr Martha-Double zu? Immerhin war sie auf der Beerdigung.«

Bianka wehrte sofort ab. »Vergessen Sie es. Die kannte keinen von den dreien. Auf der Beerdigung war sie nur, weil ich sie darum gebeten hatte. Klingt vielleicht blöd, aber ich wollte nicht so alleine da rumstehen.«

John atmete hörbar aus. »Sie war also nicht diejenige, die Spenden bei Vera gesammelt hat?«

»Nein. Das mit den Spenden war Kai.« Biankas Zeigefinger stieß auf den Bärtigen nieder.
»Ein Mann?«, rief John aus, »im Club der Malweiber?«
Bianka schüttelte den Kopf. »Kai hat hier den Otto Modersohn dargestellt. War auch eine richtig gute Maske. Aber im wirklichen Leben ist Kai eine Frau.«
John sprang auf, setzte sich aber sofort wieder und blätterte die Seiten des Albums durch, bis er auf ein Foto stieß, auf dem alle Clubmitglieder lächelnd posierten, jede angetan mit ihrem Clubemblem, dem Schleierhut. »Welche von denen ist Kai?«
»Hier auf unserem Jahresfoto ist sie noch nicht dabei«, erklärte Bianka. »Das ist wie in jedem Jahr bereits im Januar gemacht worden. Kai ist erst im März zu uns gestoßen. Aber hier ist was, sehen Sie mal. Das habe ich vor ein paar Wochen aufgenommen.« Bianka nestelte ein Foto aus dem Album und reichte es John.
»Das ist sie, unter der alten Eiche. Sie wollte unbedingt mit dem *petit chapeau gris* fotografiert werden. So nannte die Modersohn ihr graues Hütchen. Kai ist ein echter Modersohn-Fan.«
John horchte auf. Er nahm das Foto in die Hand und betastete es mit den Fingerspitzen, als könne ihm das Fühlen ersetzen, was die Augen ihm verweigerten. Zu sehen nämlich war zuallererst ein

Baum, dessen kurzer, mächtiger Stamm aussah wie ein überdimensionaler Elefantenfuß und dessen üppige Krone sich meterweit nach allen Seiten verästelte, wobei die untersten Äste sich spiralenförmig dem Boden zuneigten. Und als sei es der Fotografin darum gegangen, diesem kraftstrotzenden Wunderwerk der Natur den Winzling Mensch entgegenzuhalten, lehnte klein und verloren eine Figur zwischen den Rillen des Elefantenfußes, betastete ehrfürchtig die rauhe Rinde, wobei sie dem Betrachter nur den Rücken und ein verschattetes Profil zuwandte. Ihr langer Rock war mit Volants verziert, das züchtige Oberteil mündete in einem dunklen Besatz, in dem Hals und Kinn verschwanden, auf dem zurückgeknoteten Haar thronte ein Hütchen, wie es zu früheren Zeiten Clowns in der Manege zu tragen pflegten. Das Gesicht unter dem Hut aber blieb konturlos.

John warf das Foto auf den Tisch, stand auf und trat ans Fenster. »Ein besseres Foto von Kai haben Sie nicht?«

Bianka griff sich beide Teebecher und stellte sich zu ihm. »Wie ich schon sagte, sie ist erst vor sieben Monaten bei uns eingetreten. Seltsam.« Bianka sah auf das Haus hinüber, in dem Vera Kerner gestorben war. »Hier habe ich vor sieben Monaten auch mit Kai gestanden und hinübergesehen, so wie wir das jetzt tun. Paula war damals seit mindestens einem halben Jahr weg, Vera und Valentin gingen sich aus dem Weg oder stritten sich. Kai machte den Vorschlag, die beiden um Spenden anzugehen, sie war richtig versessen darauf. Da war sie gerade mal zwei Tage Clubmitglied, ich habe schon gestaunt über so viel Eifer. Seltsam. Ja.«

»Weiter«, drängte John, »erzählen Sie mir alles, was Ihnen aufgefallen ist.«

Bianka räumte ein, dass sie Kai von Anfang an nicht besonders gemocht habe. Das fing schon mit dem ersten Kontakt an. Kai hatte von dem Club der Malweiber gehört und Anfang März einfach vor ihrer Tür gestanden. Aufdringlich hatte Bianka das gefunden, aber trotzdem dafür gesorgt, dass Kai aufgenommen wurde. Endlich mal jemand unter vierzig, hatte sie gedacht, denn seit seinem Bestehen hatte der Club Mühe, junge Frauen zu gewinnen. Außerdem war sie beeindruckt, wie viel Kai über Paula Modersohn wusste, da interessierte sie jede klitzekleine Kleinigkeit. Sie nahm sogar im Modersohn-Museum einen Job an, obwohl sie sich sonst kaum in Worpswede blicken ließ. Bianka hatte sie dort ein Mal gesehen und später darauf angesprochen. Von sich aus hätte Kai das nie erzählt. Sie war verschlossen, eine Einzelgängerin. Über Privates sprach sie nicht, ihre persönlichen Verhältnisse blieben den anderen verborgen.

Die Frauen begannen sich bald zu fragen, was Kai

überhaupt bewogen hatte, ihrem Club beizutreten. Sie fühlten sich unbehaglich mit ihr und waren froh, wenn sie, was oft vorkam, das wöchentliche Treffen schwänzte. Umso unangenehmer war es Bianka, dass Kai sehr bald anfing, sie zu besuchen, sie sogar zum gemeinschaftlichen Kochen nötigte, indem sie die Zutaten gleich mitbrachte. Ähnliches wiederholte sich bei Vera. Ihr brachte Kai bei ihrer ersten Stippvisite gleich eine ganze Kiste Wein mit, was die anfänglich mürrische Vera sofort umstimmte. Kein Wunder, hatte Bianka damals gedacht, als sie die Szene vom Küchenfenster aus beobachtete.

In den vergangenen zwei Wochen war Kai zu den Clubtreffen nicht mehr erschienen. Bianka gab unumwunden zu, dass sie hoffte, es bliebe dabei. »Dabei«, sagte sie fast entschuldigend, »kann sie lieb und harmlos aussehen mit ihrem rötlichen Wuschelhaar und ihrem Grübchen.«

John, der bereits das Telefon in der Hand hatte, um sich mit Henri zu beraten, schnellte herum. »Grübchen? So eine habe ich getroffen.« Er bohrte den Zeigefinger in die Mitte seines Kinns. »Mit einem Grübchen genau hier.«

»Ja, das, aber …«, stotterte Bianka.

»Aber, aber«, echote John, »aber die heißt Katharina. Behauptet sie jedenfalls.«

»O nein.« Bianka schlug sich die Hand vor den Mund. »Kann sein, dass wir die gleiche Frau mei-

nen. Sie haben Kai für einen Männernamen gehalten. Ist er auch, mit Betonung auf auch. Weil er nämlich gleichzeitig ein Frauenname ist. Bei uns hier oben im Norden ist der Name Kai seit ewigen Zeiten gebräuchlich als Kurzform für Katharina.«
Johns Becher landete krachend auf der Fensterbank. Bianka zuckte zusammen. In der gleichen Sekunde schrillte das Telefon, das John noch immer in der Hand hielt. Es war Henri mit neuen Nachrichten, die er mit gewohnter Sachlichkeit durchgab. Eine Funkstreife hatte den Alten aufgegriffen. Er stand, nicht weit vom Friedhof entfernt, an der Bushaltestelle »Worpswede, Insel«. Offenkundig wartete er auf den Sechshundertsiebziger nach Bremen, denn in seiner Tasche fand sich ein entsprechendes Ticket. Auch ein altes, verrostetes Taschenmesser konnte sichergestellt werden. Ein Ausweis dagegen wurde nicht gefunden, und der Alte stellte sich stur. Er hatte bislang weder seinen Namen genannt noch den der Frau mit der Strickmütze. Derzeit warte man auf einen Dolmetscher, da der Alte vorgab, nur Polnisch zu verstehen, berichtete Henri, und er selbst werde nicht weichen, bis er wisse, wer die beiden sind.
John hatte sich, während er Henri zuhörte, allmählich gefangen. »Entschuldigung«, flüsterte er Bianka zu. Den Hörer immer am Ohr, wischte er mit seinem Taschentuch die Teespritzer vom weißlackier-

ten Fensterbrett. Bianka spielte geistesabwesend mit ihrem Bernsteinanhänger.
»Bist du noch dran?«, fragte Henri, als er fertig war.
»Keine Angst, ich bin dran.« John meinte das durchaus doppeldeutig. Er war dran an Katharina alias Kai, und er konnte es kaum erwarten, ihr in die Augen zu sehen. In dürren Worten und so kurz wie möglich erzählte er Henri von Kai, der Frau »mit Hut und Schleier«, und dass er nun aufbreche, sie zu finden.
»Sei vorsichtig«, mahnte Henri, »denn wenn der Alte und die mit der Strickmütze mit drinhängen, wovon ich ausgehe, dann ist Kai nicht alleine.«
»Ich bitte dich, Henri.« John trommelte mit den Fingern auf die Tischplatte. Er wollte sich weder aufhalten noch entmutigen lassen. »Die beiden vom Friedhof können mich nicht einschüchtern. Und Katharina ist einen Kopf kleiner als ich. Mit der werde ich schon fertig, ich bin ja jetzt vorgewarnt. Wir bleiben in ständigem Kontakt wie besprochen. Und heute Abend haben wir hoffentlich alles geklärt und hinter uns.«
»Hänschen pfeift im Walde«, bemerkte Bianka trocken, als das Gespräch beendet war. »Was, wenn die Drohungen ernst gemeint sind? Was, wenn Kai sich wirklich gezielt an uns alle herangemacht hat? Das würde doch bedeuten …«

»Was es bedeutet, soll sie mir selbst sagen«, unterbrach John und warf Bianka das Telefon zu. »Ich nehme an, Sie haben ihre Nummer.«

27

Die Uhr der Zionskirche schlug vier Mal. Es hatte aufgehört zu nieseln. Bauschige, weiße Wolken trieben die Reste der grauen Regenfront vor sich her, als hätten sie die Absicht, sie über den Rand des Horizonts zu schubsen. Dahinter öffnete sich ein hoher, türkisblauer Himmel.

John stapfte durch ein Meer von tiefroten und gelben Herbstblättern. Er hatte entgegen Biankas Protest darauf bestanden, den Weg zum Barkenhoff zu Fuß und alleine zurückzulegen. Vor wenigen Minuten war er, von der Hemberg- über die Bergstraße kommend, auf einen Pfad jenseits der Straße eingebogen. Allmählich begann er, die Dimensionen dieses Moordorfs zu verstehen, dessen Häuser sich weder wie Perlen an einer Schnur aneinanderreihten noch sich wie eine Wagenburg im Kreis aufstellten. Alles hier verzweigte sich, verlief sich zwischen Feldern und Bäumen rund um den Weyerberg, miteinander verbunden nur durch labyrinthisch geschlängelte Sträßchen, die unversehens an einer Biegung zusammentrafen oder auch im Staub eines Feldwegs endeten.

Das Laub raschelte unter Johns Schritten, die Bäume schluckten die Geräusche der nahen Landstraße. Von irgendwoher hörte er Stimmen, aber er vermochte sie nicht zu orten. Die Blätterdächer über ihm waren noch längst nicht entlaubt, ihr Grün vermischte sich mit Gelb, Rot und Braun. Von den Birken, deren Stämme dürr wie Stelzen waren, rieselten beständig kleine Blätter herab wie Goldstaub.

John gelangte an eine Lichtung, die nach rechts den Blick freigab auf Wiesen, Koppeln und umgepflügte, schwarzbraune Felder. Der Himmel war mittlerweile bis zum Horizont in Türkis getaucht, und die Sonne brachte jede einzelne Farbe zum Leuchten. Erstmals konnte John die Faszination der Maler nachvollziehen. Weite und Licht hatten sogar ihn für einen Augenblick vergessen lassen, dass ihm eine Begegnung mit ungewissem Ausgang bevorstand.

Er schüttelte sich, weil ihm die Kälte in die Hosenbeine kroch. Vor seinen Füßen balancierte eine langbeinige Spinne über das Laub. Er machte einen Schritt über sie hinweg und setzte seinen Weg fort, bis er die Eingangspforte zu dem ehemaligen Anwesen Heinrich Vogelers erreichte.

Der Barkenhoff, so viel wusste John immerhin, war

ein schlichtes Bauernhaus gewesen, bevor Vogeler es um 1900 herum kaufte, ihm eine schmucke Jugendstilfassade verpasste und es damit optisch zu einer Villa aufwertete. Entsprechend opulent war der Terrassenvorbau gestaltet worden mit geschwungenen Steinbalustraden, einer breiten steinernen Treppe, Rosenranken und kunstvoll gestutzten Büschen. John erkannte die Kulisse sofort. Hier hatte der *Sommerabend* stattgefunden, den Vogeler gemalt und den die Malweiber nachgestellt hatten. Hier hatten die Worpsweder Maler zusammengesessen, hatten sich Besucher und Bewunderer eingefunden. Eine Zeitlang. Bevor sich jeder an jedem rieb und der Zusammenhalt zerbrach.
John ging die Stufen hinauf auf die leere, verlassene Terrasse. Im Haus brannte Licht. »Kasse« stand an der Eingangstür. Der Barkenhoff war jetzt Museum.
Ein junges Paar und eine ältere Frau mit rot gefärbten Haaren kamen heraus. »Lasst uns noch ein Foto machen, damit wir später wissen, wo wir waren«, sagte die Rote und hielt John ihre winzige Kamera hin. »Wären Sie so nett?«
Er sah, dass ihre Kopfhaut mit eingefärbt war. Ob sie das wusste? »Schwiegermutter in die Mitte«, dröhnte der junge Mann, und John beeilte sich mit dem Foto, bevor ihn weitere Gruppierungswünsche ereilen konnten. Er lief die Treppe hinunter, die drei

zottelten davon. Katharina war noch immer nirgends zu sehen.

»Um halb fünf vor dem Barkenhoff«, lautete ihre telefonische Verabredung. Es war halb fünf, und er stand vor dem Barkenhoff. Spielte sie schon wieder ein Spielchen? Während des kurzen Telefonats von Biankas Wohnung aus hatte er den Eindruck gewonnen, dass sie tatsächlich mit seinem Anruf gerechnet hatte und selbst geradezu darauf bestand, ihn zu treffen.

»Ich bin dir eine Erklärung schuldig«, hatte sie zu seiner Überraschung gesagt. Dabei hatte sie sachlich geklungen, keineswegs aufgeregt oder gar hysterisch. Das hatte ihn in der Zuversicht bestärkt, dass sie zur Vernunft gekommen war, sich möglicherweise entschuldigen, mindestens jedoch mit dem Unfug aufhören wollte. Wo aber war sie?

Vor dem Haus erstreckte sich ein langer, gepflegter Ziergarten, an dessen Ende auf einem Hügel ein hölzerner Pavillon stand. Langsam, suchend ging er darauf zu. Und dann stand sie plötzlich da, lehnte sich über das Geländer, winkte ihm zu, lief die Stufen hinunter und eilte ihm entgegen. Sie trug die gleiche gelbe Regenjacke wie bei ihrem ersten Zusammentreffen.

Als sie vor ihm stand, reichte sie ihm die Hand. »Du bist pünktlich. Wir bleiben doch beim Du?« Sie legte den Kopf schief und sah zu John hoch. Er verschränkte die Arme hinter dem Rücken. Es ärgerte ihn, dass sie plauderte, als seien sie zum Eisessen verabredet, als seien nicht all die Ungeheuerlichkeiten geschehen, die sie verursacht und er auszuhalten hatte. Vergebens suchte er in ihrem Gesicht nach etwas, das hinter der Unbefangenheit lag, die sie zur Schau stellte, aber er fand es nicht, nicht einmal Scham und Reue.

»Ich höre«, sagte er kalt und knapp.

Sie ließ die Hand sinken und nickte, als habe sie verstanden. »Was hat sie nur angestellt«, sagte sie leise. Sie sah ihn nun nicht mehr an, sondern blickte zu Boden.

»Sie?«, fragte John schneidend zurück.

»Hanne. Wir müssen über Hanne reden.«

»Hanne, Kai, Katharina. Wie viele Namen fährst du noch auf?«

»Man nennt mich Kai, das stimmt. Aber Katharina gefällt mir viel besser. Ich dachte, wir sehen uns nie wieder. Du solltest mich als Katharina in Erinnerung behalten. Ist das so schlimm? Es tut mir leid, dass ich dich angeschwindelt habe. Und es tut mir so leid, dass Hanne sich so dumm benommen hat heute Mittag bei der Beerdigung.«

John schwieg. Sie sollte reden, nicht er. Sie kannte also die Frau mit der Strickmütze, wahrscheinlich auch deren Beschützer. Henri hatte das gleich vermutet. John sah ihr in die Augen. Keinesfalls durfte

sie merken, dass er unsicher wurde. »Weiter«, herrschte er sie an, »was ist mit dieser Hanne?«
»Sie ist meine Schwester.« Katharina sprach jetzt so leise, dass er sich hinunterbeugen musste, um sie zu verstehen. »Wir müssen über Hanne reden, dann wirst du verstehen. Aber nicht hier. Lass uns spazieren gehen, wo wir ungestört sind. Es ist mir wichtig, dass du verstehst. Bitte!«
Das Flehen in ihrer Stimme erweichte John. Was sollte riskant daran sein, mit ihr spazieren zu gehen? Wenn es ihr dabei leichter fiel, ihm endlich die ganze Geschichte zu erzählen, dann war nichts dagegen einzuwenden.
Sie nahm sein Zögern als Zustimmung. »Ich weiß einen Weg, den kennst du bestimmt noch nicht. Mein Auto steht da vorne.«
Noch ehe er protestieren konnte, war sie schon losgelaufen, und John befand sich zum zweiten Mal an diesem Tag in der Rolle als Beifahrer wider Willen.

28

Der Waldweg, an dem Katharina nach knapp zehnminütiger Autofahrt anhielt, war eindeutig ein deutscher Waldweg, denn er verfügte über einen ordentlichen amtlichen Namen – *Natur- und Geschichtspfad Hüttenbusch* –, wie einem gut lesbaren grünen Schild zu entnehmen war, und eine Schautafel hinter Glas zeigte auf, wie der Pfad verlief – eng und kurvenreich –, wie lang er war – einen Kilometer – und dass er zwischen Torfmoos und wild wuchernden Zwergsträuchern hindurch im Hochmoor mündete. John war zuversichtlich, dass hier niemand versehentlich zwischen schmatzendem Moos im Moor versinken würde.

Schon vor der ersten Biegung entdeckte er die nächste Schautafel – ein Hinweis auf die segensreiche Existenz der großen Roten Waldameise und auf eine nur im Moor beheimatete Eidechsenart. Betreutes Wandern, dachte er, und der Gedanke gefiel ihm, ganz besonders in seiner augenblicklichen Situation.

Katharina – John beließ es für sich bei diesem Namen – hatte die kurze Fahrt über kein Wort gesagt, auch jetzt ging sie schweigsam hinter ihm her. Der Weg schien schon nach wenigen Minuten abgeschnitten von jeglicher menschlichen Ansiedlung. Kein Haus war mehr zu sehen, kein Geräusch mehr zu hören, nur ihre eigenen Schritte. Seine Schritte. John drehte sich um. Katharina ging nicht mehr hinter ihm. Sie war neben einem tellergroßen Fliegenpilz in die Hocke gegangen und begann zu sprechen, rappelte sich hoch, sprach weiter. Langsam gehend, passierten sie Kolonien von Fliegenpilzen mit ihren weißbetupften, leuchtend roten Köpfen. John begann, sie zu zählen, warum, wusste er selbst nicht. Er hörte Katharina zu und zählte. Sieben, zehn, fünfzehn.

Sie waren drei Schwestern. Hanne, mit vierzig die Älteste, Kai alias Katharina mit achtunddreißig die Mittlere, Paula, mit einunddreißig Jahren verstorben, die Jüngste. Sie wuchsen auf dem Bauernhof der Eltern auf.

Hanne, als Älteste die Hoferbin, wurde erwartungsgemäß Landwirtin. Kai machte eine Ausbildung zur Krankenschwester, half aber weiter auf dem Hof mit. Paula, die Jüngste, zog es dagegen sofort nach der Schule weg vom Hof. Sie wollte Malerin werden, schon mit vierzehn war das ihr sehnlichster Wunsch gewesen, und mit achtzehn erst recht. Schon früh begann ihre Schwärmerei für die andere Paula. Dass sie deren Namen trug, hielt sie bis an ihr Lebensende für ein Zeichen. Unbeirrt suchte Paula die Nähe zu Malern, besuchte deren Kurse, bald auch deren Feste. Wie und ob sie das Malen erlernte, wusste die Familie nicht. Meist wussten sie nicht einmal, wo sie wohnte. Die Sorgen um Paula, die Träumerin, waren allgegenwärtig in der Familie. Wenn die Not allzu groß wurde, kehrte sie heim, um bald darauf wieder davonzufliegen, ihren Träumen hinterher.

Vor zwei Jahren dann die Katastrophe. Zuerst starb der Vater nach einem Sturz von der Leiter, vier Monate später folgte die Mutter ihm nach. Der Hof war plötzlich ohne Bauer und Bäuerin, drei Schwestern ohne Eltern. Paula hatte damals nur noch ein Jahr zu leben, aber das wussten sie nicht. Sie wussten nur: Sie mussten ihre Zukunft und ihr Erbe sichern, jede für sich und alle zusammen.

Hanne hatte die schwerste Last zu tragen, die Verantwortung für die jüngeren Schwestern, besonders für die Jüngste, und die Verantwortung für Land und Herde. Nach vielen schlaflosen Nächten übernahm Hanne den Hof samt Gregori, Baschtel und Kurt. Kai suchte sich eine Vollzeitstelle in einer Arztpraxis in Osterholz, um den Schichtdiensten im

Krankenhaus zu entgehen und Hanne an den Wochenenden auf dem Hof helfen zu können. Und Paula klammerte sich an Valentin Kerner.
Katharina trat gegen die Reste eines verkümmerten Heidelbeerstrauchs. »Er hielt sie sich gegen Kost und Logis als Malsklavin. Sie betrachtete ihn als eine Art Guru. Paula war naiv und lebensfremd. Das hat er ausgenutzt. Damit sie nichts mitbekam von seinen Tricksereien, hat er sie abgeschottet. Sie war unfähig, sich dagegen zu wehren. Er hat sie gebrochen.«
Sie hatten etwa die Hälfte des Weges zurückgelegt. Der Untergrund war weicher geworden, nachgiebiger, es lief sich darauf wie auf einem nassen Schwamm. Sie überquerten einen Steg, unter dem ein Stück Erde eingebrochen war, so dass man an seinen Rändern entlang nach unten sehen konnte. Zuoberst waren frisches Moos und verblühtes Wollgras, darunter die abgestorbenen, sich zersetzenden Pflanzenreste, es folgte eine armlange Schicht tiefbrauner Torf, darunter das angesammelte Regenwasser. Was würde geschehen, wenn es unaufhörlich schüttete und das Regenwasser nach oben quoll? John sah unwillkürlich hoch zum Himmel. Das Türkisblau war einem zarten Grau gewichen, das die bevorstehende Dämmerung ankündigte. Anzeichen dafür, dass sich demnächst alle himmlischen Schleusen öffneten, gab es keine.

Er wandte sich wieder Katharina zu. »Valentin Kerner«, sagte er. Sie sollte den Faden nicht verlieren. Sie nickte.

Kerner gefiel sich in der selbsterschaffenen Künstlerrolle. Zog umher, bewarb Paulas Bilder, die er als seine ausgab, lud Galeristen in sein Atelier ein. Seinem Namen hatte er ein P angefügt: Valentin P. Kerner. Das musste sein, denn alle Bilder, die er anbot und verkaufte, waren mit einem schwungvollen P signiert.

Hanne war es, die durch einen Zufall den Schwindel entdeckte. Mit aller Kraft versuchte sie daraufhin, Paula nach Hause zu holen. Hielt ihr vor, dass sie ausgepresst werde wie eine Zitrone, nur geduldet, solange sie nützlich war. Aber Paula verschloss sich, wollte die Schwestern nicht mehr sehen. Kerner beherrschte sie voll und ganz. Hanne konnte das nicht akzeptieren. Unermüdlich versuchte sie, Paula zu treffen, lauerte vor dem Haus, um sie abzufangen, pochte gegen die Tür, musste sich von Kerner verjagen lassen. Wochenlang hielt sie durch, ließ sich abwimmeln und demütigen. Manchmal bildete sie sich ein, Paula hinter den Scheiben zu sehen. Deshalb kam sie noch öfter, und je länger es dauerte, umso größer wurde ihr Hass auf die Kerners. Erst als Valentin Kerner die Polizei rief und ihr unter Androhung von Strafe untersagt wurde, das Grundstück zu betreten, musste sie aufgeben. Das war im Juni vorigen Jahres.

Hanne war resigniert und enttäuscht. Zu allem Übel geriet zu diesem Zeitpunkt der Hof in wirtschaftliche Schwierigkeiten. Sie hatte ihre Arbeit vernachlässigt und war nun gezwungen, sich mit aller Kraft gegen den Niedergang zu stemmen. Auch das wäre ohne Valentin Kerner nie geschehen. Sie gab die Hoffnung jedoch nicht auf, dass er eines Tages ebenso unverhofft verschwinden würde, wie er aufgetaucht war. Dann wäre Paula von ihm befreit und könnte nach Hause kommen. Das Zuhause, das sie nun retten musste, das Erbe der Eltern, den Hof.

Die Schwestern Hanne und Kai rückten zusammen, schmiedeten einen Krisenplan, sparten, schufteten. Zu Beginn dieses Jahres fassten sie erstmals wieder Hoffnung. Die Herde war gesund, der Preis für Fleisch ordentlich, sogar der Milchpreis war ein wenig angestiegen. Hanne baute ihre Wohnung aus, mit einem zusätzlichen Zimmer für Paula. Sie sollte einen Platz haben, wenn sie endlich zur Besinnung kam. Am achten März, einem Donnerstag, erfuhren sie, dass Paula schon vier Monate zuvor gestorben war. »So spät?«, entfuhr es John. »Wie habt ihr es erfahren?«

»Beim Friseur.« Katharina machte eine Pause, um Johns Reaktion abzuwarten. Sein ungläubiges Schweigen schien ihre Erwartung zu erfüllen.

»Hanne geht sonst nie zum Friseur. Nie. Und auch nicht nach Worpswede, wenn es nicht sein muss. Zu viele Touristen, sagt sie immer. Aber in diesem Jahr hat sie der Hafer gestochen. Am neunten März wurde sie vierzig, und da wollte sie sich zuvor mit zwei faulen, behaglichen Stunden beim Friseur beschenken. Nur dass die nicht behaglich wurden, denn sie wurde unfreiwillig Zeuge eines Gesprächs, bei dem es um Paula ging. Angeblich hatte Paula in irgendeinem Klamottenladen Schulden hinterlassen, und als die auf dem Rechtsweg eingetrieben werden sollten, sei das Einschreiben mit dem Vermerk ›Empfänger verstorben‹ ungeöffnet zurückgekommen. Niemand in dem Laden wusste, dass Hanne Paulas Schwester war, sie haben einfach weiter diese Geschichte durchgekaut, sich geradezu daran geweidet. Wahrscheinlich haben sie nicht einmal gemerkt, dass Hanne sich davongeschlichen hat. Unfrisiert übrigens. Erst, als sie zu Hause war, ist sie ausgerastet. Der Tod unserer Eltern, die Sorgen wegen Paula, der Kampf um den Hof, alles geschah innerhalb eines Jahres. Und dann war Paula tot. Verjagt und vernichtet von deinem Freund. Lass uns umkehren.«

Johns Handy vibrierte in seiner Hosentasche. Er hatte es stumm geschaltet und wollte jetzt auch nicht telefonieren. Zu sehr beschäftigte ihn der Satz, den Katharina ihm hingeschleudert hatte, lapidar und umso wirkungsvoller. *Verjagt und vernichtet von deinem Freund.* Er begann zu begreifen, auf welchem Humus die aberwitzigen Aktionen der vergangenen zwei Wochen gediehen waren. Das Telefon vibrierte erneut. Er wusste, dass es Henri war, der ungeduldig wurde. Er würde ihn später zurückrufen. Wie ein Automat registrierte er am Wegrand den sechsunddreißigsten Fliegenpilz. Es war kurz vor sechs. Die Dämmerung setzte ein, schon begannen die Konturen zu verschwimmen. Er kniff die Augen zusammen und holte Katharina ein, die bereits umgekehrt und ein paar Schritte vorausgegangen war. »Noch im selben Monat«, sagte er fest, »hast du dich über die Malweiber bei Kerners Nachbarin Bianka eingeschlichen. Du, nicht Hanne.« Er beschleunigte seine Schritte, zu seiner Erleichterung zog sie mit.

»Hanne gab keine Ruhe. Sie wollte genau wissen, was passiert war. Und wir wollten Paulas persönliche Sachen haben«, sagte sie wie zu sich selbst.

»Und du hast dir geholt, was euch zustand«, ergänzte John. Er hielt sie am Arm fest und drehte sie zu sich, so dass sie gezwungen war, ihn anzusehen. »Im Klartext: Du bist eingebrochen und hast Valentins Schränke durchsucht.«

Sie entwand ihm ihren Arm. »Eingebrochen bin ich nicht. Ich habe mich hineingelassen, mit diesem Schlüssel, der am Band hinter dem Briefkastenschlitz hing. Den hatte Vera Kerner mir selbst gezeigt, als ich ihr half, ein paar Kisten von einem Haus ins andere zu tragen. Sie war lammfromm, solange sie genug zu schlucken hatte.«

»Wofür du gesorgt hast«, warf John ein.

Katharina ließ sich nicht provozieren. »Wir hatten einen Anspruch auf die Wahrheit.«

»Und Valentin, wo war der damals?«

Sie zuckte die Schultern. »Weiß nicht.«

John bückte sich nach einem Ast und schleuderte ihn mit Wucht von sich. »Hat Hanne ihn umgebracht?«

Katharina verzog keine Miene. »Als er starb, waren wir beide erleichtert«, fuhr sie fort, als hätte sie Johns ungeheuerliche Unterstellung nicht gehört. »Es war irgendwie gerecht. Der Dreckskerl hätte es beinahe geschafft, dass wir als Letztes auch noch unseren einzigen Halt verloren, den Hof. Was wir in den Monaten zuvor zurückerobert hatten, drohte endgültig verlorenzugehen. Hanne kam erst wieder zu sich, als er unter der Erde war. Zum Glück hat er sich damit beeilt.«

»Na, ganz fertig war sie wohl noch nicht mit ihm. Womit wir endlich bei den Hassbriefen wären. Und der Rolle, die ich darin …«

John hatte noch nicht ausgesprochen, als Katharina zu seiner Überraschung lossprintete, soweit das in der einbrechenden Dunkelheit über den unebenen

Pfad möglich war. »Das soll Hanne dir selbst erklären«, rief sie ihm über die Schulter zu, »beeil dich.«
Sie stoppte erst, als sie schwer atmend am Auto ankamen und sie die Tür aufschloss. »Steig ein!«
John zögerte. »Was soll das werden?«
»Wir fahren raus zu Hanne. Ich habe dir eine Erklärung versprochen, und die sollst du bekommen. Komm schon, wir haben nicht ewig Zeit.«
Ihm blieb keine andere Wahl, er musste sich nur umsehen. Das Moor hinter ihm war inzwischen in undurchdringliches Schwarz getaucht, die wenigen Häuser, die er bei der Ankunft gesehen hatte, schienen wie von Geisterhand verschwunden. Das menschliche Auge war einer solchen Schwärze nicht gewachsen. Ließe er Katharina jetzt davonfahren, stünde er orientierungslos auf einer Straße, deren Anfang und Ende im Dunkeln lag, er würde nichts hören außer seinem eigenen Atem und nichts sehen außer seinen eigenen Händen. Er stieg ein.
»Wohin fahren wir?«
»Zu Hanne, habe ich doch schon gesagt.« Sie bogen auf eine breitere, asphaltierte Straße ein.
»Wohin genau, ich meine die Adresse«, hakte John nach, während er das Handy aus der Tasche zog. Schon vier Anrufe, das hatte er befürchtet. Henri würde schäumen. »Ich möchte einen Freund anrufen, der kann mich dann dort abholen in einer Stunde oder so.«

Mit einer Geschwindigkeit, auf die er nicht gefasst war, schnellte Katharinas Hand vor, griff sich das Gerät und verstaute es irgendwo in den Tiefen ihres gelben Allwettermantels. »Nicht im Auto, nachher gerne. Wegen der Strahlen, du verstehst schon. Wir sind gleich da.«
Er verstand nicht. Verstimmt sah er aus dem Fenster und versuchte herauszufinden, wo sie waren. Aber er sah nur die weißen Stämme der Birken im Scheinwerferlicht aufleuchten, dahinter Felder und vereinzelt Bauernhöfe. Die Straße war so schmal, dass mit Mühe zwei Wagen aneinander vorbeikamen. Im Radio spielte Schlagermusik, Katharina summte leise mit. John hatte das fatale Gefühl, einen Fehler gemacht zu haben.

29

Sie waren etwa sechs Kilometer gefahren, als Katharina verlangsamte und nach rechts über eine steinerne Brücke rumpelte.
John konnte sehen, wie sich das Wasser in dem schmalen, kerzengerade gezogenen Kanal unter ihnen kräuselte. Die Brücke führte zu einer unbeleuchteten Zufahrt, begrenzt nur durch zwei Findlinge, zwischen denen Katharina nun hindurchsteuerte. Im Licht der Scheinwerfer schienen robuste Grasbüschel auf und schemenhaft Ställe und Scheunen, die sofort wieder in der Dunkelheit versanken. Ein paar Meter weiter endlich ein erleuchtetes Fenster. Es gehörte zu einem einstöckigen, langgestreckten Klinkerbau.
Katharina brachte den Wagen neben der kurzen Seite des Hauses zum Stehen. John sah eine Reihe von drei schmalen Fenstern, darunter eine schmucklose Tür. Er wollte aussteigen, aber Katharina hielt ihn zurück. »Ich muss Hanne auf deinen Besuch vorbe-

reiten. Warte hier und rühr dich nicht vom Fleck, sonst brichst du dir alle Knochen.« Das klang wie ein Befehl. Sie knallte die Fahrertür zu, huschte die Hauswand entlang und verschwand um die Ecke.
John fühlte sich wie ein Schuljunge, der Opfer eines Streichs geworden war. Das letzte Mal, als er sich so gefühlt hatte, war er acht und zwei aus der gegnerischen Clique hatten ihn auf ein Baumhaus gelockt und die Leiter weggekickt. Erst eine Stunde danach waren sie wiedergekommen, um ihn gnädig zu erlösen. Jahrelang hatte er nicht mehr daran gedacht, aber jetzt holten ihn die Gefühle von damals ein. Wie ein dummer kleiner Junge hatte er sich in eine Lage gebracht, die er nicht mehr kontrollieren konnte. Er wusste nicht, wo er war, es war stockdunkel, sein Handy hatte er sich widerstandslos abnehmen lassen, er wusste nicht, was die beiden Frauen vorhatten, von denen eine überdies völlig verrückt war. Er fühlte sich dumm, ausgeliefert – und er war wütend, dass er sich so fühlen musste.
Hastig stieg er aus dem Wagen, gab der Tür des alten Ford einen Fußtritt und rettete sich an die Hauswand, dem einzigen Orientierungspunkt, den er hatte. Er lehnte sich gegen die Steine und atmete tief ein und aus, um seinen aufgeputschten Puls zu beruhigen. Dem Geruch nach Erde und Laub mischte sich ein beißend-säuerlicher bei. Gülle, dachte John, irgendwo hier in der Nähe war ein Stall, waren Tie-

re. Er lauschte in das undurchdringliche Schwarz, das ihn umgab, und fühlte sich auf unerklärliche Weise beruhigt, als er glaubte, ein Tier schnauben zu hören. Mit Rücken und Händen an der Wand tastete er sich Schritt für Schritt vor zur Ecke, lauschte, tastete sich weiter, nun an der Längsseite entlang bis zu dem erleuchteten Fenster. Vorsichtig spähte er hindurch, sah hinein in eine Wohnküche.

Katharina sprach erregt auf ihre Schwester ein, die er sofort erkannte, auch ohne Strickmütze. Sie standen vor einem altmodischen Herd, unter dem ein Feuer loderte. Katharina hielt ein vierkantiges Holzscheit in der Hand, als wollte sie nachlegen. Hanne sah unglücklich und verstört aus. Das Kind entdeckte er erst, als Hanne in die Ecke unter dem Fenster lief und es hochhob. John zog schnell den Kopf zurück. Seine Fingernägel kratzten an dem rauhen Putz zwischen den Klinkersteinen, fanden aber keinen Halt. Das Kind dort in der Küche, das war Valentins verschollenes Kind, daran hatte er nicht den geringsten Zweifel.

Er musste Hilfe holen, er brauchte sein Handy. Keine zwei Meter von dem Fenster entfernt befand sich die Eingangstür mit einer Steinstufe davor. Er war beinahe darübergestürzt. Lautlos schlich er sich zurück, ertastete die Stufe mit der Schuhspitze, lehnte sich gegen die Tür und drückte mit beiden Händen die Klinke nach unten. Die Tür gab nach, durch einen Spalt schob er sich in eine Diele, in die ein matter Schimmer aus dem Oberlicht der gegenüberliegenden Küchentür fiel. Dahinter hörte er dumpf Katharinas Stimme.

Er versuchte, sich zu orientieren. Geradeaus also ging es zur Küche. Rechts davon führte eine Treppe in die obere Etage. An der Wand links von ihm stand eine alte Standuhr mit einem großen und aufwendig geschnitzten Gehäuse. Die gegenüberliegende Wand war nackt bis auf ein paar Haken, an denen Kleidungsstücke hingen. Dort entdeckte John auch die gelbe Jacke. Hinter der verschlossenen Tür redete Katharina noch immer auf ihre Schwester ein. John tastete die Jacke ab, fand sein Handy und schob es in seine Hosentasche. Er war schon fast zurück an der Eingangstür, als er das Kind weinen hörte. Die Stimmen kamen näher. Er wusste, dass es ihm nicht gelingen würde, sich ungesehen hinauszuschleichen, er musste improvisieren. Als sich die Küchentür öffnete und Hanne mit dem Kind auf dem Arm heraustrat, hatte er sich so positioniert, dass es aussah, als sei er gerade von draußen gekommen. Hanne drückte das Kind an sich und starrte ihn sprachlos an.

»Mir war langweilig geworden«, sagte er.

Katharina tauchte hinter den beiden auf, sie hatte noch immer den Holzkanten in der Hand. »Bring Lilly nach oben. Nun geh schon«, zischte sie Hanne

zu, die sich aus ihrer Schreckstarre löste und, das Kind in den Armen, die Treppe hinaufhastete.
»Was machst du hier? Ich hatte dich gebeten zu warten.« Das galt John. Er trat einen Schritt auf Katharina zu. Es reichte.
»Ich war lange bereit zu glauben, dass sich eine verwirrte Seele Unfug auf meine Kosten erlaubt. Ich habe mir eingebildet, dass eine Unterredung mit dir dazu führt, das Problem zu beenden. Ich habe die Situation falsch eingeschätzt und mich überschätzt. Es war ein Fehler, nicht gleich die Polizei einzuschalten.« Er zog das Handy aus der Tasche, drückte auf Wahlwiederholung und war dabei eine Sekunde zu lange unaufmerksam. Mit einem Wutschrei schleuderte Katharina ihm den Apparat aus der Hand, fast gleichzeitig spürte er einen dumpfen Schmerz an der Schläfe. Im Stürzen hörte er Henris »hallo, hallo«, das jäh abbrach, als Katharinas Schuhabsatz das Gerät zermalmte.
John wollte sich aufrichten und stöhnte, weil ihn ein Fußtritt in die Seite traf. Blut lief ihm in die Augen. Sie stand nun über ihm, den Holzkanten in der erhobenen Rechten. Da sah er, wie sich Finger von hinten um ihr Handgelenk legten. Er hatte Hanne nicht kommen hören. Kalkweiß im Gesicht, die Augen vor Entsetzen geweitet, umklammerte sie den Arm der Schwester, bis die nachgab und den Kanten fallen ließ. »Was soll das, Kai?«, fragte sie.

»Wir können ihn nicht gehen lassen«, hörte er Katharina sagen. »Er wird unbequem.«
»Wir müssen ihn gehen lassen, bevor man ihn vermisst.« Das war Hanne. »Vielleicht sucht man sogar schon nach ihm.«
»Und wenn. Hier wird ihn niemand suchen, weil niemand ahnt, dass er hier ist.«
Warum klingt sie plötzlich so kalt, dachte John, so anders als vorher? Er wollte den Kopf heben, aber der fühlte sich an, als sei eine Hälfte mit Watte ausgestopft. Das Verlangen, die Augen zu schließen und einzuschlafen, wurde übermächtig.
Als John wieder zu sich kam, hörte er die Standuhr in der Diele achtmal schlagen. Er lag nicht mehr dort, wo er das Bewusstsein verloren hatte. Der Untergrund fühlte sich weicher an, wie eine dünne Schaumstoffmatratze. Sein Kopf schmerzte. Blutete er noch? Er versuchte, die Hand zum Kopf zu führen. Es gelang nicht. Warum konnte er seine Hände nicht bewegen? Er versuchte es erneut.
»Zwecklos«, hörte er eine nahe Stimme sagen.
Er blinzelte, mühte sich, die Lider zu heben, und schaffte es endlich. Seine Hände waren mit einem Strick zusammengebunden. Er lag auf einer Bank, vor sich ein Tisch, seitlich ein Fenster. Das gleiche Fenster, durch das er kurz zuvor die zwei Frauen beobachtet hatte.
Hanne saß auf einem Stuhl ihm gegenüber. Er ver-

suchte aufzustehen und musste feststellen, dass auch seine Knöchel gefesselt waren. Hanne beugte sich vor und legte sich den Zeigefinger auf die Lippen. »Bleiben Sie liegen, Sie haben eine Menge Blut verloren«, flüsterte sie. »Für die nächste Stunde sind Sie sicher. Wegen der Kühe. Die haben gebrüllt, weil ich sie seit dem Morgen nicht mehr melken konnte. Kai macht das jetzt. Dann kommt sie zurück. Ich weiß nicht, was sie vorhat. Was soll ich nur tun?«

»Lassen Sie mich frei.« John fuhr sich mit der Zunge über die Lippen. Er hatte Durst.

»Das geht nicht.« Hanne stand auf, füllte Wasser aus der Leitung in ein Glas und setzte es ihm an den Mund. »Kai sagt, dass Sie Kerner geholfen haben, Paula aus dem Weg zu räumen. Sie hat einen Brief gefunden, in dem Sie ihm Ihre Hilfe anbieten. Sie sagt, ihr drei, Kerner, seine Frau und Sie, haben Paula ins Exil gejagt und mutterseelenallein ihrem Schicksal überlassen.«

»Deshalb verfolgen und quälen Sie mich? Wegen eines Briefes?«, fragte er und machte sich nicht die Mühe, seine Angst zu verbergen. Hanne stellte das Glas ab und setzte sich wieder.

John schloss erschöpft die Augen. Ihm war übel, sein Kopf schmerzte und seine Gelenke fühlten sich taub an. Wenn Katharina in einer Stunde zurückkehrte, musste er mit dem Schlimmsten rechnen.

»Wegen eines harmlosen Briefes«, stöhnte er und hob den Kopf. »Hören Sie, ich …«

»Nein«, unterbrach sie, »ich werde nicht zuhören, wie Sie Ihren zynischen Freundschaftsdienst unter Männern verharmlosen. Ich verachte Sie dafür. Aber Kai hasst Sie.« Sie stockte und sah ihn an, als hätte sie soeben eine Entscheidung getroffen. »Niemand ahnt, wie sehr es Kai quält, dass sie selbst es war, die Paula mit Kerner bekannt gemacht hat, damals, als sie noch im Herzzentrum in Hamburg gearbeitet hat. Unsere kleine Schwester war in ihrem kurzen, unsteten Leben ständig auf der Suche nach neuen Kontakten. Kai hatte ihr nur helfen wollen.« Hanne starrte auf die schwarzen Fensterscheiben, in denen sich das Zimmer widerspiegelte, der Herd, die Anrichte, sie selbst. »Als Kai merkte«, fuhr sie fort, »welch mieses Spiel Kerner mit Paula trieb, hat sie versucht, Paula rauszuholen aus seinem Haus, sie hat ihn belagert, hat sogar in seinem Garten übernachtet.«

»Augenblick mal«, unterbrach John, »das waren doch Sie. So hat es mir jedenfalls Katharina erzählt.«

»Niemals, das haben Sie falsch verstanden.«

John sah die Zweifel in Hannes Augen. Er musste sich konzentrieren. Satzfetzen schwirrten durcheinander, Widersprüchliches tauchte auf und entglitt ihm wieder. Katharina also war die Krankenschwester, von der Eva Haberland ihm erzählt hatte. Die Frau, deretwegen sie selbst von Valentin abserviert worden war und die dann bald durch Paula ersetzt wurde – ihre eigene Schwester, deren Niedergang sie danach hilflos mit ansehen musste. Und die, die ihn hätten aufhalten können, hatten es nicht getan: John, Valentins Freund, und Vera, Valentins Frau. Zwei Blumen, dachte John, für jeden eine.

Er bäumte sich auf gegen die Müdigkeit, setzte seine letzten Kraftreserven ein für eine Provokation. »Unwichtig«, entgegnete er so fest, wie es ihm nur möglich war. »Sollte mir etwas zustoßen, werdet ihr beide zusammen dafür zur Rechenschaft gezogen. Mit den modernen Ermittlungsmethoden ist es ein Leichtes, herauszubekommen, wer die Hassbriefe und verschlüsselten Drohbotschaften verfasst hat, die Spur wird geradewegs zu euch führen. Um das Kind wird sich dann keine von euch beiden mehr kümmern können.« Den letzten Satz hatte er nur noch unter größter Anstrengung herausgequält. Sein Mund war trocken, die Zunge fühlte sich an wie ein großer, klebriger Fremdkörper.

Obwohl er sie nur verschwommen sah, erkannte John, dass er ins Schwarze getroffen hatte. Hanne schlug sich die Hände vor das Gesicht. Ihre Stimme klang dünn, als sie endlich anfing zu sprechen: »Ich habe heute zum ersten Mal erfahren, was Kai mit Ihnen gemacht hat. Das war, nachdem sie mich zum

Friedhof bestellt hatte, um Sie zu beobachten. In den vergangenen Monaten habe ich vieles hinnehmen müssen, was ich nicht verstanden habe. Ich habe es getan, weil ich Kai nicht mehr als nötig aufregen wollte. Sie war so aufbrausend und unkontrollierbar geworden. Die erste Begegnung mit Ihnen am Friedhof hat sie sehr aufgewühlt. Sie hat mir davon erzählt und auch, dass sie beobachtet hat, wie Sie ihren geheimen Brief an Valentin ausgegraben haben. Dabei ist ihr die Idee zu einem Feldzug gekommen. So hat sie es ausgedrückt: Feldzug. Sie sollten büßen, hat sie gesagt. Ich war nicht einverstanden, aber was hätte ich tun können?«

Sie aufhalten, wollte John sagen, herausschreien wollte er es, aber seine Zunge gehorchte ihm nicht. Hanne beugte sich über den Tisch und hielt ihm das Wasserglas an die Lippen.

Diesmal wich sie seinem Blick nicht aus. »Ich weiß, was Sie denken«, sagte sie und setzte sich wieder, nachdem er getrunken hatte. »Sie denken, als ältere Schwester hätte ich energischer auf Kai einwirken müssen.«

John schloss die Augen. Er musste verhindern, dass seine Kräfte ihn vollends verließen.

»Wir waren uns als Kinder sehr nahe«, hörte er Hanne sagen, »und immer war ich es, die Kai beschützt hat, wenn es wieder einmal Probleme mit ihr gab. Sie konnte sehr empfindlich sein und oft-

mals richtig störrisch. Manchmal habe ich sie deshalb sogar ein wenig bewundert, weil ich selbst immer so brav war. Aber was jetzt passiert, verstehe ich nicht mehr. Kai ist außer sich.«
John öffnete die Augen, als er hörte, wie sie ihren Stuhl zurückschob. Er versuchte, sich aufzusetzen. Nach kurzem Zögern half sie ihm, indem sie ihn an den Armen hochzog. Er stützte sich schwer auf dem Tisch auf, vergrub den schmerzenden Kopf in seinen zusammengebundenen Händen und dachte an Inken, die er vielleicht nie wiedersehen würde, und an Henri, der ihn sicher schon suchte.
»Lassen Sie mich laufen«, stöhnte er.
»Das kann ich nicht, Kai würde …« Sie brach mitten im Satz ab und hob lauschend den Kopf.
»Was war das?«, flüsterte John. Auch er hatte ein Geräusch gehört, als wäre etwas zu Boden gefallen.
Hanne sprang auf. »Kai ist in der Schleuse«, flüsterte sie.
»Schleuse?« Unter halb geschlossenen Lidern folgte er ihrem ausgestreckten Arm zu einer Seitentür.
»Der Wirtschaftsraum, in dem wir uns waschen und umziehen, bevor wir das Wohnhaus betreten. Sie wird gleich hier sein.« Hanne kauerte sich neben ihn, so dass ihre Köpfe sich fast berührten. »Ich flehe Sie an, reizen Sie Kai nicht. Geben Sie alles zu, was sie Ihnen vorwirft. Zeigen Sie Reue. Dann kann sie, nachdem Valentin und Vera Kerner gestorben

sind, endlich abschließen und zur Ruhe kommen. Oh, mein Gott, sie kommt.«

Hanne war gerade noch rechtzeitig aufgesprungen, bevor Katharina hereinkam, die Tür hinter sich zudrückte und sich mit verschränkten Armen dagegen lehnte. Sie war bereit, das Tribunal zu eröffnen.

»John Magnus«, begann sie, brach aber ab. Ihr Körper schnellte nach vorne, mit zwei langen Schritten war sie am Fenster und riss es auf. So nahe stand sie nun neben ihm, dass er sie atmen hörte. Sie hatte ihm den Rücken zugekehrt und beugte sich aus dem geöffneten Fenster. Er hob den Kopf. Ein kalter Luftzug streifte sein Gesicht. Er blinzelte. Da war noch etwas. Tanzende, flatternde Lichter und ein schwaches, gleichmäßiges Surren.

John hielt den Atem an. War das Henri? Hatte er ihn gefunden? Das Surren wurde schwächer, entfernte sich, dann aber war es wieder da, kam näher, die Lichter funkelten wie Sterne.

Katharina knallte das Fenster zu. »Verdammter Mist. Da fährt jemand auf den Hof zu.«

John wurde barsch hochgerissen, lehnte sich taumelnd gegen den Tisch. Katharina packte ihn unter dem Arm. »Los, hilf mir, in die Schleuse mit ihm«, rief sie Hanne zu. »Mach schon!«

John spürte Hannes zitternde Hand an seinem Arm. Sie hievten ihn bis zu der Verbindungstür, und Katharina schubste ihn in die Schleuse, so dass er der Länge nach auf den Fliesenboden krachte.

»Lass ihn in Ruhe«, flehte Hanne, aber Katharina nahm sie bei den Schultern und schob sie mit sanfter Gewalt in die Küche.

»Wir können jetzt keinen Besuch brauchen. Kümmer dich darum. Und wer immer es ist, wimmel ihn ab.«

Durch das Fenster sahen sie die weißen Lichtkegel näher kommen. Katharina wich zurück in die Schleuse, schloss die Tür und legte den Riegel vor.

30

Der NDR-Wetterbericht warnte vor vereinzelten Nebelfeldern und Reifglätte. Es war einundzwanzig Uhr fünf.

Auf der dunklen Landstraße zwischen Worpswede und Lilienthal schaltete Heinrich von Zahn in den zweiten Gang. Irgendwo hier musste doch dieser verflixte Bauernhof sein. Schon mehrmals war er hin und her und wieder zurückgefahren, dabei konnte er sich nicht einmal sicher sein, dass John dort gewesen war, als ihr Telefonat abriss. Er ging davon aus, weil es logisch war. Auf dem Schlotter-Hof war Valentins Freundin Paula aufgewachsen, dieselbe Paula, die als Ursache für all die Heimsuchungen gelten konnte, denen John in den vergangenen Wochen ausgesetzt gewesen war. Mittlerweile hatten Paulas Schwestern Hanne und Kai den Hof übernommen, auf dem wiederum der Alte mit dem Messer arbeitete. So viel hatten die Ermittlungen Stunden nach der Anzeige gegen den

Alten und nach dessen mühsamer Befragung ergeben.

Schon bevor diese Einzelheiten bekannt waren, hatte John mitgeteilt, dass er mit einer Kai Schlotter verabredet sei. Seither hatte er sich nicht mehr gemeldet bis auf das missglückte Telefonat.

»Leichtfertig«, knurrte Heinrich von Zahn, der trotz seiner Verärgerung vor allen Dingen beunruhigt war. Obwohl er es nicht hätte beschwören können, war ihm doch, als hätte er einen Schrei gehört, bevor die Verbindung zwischen John und ihm unterbrochen wurde. Danach war der Anschluss nicht mehr zu erreichen.

Der Bodennebel wurde dichter, es war kaum noch zu erkennen, wo die Straße aufhörte und der Graben begann. Henri fluchte. Das fehlte noch, dass er im Kanal landete. Finden würde ihn hier niemand in dieser schwarzknisternden Einsamkeit.

Er kniff die Augen zusammen und trat auf die Bremse. Die kleine, steinerne Brücke, die er zuvor übersehen hatte, mündete, soweit er das erkennen konnte, in eine von Findlingen begrenzte Einfahrt. Er ruckelte hinüber, fuhr in das Gelände und hielt erneut an. Kein Schild, kein Wegweiser, nichts. Nur Dunkelheit und Nebel, der über dem Boden lag und jede Unebenheit, jeden Baumstumpf, jeden Tümpel verbarg. Zu unsicher, dachte er, wendete, besann sich, wendete erneut. Im Schritttempo fuhr er wei-

ter, passierte zwei Scheunen, sah im Scheinwerferlicht einen kleinen Wald und davor, endlich, schemenhaft die Konturen eines Hauses und darin ein Licht. Von ihm ließ er sich leiten, bis er auf einer Wiese vor einem langgestreckten Klinkerbau anhielt und ausstieg.
Im gleichen Moment löschte jemand das Licht, das ihm den Weg gewiesen hatte. Er stolperte über eine Treppenstufe, strauchelte, sein Körper polterte gegen einen Eingang. Abwartend horchte er nach innen. Unwahrscheinlich, dass sie ihn nicht gehört hatten. Er legte das Ohr an die Tür. Da regte sich etwas, schwer zu sagen, was es war, Schritte wie auf einer Treppe, rauf, runter, stehen bleiben, erneut Schritte, kurz, hektisch. Er richtete sich auf, holte aus und ließ seine Faust gegen das Holz krachen.

Wenige Meter entfernt horchte Katharina auf. »Du kannst nicht hierbleiben«, entschied sie. Sie kniete sich neben John, der benommen auf den Fliesen lag, band ihm ein Tuch vor den Mund, lockerte seine Fußfesseln und zog ihn hoch. »Stütz dich auf mich, wir machen einen kleinen Spaziergang.«
Er dachte nicht darüber nach, woher sie die Kraft nahm, ihn durch den länglichen Raum zu schleppen, indem sie ihn am Gürtel hochzog, sobald seine Beine wegzurutschen drohten. Ihr Haar roch nach Seife.

Als sie die Tür aufstieß, die ins Freie führte, erkannte John, dass es dieselbe war, vor der sie vor wenig mehr als einer Stunde geparkt hatte. Der Ford stand noch dort. Es hatte sich nichts verändert. Niemand war zu Hilfe gekommen.
Katharina blieb keuchend stehen, keilte seinen Köper zwischen sich und dem Türpfosten ein. Keine Luft, wollte er sagen, aber es wurde nur ein dumpfer Klagelaut daraus. Das Tuch schnitt ihm ins Fleisch, es fühlte sich an, als würde ihm unter der Nasenwurzel die Haut abgezogen. In seinem Kopf hämmerte es, es klopfte ein Mal, zwei Mal. Katharinas Körper spannte sich. Es klopfte ein drittes Mal, und endlich begriff er, dass das Klopfen nicht in seinem Kopf stattfand, dass es real war. Dann hörte er Hannes Stimme und eine, die ihr antwortete. Henri.
John wollte schreien, sich losreißen, sie waren doch nur eine Ecke weit voneinander entfernt. Als er hörte, wie die schwere Holztür ins Schloss fiel, erlosch seine Hoffnung. Hanne würde Henri davon überzeugen, dass niemand außer ihr im Haus war. Das war das Ende. Ihm war kalt, aber es war nicht nur die Kälte, die ihn zittern ließ.
Katharina wartete noch zwei Minuten ab, bevor sie John ins Freie zerrte und über den gefrorenen Grasboden trieb, der bei jedem Schritt knirschte wie zerstoßenes Glas. Der scharfe, säuerliche Geruch, der John schon bei seiner Ankunft aufgefallen war, wur-

de stärker. Aber erst, als sie ein hohes Holztor zur Seite schob, sah er, dass sie vor einem riesigen Stall standen. Der Geruch, der ihm entgegenschlug, nahm ihm fast den Atem. Er hörte das Schnauben der Kühe und sah, wie ihre Leiber dampften. Der unverhoffte Besuch entlockte ihnen keine Regung, sie blieben ruhig und unberührt.

Katharina lehnte John gegen eine feuchte, kalte Wand, an der er hinunterglitt wie eine Gummipuppe, aus der die Luft entweicht. Er versuchte, in der Hocke zu bleiben, denn der Boden war glitschig und stank, aber er schwankte. Hustend und würgend fiel er zur Seite.

»So kannst du bleiben«, hörte er Katharina sagen. Sie hatte jetzt eine Taschenlampe in der Hand, mit der sie ihm ins Gesicht leuchtete. Blitzschnell zog sie ein Hanfseil von einem Haken, schlang es durch eine Öse, die an der Wand angebracht war, verknotete die Enden mit seinen Handfesseln und überprüfte die Festigkeit der Knoten. Erst dann lockerte sie das Tuch vor seinem Mund. Der Stoff rutschte ihm über die Lippen und blieb am Kinn hängen. Sie ging zurück zu dem Holztor, öffnete es einen Spaltbreit und spähte hinaus.

John drehte sich und zerrte an seinen Fesseln, obwohl er ahnte, dass es sinnlos war. Durch seine Hosenbeine sickerte klebrige, kalte Feuchtigkeit. »Gehört das zu deiner hinterhältigen, zynischen In-

szenierung«, ächzte er, »die zweite Blume in einem stinkenden, eiskalten Kuhstall zu vergeben?«
Katharina drehte sich langsam zu ihm um. »Ein schönes Bild. Es lebt vom Kontrast. Findest du nicht?«
»Und du? Lebst du auch vom Kontrast? Katharina und Kai, die helle und die dunkle Seite ein und derselben Medaille. Die eine mit der Liebe zur Kunst, zur Malerei, zu den Malern wie Paula. Wie beide Paulas.« Das Sprechen fiel ihm schwer. Schmerzen, Kälte und Ungewissheit begannen seine Widerstandskraft zu lähmen. Wenn sie jetzt ging und ihn hier zurückließ, hatte er verloren. Er musste sie aufhalten, er musste mit ihr sprechen. »Die andere dagegen«, fuhr er fort, »entwertet die Kunst, benutzt sie als Vehikel für Todesdrohungen und scheut sich nicht, beide Paulas als Komplizinnen zu missbrauchen und dadurch ihr Andenken zu schänden.«
»Hör auf.« Blitzschnell war sie bei ihm und band ihm das Tuch erneut vor den Mund. »Ich komme wieder«, sagte sie. Dann war er allein.

31

Henri massierte seinen Handballen. Niemals hätte er gedacht, dass er einmal genötigt sein würde, sich derart massiv Einlass in ein fremdes Haus zu verschaffen. Dass er recht daran getan hatte, bestätigte ihm sein erster Eindruck.

Nachdem ihm die junge Frau endlich geöffnet hatte, standen sie sich in einer kahlen, unwirtlichen Diele gegenüber. Natürlich hatten sie sich sofort erkannt, ihre Begegnung auf dem Friedhof war erst ein paar Stunden her. Sie wirkte verschreckt, noch verschreckter als am Mittag.

Er musterte die Mäntel und Jacken, die an hässlichen Haken neben der Treppe hingen. Johns Mantel war nicht darunter. Henri wandte sich wieder der jungen Frau zu. Sie benahm sich seltsam. Er hätte verstanden, wenn sie empört gewesen wäre über sein rüdes Benehmen. Sie aber stellte nicht einmal Fragen. Sie stand einfach da, blass und verstockt. Das, so folgerte er, konnte nur bedeuten, dass sie wusste, weshalb er hier war. Himmel, wie lange wollte sie ihn noch anschweigen.

»Wo ist John Magnus?«, fragte er. »Ich suche ihn seit Stunden, und ich weiß, dass er mit Ihrer Schwester Kai zu Ihnen fahren wollte.«

Das entsprach zwar nicht ganz der Wahrheit, aber seine Ahnung bestätigte sich umgehend.

»Das wissen Sie?« Hanne war so überrascht, dass sie taumelte. »Aber Kai hat doch gesagt, dass niemand …« Ihre Stimme versagte, ihre Hände suchten Halt am Treppengeländer. »Ich weiß nicht mehr, was ich …, ich dachte …, sie will doch nur …«

»Was will sie? Wenn etwas geschehen ist, was Ihnen Angst macht, dann müssen Sie es mir sagen. Jetzt. Sofort. Wo ist John? Und wo ist Kai?«

»Die haben etwas miteinander zu klären. Wir haben viel mitgemacht, und Ihr Freund hatte seinen Anteil daran. Kai will endlich damit abschließen, um zur Ruhe zu kommen. Setzen Sie sich.« Hanne kauerte sich auf eine Stufe und sah ihm in die Augen. Ihre Nervosität war einer fast hypnotischen Ruhe gewichen.

Henri sah hinauf zu der alten Standuhr, deren Zeiger erbarmungslos Minute um Minute vorrückten. Ihm wurde klar, dass Hanne erst ihre Geschichte erzählen wollte, ehe sie preisgab, wo sich Kai und John aufhielten. Obwohl er seine Ungeduld kaum zügeln konnte, setzte er sich neben sie auf die harte

Stufe und lehnte sich gegen die Wand. Ihre Körperhaltung und der Ausdruck ihrer Augen verrieten ihm, dass er sie nicht erreichen konnte, wenn er nicht behutsam vorging.

Sie sah ihn nicht an, als sie zu sprechen begann. »Wir waren zu dritt. Nach dem Tod unserer Eltern erbten wir den Hof. Wir verabredeten, ihn zu erhalten, und jeder sollte seinen Teil dazu beitragen. Ich, indem ich ihn bewirtschaftete. Kai, indem sie in ihrem erlernten Beruf als Krankenschwester dazuverdiente und mir an den Wochenenden zur Hand ging. Selbst Paula wollte ihren Part leisten. Wir vereinbarten, ihr in einer der alten Scheunen ein Atelier einzurichten, und sie versprach im Gegenzug, wieder nach Hause zu kommen und mitzuhelfen. Wir hätten es schaffen können. Jetzt ist Paula tot, unsere Zukunft unsicher. Der Hof ist nicht zu halten. Das alles wäre nicht passiert, wenn Valentin Kerner nicht gewesen wäre.«

»Valentin war am Ende seines Lebens ein kranker Mann«, wandte Henri ein. »Wie kann es denn sein, dass …«

Hanne fiel ihm ins Wort. »Ja, Valentin Kerner und sein krankes Herz.« Sie lachte auf. Es war ein verzweifeltes Lachen. »Ohne das wäre er uns erspart geblieben. Kai betreute den armen, kranken Valentin, damals arbeitete sie noch als Krankenschwester in Hamburg. Sie mochte ihn, vielleicht anfangs sogar ein bisschen mehr als das. Jedenfalls haben sie sich nach seiner Entlassung weiter getroffen. Sie hat ihn bewundert, er war so klug und gewandt und großzügig. Hat sie geglaubt. Sonst hätte sie ihm niemals Paula vorgestellt. Er hat sofort erkannt, dass Paula labil war, sie war besser zu steuern als Kai. Und sie war besessen vom Malen. Das konnte er nutzen für seinen Neuanfang in Worpswede. Er inszenierte sich als Künstler, Paula lieferte ahnungslos die Produkte dazu. Sie signierte jedes Bild mit einem schwungvollen P, das hat sie auch weiter so gemacht. Sie hat sich wohl eingebildet, dass er sie eines Tages groß rausbringt.«

Henris Unruhe wuchs. John war möglicherweise in Gefahr, während diese Frau redete und redete. Andererseits: Würde sie tatsächlich Zeit verlieren, wenn sie wüsste, dass John Gefahr von ihrer Schwester drohte? Nein, beruhigte er sich, das passte nicht zu ihr. Sie wirkte auf ihn wie eine tüchtige, verantwortungsbewusste Frau, die an dem litt, was in jüngster Zeit geschehen war. Dennoch musste er sie unterbrechen. »Sie können John nicht büßen lassen für etwas, das Valentin gemacht hat«, rief er aus, aber Hanne fuhr unbeeindruckt fort.

»Kai hat als Erste gemerkt, dass Valentin Paula benutzte. Sie war außer sich, kündigte in Hamburg und brachte danach Wochen mit dem Versuch zu, Paula von Valentin loszueisen. Kein Zusatzverdienst mehr, und auf dem Hof hat sie auch nur noch selten angepackt. Damals habe ich das erste Mal daran gedacht aufzugeben. Aber als es Herbst wurde, sah Kai ein, dass es keinen Sinn hatte, weiter um Paula zu kämpfen. Sie fing sich, fand eine neue Arbeit. Ich dachte, nun schaffen wir es eben zu zweit.«

Henri stützte die Ellbogen auf seine Knie. Die Minuten verrannen, und er konnte nichts tun außer zuhören. Der Hof ist nicht mehr zu halten, hatte sie eingangs gesagt, es hatte also einen zweiten Einschnitt gegeben, vermutlich, als Paula starb.

»Ein halbes Jahr lang ging es aufwärts«, fuhr Hanne fort. »Von Paula hörten wir nichts mehr, aber wir hatten gelernt, das zu akzeptieren. Dann, im Frühjahr, erfahren wir durch einen lächerlichen Zufall, dass sie schon drei Monate tot war. Gestorben am zwanzigsten November. Das allerdings haben wir erst später herausgefunden. Typisch für Paula, sich den Todestag von Paula Modersohn zum Sterben auszusuchen. Sie war ihr Vorbild, wissen Sie. Kai hat Paulas Passion für die Modersohn fortgeführt. Sie sagt, dann sei sie Paula näher. Na ja, nicht so wichtig.«

Henri zog die Augenbrauen zusammen. »Oh, doch, das ist wichtig. Ihnen scheint nicht bewusst zu sein, zu welchen Scheußlichkeiten Ihre Schwester diese Passion, wie Sie es nennen, benutzt hat.« So präzise und beherrscht wie möglich schilderte er, wie John verfolgt und bedroht wurde und wie es endlich zu dem heutigen Treffen gekommen war. »Verstehen Sie nun, warum ich Angst um ihn habe?« In Hannes Gesicht spiegelten sich widerstrebende Gefühle, Entsetzen und Zweifel, aber auch Trotz und Abwehr.

»Wo ist er?«, wiederholte Henri. Aber da flog sie schon die Treppe hinauf, einem leisen Fiepen folgend, das, lauter werdend, wie das Weinen eines Kindes klang.

Henri setzte ihr nach bis zu einem Kinderzimmer. An der Schwelle blieb er stehen. In einem Gitterbett lag tatsächlich ein weinendes Kind. Hanne sprach tröstend auf es ein, nahm es hoch und wischte ihm die Tränen ab. Mit dem Kind auf dem Arm ging sie langsam auf Henri zu. Er rang um Worte.

Hanne blieb vor ihm stehen. »Das ist Lilly«, sagte sie nur, »Paulas Tochter.«

Die Ähnlichkeit zu Valentin war unverkennbar. Henri brachte noch immer kein Wort heraus. Seit sie wussten, dass es dieses Kind gab, suchten sie es. Es war nicht zu fassen. »Seit wann ist sie hier?«

»Seit dem neunten Juni.« Hanne strich der Kleinen lächelnd eine Haarsträhne aus dem Gesicht. »Sie war der erste Sonnenstrahl seit langem und ist der einzige seither. Und jetzt verstehen Sie vielleicht, warum ich weiß, dass Kai dem Engländer nichts antut. Wegen Lilly. Sie hat so viel auf sich genommen für das Kind. Kommen Sie mit, Lilly braucht ihren Tee.«

Henri folgte ihr in eine kleine Küche. »Was hat Kai auf sich genommen?«, fragte er. Hanne setzte Wasser auf und schüttete grünliches Pulver in eine Flasche. Das Kind legte das Köpfchen auf ihre Schulter. »Niemand wollte uns sagen, wo und wie Paula gestorben ist. Kai konnte das nicht hinnehmen. Sie hat so lange nachgeforscht, bis sie alles wusste. So hat sie auch erfahren, wer Valentin behilflich war, Paula nach England abzuschieben. Ihr Freund John und Vera Kerner. Wie Kai das herausgefunden hat, weiß ich nicht.«

Aber ich weiß es, dachte Henri, sie ist in Valentins Haus eingedrungen und hat alles von unten nach oben gekehrt.

Hanne goss das siedende Wasser in die Flasche und stülpte einen Sauger darüber. »Kurz nach Kerners Tod ist Kai nach England gereist.«

»Und ihre Arbeitsstelle?«, warf Henri dazwischen.

»Hat sie aufgegeben. Es war wie beim ersten Mal. Nur noch schlimmer.« Hanne hielt die Flasche unter einen kalten Wasserstrahl. »Sie wusste doch nicht, wie lange sie bleiben würde. Es wurden zwei Monate daraus. Zwei schwierige und einsame Monate für Kai. Als sie zurückkam, hatten wir Lilly, aber auch einen Berg Schulden. Und Kais Hass auf Valentin und die beiden anderen wurde immer größer. Die hätten den Mistkerl stoppen können. Haben sie aber nicht. Ganz im Gegenteil.«

Hanne lächelte auf Lilly hinunter, die in ihren Armen lag und an ihrer Teeflasche nuckelte. Als sie wieder aufblickte, lächelte sie nicht mehr. »Vera hat Valentin mit ihrem Geld unter Druck gesetzt, damit er Paula verjagt, weit weg, sie sollte nur ja nie wiederkommen. Wie kann eine Frau einer anderen Frau so etwas nur antun.« Sie hob Lilly wieder auf den Arm, bettete ihren Kopf an der Schulter und rieb ihr sanft den Rücken. »Das Baby haben sie einfach geleugnet, ignoriert. Es interessierte sie nicht.«

»Das ist mies, da haben Sie recht. Aber es war auch mies von Kai, die alkoholabhängige Vera bis zur Besinnungslosigkeit abzufüllen, sie nachts auszusetzen und ihrem Schicksal zu überlassen.«

Hanne sah empört auf. »Niemals, das ist Unsinn. Oh, Lilly ist eingeschlafen.«

Er wartete ab, bis sie das schlafende Kind wieder ins Bett gelegt hatte und leise die Tür schloss.

»So etwas würde Kai niemals tun«, wiederholte sie, während sie die Treppe in die Diele hinuntereilten. »Und jetzt gehen Sie bitte.«

Henri unternahm einen letzten Versuch. »Sie hat es getan. Möglicherweise können Sie schon längst nicht mehr richtig einschätzen, wozu Ihre Schwester fähig ist.«

Die Standuhr schlug halb zehn. Er machte einen är-

gerlichen Schritt darauf zu, als trüge sie die Verantwortung dafür, dass die Zeit verrann. Etwas knirschte unter seiner Schuhsohle. Er hob den Fuß an und entdeckte ein winzig kleines, schwarzes Stück Plastik, bückte sich danach und stutzte. Über den Boden verteilt bis hin zur Uhr lagen noch mehr solcher Splitter. Er schob seine Hand unter den Sockel der Standuhr und ertastete größere Teile. Teile eines Handys. Mit hochrotem Kopf richtete er sich auf und hielt Hanne die Bruchstücke hin. »Ich will jetzt keine langatmigen Erklärungen«, fauchte er, und es war ihm sehr ernst damit, »ich verlange, dass Sie mir sagen, wo John Magnus ist. Anders werden Sie mich nicht los. Sie können gerne die Polizei rufen.«
Wie zum Schutz kreuzte Hanne die Arme vor der Brust. »Sie verlangen, dass ich meine Schwester verrate.«
»Ja, bevor sie ein Verbrechen begeht und sie alle drei unglücklich macht. Denken Sie an das Kind. Man wird es Ihnen wegnehmen, wenn Sie Beihilfe zu einem Verbrechen geleistet haben. Wollen Sie das?«
»Nein«, hauchte sie, »nein. Kommen Sie.«
Sie durchquerte die Küche und versuchte vergeblich, die Tür zum Wirtschaftsraum zu öffnen. Henri spürte ihre wachsende Panik. Sie nahm eine Taschenlampe von der Anrichte und lief ihm voraus durch die Diele nach draußen, bog nach links um die Ecke und öffnete eine Außentür an der Schmal-

seite des Hauses. Aus den Augenwinkeln sah Henri, dass auf dem Rasen ein altes Auto abgestellt war. Er beachtete es nicht, sondern folgte Hanne mit ahnungsvoller Sorge in einen länglichen, weiß gefliesten Raum mit Waschbecken, einem Wasserschlauch, einer Waschmaschine, Bergen von Arbeitskleidung und einem Handtuchregal.

Hanne leuchtete den Boden ab, die Ecken, sogar die Decke. »Ich dachte, sie sind hier. Die müssen hier sein.« Sie lief den Raum entlang bis zum anderen Ende, entriegelte die Verbindungstür zur Küche, stieß sie auf, suchte dort weiter. »Wieso sind die nicht hier?«

Heinrich von Zahn wählte wortlos die 110.

32

Worpswede lag im Tiefschlaf. Verwunschen. Friedlich. Es war drei Uhr morgens. An Schlaf war für Henri nicht zu denken.

Er öffnete sein Seitenfenster und hielt das Gesicht in den Gegenwind, bis ihm die Tränen kamen. Im Schritttempo fuhr er an der Auffahrt zur Zionskirche vorüber. Vierzehn Stunden war es her, seit er hier hinaufgefahren war, zusammen mit John. John, dessen zerstörtes Telefon er unter einer alten Standuhr gefunden hatte, zerschmettert von einer Frau, die nach Vergeltung gierte. So viel immerhin war Hanne Schlotter zu entlocken gewesen, als ihr der Ernst der Lage nach und nach bewusst geworden war. Kai sei grob geworden, hatte sie eingeräumt, und auch, dass sie den Engländer, wie sie John beharrlich nannte, gegen seinen Willen festgehalten hätten, aber nur, so habe sie gedacht, um ihm eine Lektion zu erteilen. Henri glaubte ihr. Er dachte an ihre liebevolle Sorge um das kleine Mädchen und an ihre Empörung, als er ihr schilderte, wozu Kai fähig war in ihrer Besessenheit.

Er fuhr weiter bis zur Mühle, bog links ab und hielt vor dem unauffälligen Einfamilienhaus des Worpsweder Anwalts an, den er schon am Nachmittag hier aufgesucht hatte und der ihm in den Angelegenheiten der Vera Kerner eine große Hilfe gewesen war. Seine Kontakte in der Region und seine Unterstützung waren nach den neuesten Ereignissen unerlässlich.

Im Erdgeschoss brannte Licht, Henri wurde erwartet. Es war nicht seine Art, Menschen zu nachtschlafender Zeit aus dem Bett zu holen, aber ihm war keine andere Wahl geblieben, als den einzigen Menschen, den er in Worpswede kannte und der noch dazu vom Fach war, nachts um zwei anzurufen und um Hilfe zu bitten. Henri wischte sich über die tränenden Augen und stieg aus.

»Haben Sie Neuigkeiten?«, fragte er, als der Hausherr die Tür öffnete, neben der ein schmales Kupferschild mit dem Namen Dr. Peter Müller montiert war.

Der schüttelte bedauernd den Kopf. »Keine Neuigkeiten, aber eine Dusche und ein Gästebett. Ruhen Sie sich ein wenig aus. Ich halte die Stellung.«

Keine Neuigkeiten bedeutete, dass nach wie vor unbekannt war, wo sich John Magnus und Kai Schlotter aufhielten. Soweit es Dunkelheit, Nebel und

Kälte zuließen, hatte Henri zusammen mit den zwei Streifenbeamten, die auf den Notruf hin auf dem Hof erschienen waren, das Gelände abgesucht, sogar in den Wald hatten sie geleuchtet und dabei Rehe aufgescheucht, deren Augen rot funkelten. Vergebens. Danach rieben die Beamten ihre klammen Hände und kalten Nasen und zogen Bilanz. Ein während eines Streits zerbrochenes Telefon sei noch kein Grund für einen polizeilichen Einsatz, zumal weitere Schäden nicht dokumentiert werden konnten. Es konnten auch keine Geschädigten festgestellt werden. Solange es keine Geschädigten gab, konnte man nichts machen.

»Erwachsene Menschen dürfen ihren Aufenthaltsort frei wählen und nach Belieben wechseln, auch ohne vorher Bescheid zu sagen«, hatte einer der beiden erklärt. »Die meisten tauchen nach ein paar Stunden oder ein, zwei Tagen wieder auf. Machen Sie sich erst mal keine Sorgen.«

Henri sorgte sich aber, und so machte er zwar von der Dusche Gebrauch, legte sich aber nur kurz aufs Bett. Schlafen konnte und wollte er auf keinen Fall.

Gut zwei Stunden später, um genau fünf Uhr achtundvierzig, riss ihn die sonore Stimme seines Gastgebers aus einem unverhofft tiefen Schlaf. »Man hat ihn gefunden. Beeilen Sie sich, ich fahre Sie zu ihm.«

Es war noch nicht einmal halb sieben, als Henri,

nach einem starken, heißen Kaffee im Stehen und einer rasanten Fahrt nach Osterholz–Scharmbeck vor dem Kreiskrankenhaus ausstieg. Er war aufgeregt, müde, schwindlig, hungrig, aber vor allem war er erleichtert. Noch wusste er nicht, wie es John ging, aber das Wichtigste war doch: Er lebte. Er hatte, und jetzt gelang Henri ein kleines Lächeln, eine eiskalte Nacht im Kuhstall verbracht und überlebt. Das konnte nicht jeder von sich behaupten.

Henris Zuversicht hielt nicht lange an. Er hatte sich John zwar erschöpft, aber froh über seine Rettung, in einem frisch bezogenen Krankenbett vorgestellt, zwei Kissen im Rücken und neben sich auf dem fahrbaren Nachttisch einen Becher mit Kamillentee, dessen Geruch das Krankenzimmer durchzog, wie es sich für ein ordentliches Krankenzimmer gehörte. Da, wo Henri dann tatsächlich landete, roch es nach Desinfektion. Er streifte sich einen Plastikschutz über jeden Schuh und folgte einem Bärtigen in Weiß, der ihn in einen Raum mit drei Betten führte, die umringt waren von zischenden, brodelnden, blinkenden Apparaten.

John lag in dem vordersten Bett. Zu und von seinem Körper verliefen etliche Schläuche, die an Geräte neben und über ihm angeschlossen waren. In seinen linken Arm tropfte eine Infusion. Seine Fingerspitzen waren verbunden, auch über der Schläfe war ein Verband angebracht. Henri erschrak über Johns un-

natürliche Blässe und seine Reglosigkeit. Er hatte die Augen geschlossen, und obwohl Henri nahe an sein Bett trat und ihn ansprach, reagierte er nicht.
Der Bärtige führte Henri anschließend in einen Warteraum für Angehörige, bot ihm einen Stuhl an und reichte ihm einen Becher Wasser. Herr Magnus sei in einem bedenklichen Zustand, erklärte er, und brauche viel Ruhe. Immerhin sei er erst vor eineinhalb Stunden mit einer schweren Gehirnerschütterung und kaum mehr als dreißig Grad Körpertemperatur eingeliefert worden. Drei oder vier Grad weniger führten in der Regel zum Kältetod. Herr Magnus habe also noch einmal Glück gehabt. Gegenwärtig bestehe die Gefahr von Ödemen, Versagen der inneren Organe und einer Thrombose. Deshalb sei vorläufig ein Verbleiben auf der Intensivstation erforderlich. Zum Abschluss des Gesprächs erhielt Henri neben ein paar aufmunternden Worten eine Karte mit der Durchwahlnummer der Intensivstation und hinterließ im Gegenzug seine eigene Telefonnummer.
»Kann ich irgendetwas tun?«, fragte er den Bärtigen beim Abschied. Die Antwort überraschte Henri.
»Beten Sie«, sagte der Mann, »um alles andere kümmern wir uns.«

33

Im Verlauf des Wochenendes sprach sich in Worpswede allmählich herum, was in der Nacht von Freitag auf Samstag auf dem Schlotterhof geschehen war, am Sonntag gab es bereits mehrere voneinander abweichende Versionen.

Gerade eben hatte Heinrich von Zahn einen Anruf des Pastors entgegengenommen, der sogar von einem ermordeten Kind gehört hatte. Heinrich von Zahn hatte ihn diesbezüglich beruhigen können, ihm aber gleichzeitig ans Herz gelegt, Hanne Schlotter und Lilly beizustehen. Er konnte sich vorstellen, dass sie geistlichen Zuspruch nötig hatten. Juristischen wahrscheinlich auch, dachte er, und seine Gedanken schweiften ab zu Kai.

Er trat an das Fenster des Gästezimmers und sah auf das kahle Feld hinaus, das er am Morgen während eines langen, einsamen Spaziergangs überquert hatte. Dass Kai Schlotter bislang nicht gefunden worden war, beunruhigte ihn. Weder Hanne hatte der

Polizei brauchbare Informationen geben können, noch hatten sich in der kleinen Mietwohnung, die Kai unter der Woche bewohnte, Hinweise gefunden, wo sie sich aufhalten könnte.
Sie blieb verschwunden. Das bekräftigte ihn in seiner Entscheidung, zur Stelle zu sein, wenn John nach der Nachmittagsvisite gegen sechzehn Uhr sein neues Zimmer auf der Normalstation bezog.
Der Bärtige hatte Henri die gute Nachricht, die einer Entwarnung gleichkam, vor einer knappen Stunde telefonisch überbracht. Bei John Magnus konnten organische Schäden nach Unterkühlung nicht nachgewiesen werden, sein Kreislauf stabilisierte sich, er war wach und ansprechbar und konnte mithin nach einem Tag und einer Nacht die Intensivstation verlassen.
»Ist er noch sehr schwach?«, hatte Henri gefragt, weil er das Gehörte kaum glauben konnte.
»Jedenfalls ist er nicht zu schwach, um uns seit heute Morgen in die Therapie reinzureden«, hatte der Bärtige lachend geantwortet. »Wenn wir ihn nicht schnellstens verlegen, müssen wir eine feindliche Übernahme der Intensivstation durch den Kollegen Magnus befürchten. Sie sehen, er kämpft sich zurück.«
Henri schlüpfte in seinen Mantel, den er nach dem Spaziergang nachlässig aufs Bett geworfen hatte,

tastete die Taschen wie üblich nach Brille, Geldbörse, Handy und Schlüssel ab und machte sich auf den Weg.

Als John um kurz nach vier in das Krankenzimmer gerollt wurde, saß Henri bereits wartend auf dem zweiten Bett. Als Erstes fiel ihm der Kopfverband auf, dann die dunklen Augenringe. »Wie geht es dir?«, fragte er.

John wartete mit der Antwort, bis der Pfleger gegangen war. »Beschissen. Im wahrsten Sinne des Wortes. Ihr hättet mich ruhig eher finden können.«

»Ich gebe zu, dass ich nicht draufgekommen bin, dass der logischste Aufbewahrungsort für einen Dickschädel wie dich der Kuhstall ist.« Henri räusperte sich. »Entschuldige, wir sind alle nervös. Was ich sagen will ist: Natürlich wurde noch in der Nacht nach dir gesucht, auch im Stall. Aber du hast dich nicht mehr gerührt und hast an einer verrotteten Mauer gekauert, so gut wie unsichtbar.«

»Und wer hat mich schließlich gefunden?«

»Das weißt du nicht?« Henri zog einen Stuhl neben Johns Bett und schüttelte den Kopf über sich selbst. Wer sollte es John erzählt haben auf der Intensivstation? »Gefunden hat dich«, fuhr er fort, »ein Stallhelfer namens Baschtel. Du kennst ihn, es ist der Alte mit dem Messer. Der vom Friedhof. Er arbeitet schon seit Ewigkeiten auf dem Hof. Die Mädchen kennt er von klein auf. Na ja, jedenfalls wollte er am

Samstag in aller Frühe die Kühe zum Melkstand treiben …«
»Und hat einen Ochsen gefunden«, ergänzte John, »ich weiß, dass ich mich nicht an unsere Abmachung gehalten habe und leichtsinnig war. Nett von dem Alten übrigens, dass er nicht wieder sein Messer hervorgekramt, sondern den Krankenwagen gerufen hat. Hat er doch, oder?«
»Ja. Hat er. Ich habe die Anzeige gegen ihn übrigens zurückgezogen.«
John schloss die Augen. »Was ist mit Katharina?«
»Kai«, korrigierte Henri, »lass uns den Klarnamen benutzen.«
John drehte ihm den Kopf zu, in seinen Augen lag aufmerksame Spannung. »Also gut, dann eben Kai«, sagte er gedehnt, »was ist mit ihr? Drucks nicht herum. Nur, weil ich einen Verband am Kopf habe und zugegebenermaßen einen Brummschädel, musst du mich nicht behandeln wie ein rohes Ei.«
»Also gut, bringen wir es hinter uns. Kai ist weg. Bislang gibt es keine Spur von ihr. Solange das so ist, wirst du keine Minute alleine bleiben. Das zweite Bett dort ist für mich, ich übernachte hier. Ist alles schon arrangiert. Morgen wirst du abgeholt und nach Hamburg gebracht. Entweder in die Uniklinik oder gleich zu uns nach Hause. Das entscheiden die Ärzte. In die Pension kannst du nicht zurück, das ist

zu unsicher. Wir haben genug Platz, und du bist unter Aufsicht.«

John wollte sich aufrichten, gab aber schnell auf und ließ sich in die Kissen zurücksinken. »Du glaubst demnach, dass Kai erneut versuchen wird, mich umzubringen?«

Diese Frage hatte Henri sich bereits selbst gestellt. »Ich glaube das eigentlich nicht«, antwortete er. »Sie hat ihre Genugtuung gehabt, hat dich in ihre Gewalt gebracht, hat dich leiden lassen. Nach allem, was ich inzwischen erfahren habe, glaube ich vielmehr, dass Kai Schlotter davongelaufen ist, weil sie nicht mehr weiterweiß. In ihrem Leben türmen sich Sorgen, Pech, Unrecht übereinander. Es ist ein Scherbenhaufen. Ich könnte mir vorstellen, dass sie nicht mehr zurückwill in dieses Leben, dass sie schon längst weit weg ist und für immer untertaucht. Ihren Ausweis scheint sie übrigens bei sich zu haben, in ihrer Wohnung wurde er jedenfalls nicht sichergestellt.«

»Ihre Wohnung wurde durchsucht?« John nahm einen zweiten Anlauf, sich aufzurichten, diesmal gelang es.

Henri drückte ihm die Kissen in Kreuz und Nacken und setzte sich wieder. »Natürlich wurde die durchsucht. Wir haben es hier mit einer Straftat zu tun. Schon vergessen? Mit mindestens einer. Aber diese Bemerkung ist inoffiziell.«

Gegen seine Absicht und nur, weil John ihn unnachgiebig drängte, berichtete Henri im Folgenden, was er bisher, nicht zuletzt dank der guten Kontakte des Peter Müller, in Erfahrung gebracht hatte. Demnach lebte Kai Schlotter ihr privates Leben mit den Erinnerungen an ihre verstorbene Schwester Paula und deren angebetetes Vorbild Paula Modersohn-Becker. Die Wände hingen voller Bilder und Fotos beider Frauen.

Eine Wand hatte Kai ausschließlich ihrer Schwester Paula gewidmet. Ein übergroßes Porträt hing dort, darunter war ein Tisch hergerichtet wie ein Altar mit Blumen und einer großen Kerze in der Mitte, die in goldenen Ziffern ein Datum zierte – 20. 11., ihr Sterbedatum. Seitlich davon standen, säuberlich aufgereiht, drei schwarze Bilderrahmen, einer mit Valentins, der zweite mit Veras Konterfei. Beide waren mit einem roten Balken überpinselt. Der dritte Rahmen war leer.

»Sie wird kein passendes Foto von mir gehabt haben«, warf John an dieser Stelle in einem Anflug von Sarkasmus ein.

Henri griff seinen Ton auf. »Unwahrscheinlich, mein Lieber, bei einem so fotogenen Kopf. Nein, du warst einfach noch nicht dran, weil du noch nicht tot genug warst.«

»Danke. Das war erfrischend direkt. Hat man auch Aufzeichnungen gefunden, ein Tagebuch, Briefe, Entwürfe, was weiß ich?«

»Ist mir nicht bekannt. Ach ja, irgendwelche Belege gibt es für den Deal mit den englischen Pflegeeltern. Kein Wunder, dass Hanne jetzt weder aus noch ein weiß vor lauter Schulden.«
»Schulden? Hat Kai das Kind gekauft?« Johns Stimme überschlug sich vor Aufregung und Anstrengung.
Henri nickte. »Nachdem sie die Rechnungen der Londoner Klinik in Valentins Haus gefunden hatte, ist Kai nach England geflogen. Aber ihre Möglichkeiten, auf eigene Faust etwas herauszufinden, waren begrenzt. Du hast es ja selbst erlebt, dass du trotz deiner Beziehungen zum St. George's am Datenschutz gescheitert bist. Kai blieb nichts anderes übrig, als einen Detektiv anzuheuern, der für teures Geld und mit höchstens halblegalen Methoden die Pflegeeltern und die Kleine fand. Der Rest war eine Frage des Gebots, nehme ich an. Die Pflegeeltern haben sich danach aus dem Staub gemacht.«
»Du hast mit Hanne darüber gesprochen?«
»Ja, von ihr weiß ich das doch. Sie geht allerdings davon aus, dass die Adoptionspapiere, die Kai ihr vorgelegt hat, echt sind. Das wage ich zu bezweifeln. Dass das Kind ihre leibliche Nichte ist, bezweifle ich dagegen nicht. Man wird sehen. Ich habe den Pastor gebeten, sich um die beiden zu kümmern.«
Es war dämmrig geworden, eine schläfrige Stimmung legte sich über den Raum.

»Hast du Inken Bescheid gesagt?«, fragte John.
»Nein.«
»Und Bianka?«
»Nein.«
»Wir müssen morgen viel telefonieren.«
»Ja.«
Die dunklen Abendschatten an den Wänden wurden breiter. Beide schwiegen, hörten nur die leisen, regelmäßigen Atemzüge des anderen. Ein leises Quietschen unterbrach den Rhythmus. Sie starrten auf die Türklinke, die sich sanft, ganz sanft nach unten bewegte. Henri war mit zwei Sätzen an der Tür und riss sie auf. Vor ihm stand eine kleine, rundliche Frau in einem blauen Kittel. Sie lief kopfschüttelnd an ihm vorüber, tauschte die Plastiktüten in den Mülleimern aus und verschwand wieder.
Henri lehnte sich gegen die Tür und atmete tief aus.
»Ärgerlich, dass man Krankenzimmer nicht von innen verschließen kann.«
»Von außen auch nicht.« John klang gelassener, als er in Wirklichkeit war. »Das hängt damit zusammen, dass ein Krankenhaus weder ein Hotel noch ein Gefängnis ist.«
»Gut, Herr Doktor. Endlich hat mir das mal jemand erklärt. Bleibt dennoch das Problem, dass wir nicht abschließen können.« Henri löste sich von der Tür, griff sich den Besucherstuhl und klemmte die Lehne unter der Klinke fest.

»Na toll. Als Nächstes hängen wir Glöckchen auf.« John schlug mit der Hand auf die Bettdecke. »Verdammt, das muss doch mal ein Ende haben!«

»Das wird es, da bin ich mir ganz sicher. Du darfst dich nicht aufregen.« Henri goss beiden aus einer Kanne Tee nach. »Morgen Mittag bringe ich dich zurück nach Hamburg.«

Zumindest davon ging Heinrich von Zahn mit Bestimmtheit aus, als er John zuredete, ein paar Stunden zu schlafen, sich selbst auf das zweite Bett legte und darüber nachdachte, wie der kommende Tag zu planen sei unter Berücksichtigung der Tatsache, dass niemand wusste, wo Kai sich aufhielt. Sie konnte weit weg sein, aber ebenso gut ganz in ihrer Nähe.

Er legte sich auf die Seite, das Gesicht der Tür zugewandt, und nahm sich vor, in dieser Nacht seine Müdigkeit zu besiegen. Nur wenige Minuten später hatte die Müdigkeit ihn besiegt.

34

Sie waren früh fertig mit dem Melken an diesem Morgen.
Seit dem Unglück – so nannten sie das, was Freitagnacht und danach geschehen war – waren sie enger zusammengerückt.
Baschtel, Kurt und Gregori nahmen Hanne so viel Arbeit ab, wie sie konnten. Wenn sie Hannes verweinte Augen sahen und die gebeugten Schultern, die unter der Last der Sorgen und Ängste immer schmaler wurden, wandten sie sich bedrückt ab und packten umso fester an.
Sie wussten, dass Hanne Angst um den Hof hatte. Um den würden sie sich kümmern, soweit es ihre Möglichkeiten zuließen.
Baschtel als Hannes ältester Vertrauter erahnte auch ihre Angst, man könnte ihr Lilly wegnehmen. Dabei konnte es die Kleine nirgends besser haben als bei Hanne, nirgends. Baschtel war bereit, das jederzeit zu beschwören, aber eigentlich mochte er nicht

glauben, dass jemand so dumm wäre, Lilly zu fremden Leuten oder in ein Heim zu geben. Nicht einmal die feinen Pinkel aus der Stadt konnten so dumm sein.

Seit dem Unglück hatte er das Melken morgens um fünf alleine übernommen, erst heute, am dritten Tag nach dem Unglück, war Hanne dazugekommen. Deswegen waren sie früh fertig an diesem Morgen.

Während Hanne ins Haus zurückging, nahm Baschtel sich den alten Ford vor. Nach drei Nächten und zwei Tagen auf der Wiese war er von weißem Rauhreif überzogen und gab keinen Mucks mehr von sich. Baschtel zog den Hebel zum Öffnen der Motorhaube und fluchte. Zugseil gerissen. Er wuchtete sich aus dem Auto und stemmte die Arme in die Seiten. Würde er die Haube eben mit Gewalt aufhebeln. War sowieso schrottreif, das Ding. Schon gestern Nachmittag hatte er den alten Kasten abschleppen wollen, damit Hanne ihn nicht immer vor der Nase hatte. Vielleicht bekam sie ja auch noch einen oder zwei Tausender dafür, schließlich konnte sie wahrlich jeden Cent brauchen. Aber dann hatte er doch den Schlüssel gefunden, den einzigen, den es noch gab. Eingesunken in Matsch, hatte er direkt unter dem Kofferraum gelegen. Nur Kai konnte ihn dort verloren haben, in jener unglückseligen Nacht, und nachdem sie ihn nicht wiedergefunden hatte, war sie panisch zu Fuß geflohen.

Baschtel war nicht mehr gut zu sprechen auf Kai, jedes Mal, wenn er an sie dachte, wurde er rot vor Zorn. Er stapfte zum Kofferraum, knirschte den Schlüssel ins Schloss und stieß mit einem Ruck den Deckel hoch. Da sah er sie. Sie lag zusammengekrümmt auf der Seite, das Gesicht bedeckt von rotblonden Haaren. Er schrie nicht auf. Er legte den Kopf in den Nacken und schickte seine Klage stumm in den Himmel.

John erreichte die Nachricht am frühen Nachmittag in seinem Krankenbett.

»Ein Verfahren gegen Kai Schlotter wird es nun nicht mehr geben«, sagte Henri, der sich durch ausgiebige Telefonate mit der Polizei und Peter Müller auf dem Laufenden hielt. »Die bisherigen Ermittlungen lassen kein Fremdverschulden erkennen. Fuß- und Fingerspuren deuten vielmehr darauf hin, dass sie vom Stall zum Auto gelaufen ist und dass sie selbst es war, die den Kofferraum geöffnet hat. Dabei ist ihr, so wird vermutet, der Schlüssel runtergefallen. Sie wird ihn gesucht, aber in der Dunkelheit nicht gleich gefunden haben. Wer weiß, vielleicht wäre sie andernfalls schon weg gewesen und hätte nicht so qualvoll sterben müssen.«

»Wie meinst du das?«

»Man muss sich doch fragen«, fuhr Henri fort, »warum sie in den engen Kofferraum gestiegen ist.

Die einzig denkbare Erklärung hat mit mir zu tun. Leider. Je länger ich darüber nachdenke, desto sicherer komme ich zu dem Ergebnis, dass Kai, während sie ihren Schlüssel suchte, mich und Hanne aus der Vordertür hat kommen hören. Sie ist in Windeseile in den Kofferraum gestiegen, es kann sich in der Tat nur um Sekunden gehandelt haben, bis wir um die Ecke kamen. Wir sind dann in den Seiteneingang rein, wo die Schleuse ist, du weißt schon. Den Wagen hatte ich in der Hektik gar nicht beachtet.«

John kreuzte die Hände hinter dem Nacken. »Und dann ist sie nicht mehr rausgekommen und jämmerlich erstickt. Dabei wollte sie zurückkommen, ganz sicher. Die war noch nicht fertig mit mir.«

Die Erinnerung an die Nacht, die ihn fast das Leben gekostet hätte, trieb John die Tränen in die Augen.

Henri stand auf und nahm seinen Mantel vom Stuhl. »Quäl dich nicht«, sagte er sachlich. »Ich fahre jetzt nach Hamburg und sehe zu, wie ich die Angelegenheiten für Valentins Kind regeln kann. Durch die Stiftung ist die Kleine wenigstens finanziell abgesichert. Aber ein Zuhause ersetzt das nicht.«

»Hanne?«, warf John zögernd ein.

Henri zog die Stirn in Falten. »Es sind alle Lösungen in Betracht zu ziehen, die dem Wohle des Kindes dienen. Lass uns das besprechen, wenn du dich erholt hast, wir haben ja noch sieben Wochen Zeit bis zu deinem Abflug. Bist du sicher, dass du dich

nun nicht mehr nach Hamburg verlegen lassen willst?«
John nickte. »Ganz sicher. Ich bleibe hier bis zu meiner Entlassung. Danach will ich noch ein oder zwei Tage in Worpswede sein. Ich möchte endlich das Dorf kennenlernen als einer, der sich nicht beobachtet und getrieben fühlt. Du wirst das vielleicht nicht verstehen, aber ich möchte mich nicht davonstehlen, sondern in Ruhe verabschieden.«
Henri verstand durchaus, und noch nachdem seine Schritte auf dem Krankenhausflur verklungen waren, lag John mit offenen Augen in seinem Bett und dachte über die Unwägbarkeiten des Schicksals und des Zufalls nach. Ausgerechnet Valentin, der anderen und sich selbst so viel Unglück gebracht hatte, hatte ihm die Freundschaft mit Henri beschert, eine Freundschaft, die er nicht mehr missen wollte.
Noch zwei Tage verbrachte John im Krankenhaus. Sein Körper erholte sich und ganz allmählich auch sein Gemüt. Losgelöst aus den erlebten und erlittenen Turbulenzen fühlte er sich, als sei er knapp einem Absturz entkommen und gleite nun langsam und sicher an einem Fallschirm hinunter auf die Erde und zurück in sein Leben. In ein Leben, an dessen Kurs er zuletzt gezweifelt hatte. Das tat er nicht mehr. Er würde bei seiner einmal getroffenen Entscheidung bleiben, sich einem Medizinbetrieb zu verweigern, der von Bürokraten und Finanzin-

vestoren aus Glaspalästen heraus gesteuert wurde. Er wollte Arzt sein und kein medizinischer Erfüllungsgehilfe. Deshalb würde er einer von sechstausend Medizinern sein, die in diesem Jahr Deutschland verließen. Dass er sich für England entschieden hatte, war naheliegend, ob es die richtige Entscheidung war, würde sich erst später erweisen.

Und wenn nicht? Monatelang hatte er sich den Kopf darüber zermartert. Heute verstand er sich selbst nicht mehr. Nichts war vorhersehbar, nichts für die Ewigkeit festgeklopft, auch sein Englandexperiment nicht. Aber da es hier nicht mehr ging, würde er es dort versuchen. Er handelte, das war das Wichtigste.

Am Donnerstag, dem fünfundzwanzigsten Oktober morgens um zehn holte Inken ihn aus dem Krankenhaus ab. Sie hatte ihm eine Reisetasche mit frischer Kleidung gepackt und reichte ihm ein Teil nach dem anderen zu. »Habe ich aus deinem Hotelzimmer geholt. Die Haberland hat sich sehr überwinden müssen, mir aufzuschließen. Ich soll dir übrigens von ihr bestellen, dass dein Zimmer nicht storniert war und du deshalb den vollen Preis zahlen musst. Leider, hat sie freundlicherweise noch hinzugefügt. Irgendwie mag sie dich nicht, glaube ich.«

Kein Wunder, dachte John, ich habe ihre Briefe an Valentin gelesen, ich habe sie ausgefragt und sogar

verdächtigt. »Es gibt gute Gründe, mich bei ihr zu entschuldigen, und das werde ich auch tun, wenn ich wieder in Hamburg bin«, sagte er, während er sein Hemd zuknöpfte. Das erste Mal seit fünf Tagen kleidete er sich komplett an. Als er sich die Schuhe zuband, stand ihm der Schweiß auf der Stirn. Spätestens jetzt war John froh, dass Inken darauf bestanden hatte, ihn auf seiner »Abschiedstournee«, wie sie es nannte, zu begleiten. Dass sie diesen Ausdruck benutzte, zeigte ihm, wie umfassend Henri Inken informiert hatte. Das störte John nicht, im Gegenteil. Je weniger er erklären musste, umso besser.
Auf dem Weg zum Parkplatz hakte er sich bei ihr unter. Sie war eine wunderbar entspannte Ex-Frau, eine bessere hätte er sich nicht wünschen können. Die alltäglichen Abgrenzungskriege, die sie ihm in ihrer Rolle als Ehefrau geliefert hatte, als sie nicht einmal vor dem albernen Abzählen der jeweiligen Staubsaugereinsätze zurückgeschreckt war, gehörten der Vergangenheit an, und dort sollten sie auch bleiben. Er ging davon aus, dass Inken das genauso sah.
Das tat sie. Sie hatte im »Village«, einem der neueren modernen Hotels in Worpswede, zwei nebeneinanderliegende Einzelzimmer reserviert. »Im Zentrum«, hatte sie ein wenig ironisch gesagt, und er hatte sofort gewusst, dass sie damit nur die Bergstraße meinen konnte.

Die Reihenfolge seiner Abschiedsstationen überließ sie ihm.
So fuhren sie nach einer von Inken verordneten Ausruhphase gegen Mittag als Erstes dahin, wo Valentin und Vera Kerner gewohnt hatten und gestorben waren.
»Traurig«, war Inkens knapper Kommentar, und John war schon wieder froh, dass sie bei ihm war.
An den Häusern hatte sich nichts verändert, seit er sie vor einer knappen Woche das letzte Mal gesehen hatte. Er lief über den Rasen nach hinten und betrachtete den Ast, den Kai bei ihrem Sprung über die Mauer abgebrochen hatte. Als er wieder nach vorne ging, knirschte der Kies wie damals. Minutenlang stand er vor Valentins Haus und durchschritt in Gedanken Zimmer für Zimmer, verweilte im Bad und zuletzt im Atelier. Er sah Paulas Bilder vor sich, sah die Frau mit den zwei Blumen in der Hand.
Er schüttelte sich. »Kai hat nachgeholfen, bei beiden«, sagte er. »Sie hat das nie zugegeben, aber auch nie bestritten. Doch die Art, wie sie es nicht bestritten hat, hatte etwas Selbstgefälliges, Süffisantes. Sie hat sich gerächt, ich weiß es. Bis an mein Lebensende werde ich überzeugt davon sein, dass Valentin nicht einfach so in der Badewanne ertrunken ist und dass Veras Zigarette sich nicht von alleine entzündet hat. Kai war eine Meisterin der Inszenierung. Sie

hätte auch meinen Tod perfekt inszeniert, wenn sie noch dazu gekommen wäre. Tragischer Kältetod im Kuhstall, hätte es heißen sollen. Welche Spuren sie dafür noch legen wollte, bleibt auf immer ihr Geheimnis.« Er fasste Inkens Hand und zog sie mit sich. Auf der Straße deutete er hinüber zu dem weißen Haus, in dem Bianka wohnte.

»Willst du sie besuchen?«, fragte Inken.

Nein, das wollte er nicht. Sie waren sich eine Zeitlang zu nahe gewesen, Kai und Bianka. »Ich werde sie noch einmal anrufen, bevor ich abreise. Auf zur nächsten Station.«

Sie parkten vor der Terrasse des »Kaffee Worpswede«, da, wo Katharina ihn erbost hatte stehenlassen, und gingen unter Bäumen hindurch zu dem parkähnlichen Vorplatz mit seinen Zierbüschen und Skulpturen. Inken beachtete die kunstvoll verschnörkelte Fassade des Kaffees kaum, auch nicht den Museumsbau schräg gegenüber.

»Das ist die Große Kunstschau«, dozierte John, »1927 von dem gleichen Architekten erbaut wie alle anderen Gebäude hier am Platz. Er hieß, glaube ich …«

»Hoetger«, schnappte Inken dazwischen. »Halt keine neunmalklugen Ansprachen!« Sie sah hinauf in die Baumkronen, durch deren Geäst die Mittagssonne weiße Streifen schickte. »Sieh dir lieber dieses Licht an. Es ist anders als anderswo. Körperlicher.

Intensiver. Es ist nicht einfach nur Licht. Es ist Beleuchtung.«
John erinnerte sich an seinen Fußmarsch zum Barkenhoff, als ihn das Spiel von Licht und Farben für einen sehr kurzen Moment sogar die unselige Kai hatte vergessen lassen. »Man muss die Sinne öffnen für dieses Dorf und seine Landschaft«, sagte er, »und für seine Geschichte. Komm, ich zeig dir was.«
Er zog sie hinter sich her in das Museum.
Als sie gemeinsam vor Heinrich Vogelers *Sommerabend* standen, dem Gemälde, das John nur als nachgestelltes Arrangement der Malweiber kannte, betrachtete er stumm den bärtigen Mann im Hintergrund und sah doch nur Kai dahinter. Kai in der Rolle des Otto Modersohn. Es dauerte Minuten, bis es ihm gelang, sie zu verscheuchen, und er seinen Blick freigab für das gesamte Bild. Es war sehr viel größer, als er erwartet hatte, und hatte die ganze Wand für sich.
»Der Garten ist grün und bunt und hell«, flüsterte ihm Inken ins Ohr, »aber alle sehen so melancholisch aus. Sogar der Hund hat traurige Augen.«
Den Hund hatten die Malweiber bei ihrer Rekonstruktion unterschlagen. Eine Sabotage der Katzenfreundin, dachte John. Denn die hatte die Martha Vogeler in ihrem edlen grünen Kleid gegeben, wie sie versonnen an der Gartenpforte lehnt. Im Origi-

nalbild lag zu deren Füßen ein Windhund. Keine Option für die Katzenfreundin. Ein Hund? Nein.
»Du lächelst ja«, rief Inken, ihre Freude darüber rührte ihn.
Seine Kräfte ließen dennoch nach. Nur einem Abstecher nach »Neu-Helgoland« stimmte er noch zu. Es dämmerte bereits, als sie auf der Klappbrücke standen, die in die weite Fläche des Naturschutzgebiets führte. Das Wasser unter ihnen kräuselte sich in kleinen Wellen, am Ufer schaukelten, winterfest vertäut, vier Torfkähne. Die braunen Segel lagen eingerollt auf den Dielen.
Wie aus dem Nichts tauchte ein Mann auf dem Feldweg auf. John streckte den Rücken, sprungbereit. Wie schnell sich doch Misstrauen einnistete. Sie ließen sich Zeit für den Rest des Abends.
Am Tag darauf, seinem Abreisetag, beschloss John, als letzte Station das Haus von Otto und Paula Modersohn zu besuchen und davor ein allerletztes Mal Valentins Grab.
Der Gang dorthin kostete ihn Überwindung. Widerwillig und auf Umwegen näherte er sich, besah sich die Hortensien, die rechts und links des Weges blühten, blieb vor dem einen oder anderen kunstvoll bearbeiteten Grabstein stehen, um die Inschriften zu entziffern, und stand schließlich doch vor dem halben Herz aus Stein. Davor welkten die Gebinde und Henris Kranz, selbst der Rosenstrauß mit

den zwei geknickten Köpfen war noch da, wo Henri ihn abgelegt hatte. John ließ ihn liegen. »Ich werde nicht mehr wiederkommen«, sagte er und meinte Valentin.
Inken fasste Johns Arm. »Zu mir aber schon, das musst du versprechen. Zweimal im Jahr Heimaturlaub. Versprich es. Und zu meinem Geburtstag kommst du auch.« Seit ihr letzter gemeinsamer Tag in Worpswede angebrochen war, ließ Inken keine Gelegenheit aus, England zu erwähnen. Es tat John unerwartet gut, dass sie ungern an seinen bevorstehenden Umzug dachte.
»Versprochen«, sagte er, um sie zu beruhigen, aber auch, weil es ihn selbst beruhigte. Valentins Grab kehrte er den Rücken, ohne sich noch einmal umzusehen.
Nur eine Viertelstunde später, es ging auf ein Uhr zu, saßen sie im Modersohn-Haus auf Paula Modersohns Biedermeiersofa in Paula Modersohns Wohnzimmer. John hatte beschlossen, dass sich der Kreis hier schließen sollte. Eine gute Entscheidung, fand er und streckte die Beine aus. Seine Verfassung stabilisierte sich.
Inken kuschelte sich auf den grün-weiß gestreiften Chintz. »Ich komme mir vor, als wäre ich überraschend zu Besuch gekommen, und gleich biegt Paula um die Ecke mit den Teetassen. Bestimmt hat sie vor einhundert Jahren oft hier gesessen, Tee getrun-

ken oder gestickt und dabei aus dem Fenster gesehen. Glaubst du, die Rüschengardinen sind Originale?«

»Schon möglich. Das Schreibpult an der Wand und der Stuhl davor sind jedenfalls echt, links die Staffelei auch. Ich glaube, dies ist das Zimmer, in dem sie zusammenbrach. Am zwanzigsten November 1907.« John wusste, dass ihm dieses Datum für immer in sein Gedächtnis eingebrannt war, ebenso Worpswede, das Schauplatz eines Alptraums geworden war, der ihn fast das Leben gekostet hätte. Auch das traurige Schicksal der drei Schwestern Paula, Hanne und Kai würde er niemals vergessen können.

»Wie schade«, sagte er, und er sagte es mit Bedacht im Gedenken an jene bis heute unvergessene Malerin, in deren Haus er war, auf deren Sofa er saß, aus deren Fenster er blickte. »Wie schade« waren, so hatte er es gelesen, ihre letzten Worte gewesen, bevor sie starb.

Auf einer Vitrine vor dem Fenster stand die Büste, für die Paula Modersohn in ihrem letzten Lebensjahr Modell gesessen hatte. Ernst und ruhig wirkte sie, aber auch abwesend, wie jemand, der mit offenen Augen träumt. Er wünschte sich, er hätte sie unter anderen Umständen kennengelernt.

Er sah aus dem Fenster, es war wieder neblig geworden. Bald würde es dunkel werden und still, es würde nach schwerer Erde riechen, und in den Zweigen der Birken, Linden und Eichen würde es knacken und knistern. Er wünschte sich, er hätte auch das Teufelsmoor unter anderen Umständen kennengelernt.

Er stand auf. Es war vorbei. Er konnte gehen.

Nachtrag der Autorin an den Leser, die Leserin

Als geübte Leser wissen Sie, dass dies ein Roman ist, dass Personen und Handlungen fiktiv, also frei erfunden sind.

Nicht fiktiv ist dagegen die Umgebung, in der die Personen dieses Romans leben, arbeiten, lieben, hassen, essen, trinken, weinen, lachen. Um sie all das tun zu lassen, habe ich mich einer real existierenden Umgebung bedient. Worpswede gibt es wirklich. Genauso wie es die Maler gab, die den Ruf Worpswedes als Künstlerkolonie begründet haben und die ich teilweise beim Namen nenne. Soweit in dem Roman historische Personen und Fakten erwähnt werden, sind sie nicht fiktiv. Paula Modersohn-Becker ist tatsächlich 1907 mit einunddreißig Jahren im Wochenbett gestorben, und das Foto von ihr und ihrem neugeborenen Baby existiert ebenfalls. Ihre letzte Ruhe fand sie auf dem Worpsweder Friedhof, der im Roman eine zentrale Rolle spielt und den es ebenfalls wirklich gibt.

Sollten Sie das Moordorf Worpswede bislang nicht gekannt haben und sollten Sie es kennenlernen wollen, dann werden Sie auch den Barkenhoff wiedererkennen, das Modersohn-Haus, die Große Kunstschau, Alt-Helgoland, die Mühle, die Alte Eiche, die Zionskirche. Nur deren Pastor nicht, denn der gehört in unserem Stück zu den handelnden, also frei erfundenen Personen. Ich betone das für den Fall, dass der tatsächlich amtierende Pastor wenig Gefallen finden mag an der Frisur, die ich seinem Romankollegen zugedacht habe.
Vergebens werden Sie das moderne Doppelhaus suchen, das ich mir erlaubt habe, in eine unschuldige kleine Worpsweder Straße zu verpflanzen. In Wahrheit steht das Haus nicht dort, aber es könnte dort stehen, ohne aufzufallen oder zu stören. Auch den Bauernhof gibt es nicht wirklich, aber es könnte ihn so oder ähnlich geben. Was es aber tatsächlich gibt, ist eine wundervolle Drei-Generationen-Familie auf einem Bauernhof in Niedersachsen, die mir erlaubt hat, ihren Lebens- und Arbeitsalltag zu studieren, und die mich Respekt gelehrt hat vor dem unermüdlichen Einsatz, den ein Hof erfordert. Diese reellen Erfahrungen waren eine Voraussetzung, um im Roman den fiktiven Bauernhof entstehen und seine fiktiven Bewohner darin agieren zu lassen in einem Szenario, das es nicht wirklich gibt, aber geben könnte.

Die Wahrheit hat viele Facetten. Und sich mit all ihren Möglichkeiten zu befassen, ist das Privileg und die Lust derer, die Geschichten lesen oder sie erzählen.

Im Roman erwähnte Gemälde

Paula Modersohn-Becker, *Selbstbildnis,* 1897/98
Kunsthalle, Bremen

Paula Modersohn-Becker, *Selbstbildnis vor Fensterausblick auf Pariser Häuser,* 1900
Privatbesitz

Paula Modersohn-Becker, *Selbstbildnis am 6. Hochzeitstag,* 1906
Paula Modersohn-Becker Museum, Bremen

Paula Modersohn-Becker, *Selbstbildnis mit weißer Perlenkette,* 1906
Westfälisches Landesmuseum für Kunst und Kulturgeschichte, Münster

Paula Modersohn-Becker, *Selbstbildnis mit Hut und Schleier,* 1906
Gemeentemuseum, Den Haag

Paula Modersohn-Becker, *Selbstbildnis mit zwei Blumen in der Hand*, 1907
Privatbesitz

Heinrich Vogeler, *Sommerabend* (Barkenhoff), 1905
Große Kunstschau, Worpswede

Paula Modersohn-Becker, *Selbstbildnis mit Hut und Schleier.*

Historische Personen, die der ersten Worpsweder Künstlerkolonie angehörten oder ihr nahestanden

(soweit im Roman erwähnt)

Paula Modersohn-Becker
8. Februar 1876 – 20. November 1907
Malerin
Von 1901 bis zu ihrem frühen Tod verheiratet mit Otto Modersohn

Otto Modersohn
1865–1943
Landschaftsmaler mit besonderer Vorliebe für das Teufelsmoor

Clara Rilke-Westhoff
1878–1954
Malerin und Bildhauerin
Ab 1901 Ehefrau von Rainer Maria Rilke, der bereits ein Jahr später das Teufelsmoor und seine Frau sowie das neugeborene Kind verließ

Rainer Maria Rilke
1875–1926
Dichter
Schloss sich für kurze Zeit der ersten Worpsweder Künstlerkolonie an, heiratete 1901 die Worpsweder Bildhauerin Clara Westhoff. Die Ehe hielt nur kurz, wurde aber nie geschieden

Heinrich Vogeler
1872–1942
Maler, Architekt und Schriftsteller
Gestaltete den Barkenhoff

Martha Vogeler
1879–1961
Erste Frau Heinrich Vogelers
Trennte sich 1920 endgültig von ihrem Mann und gründete mit ihren drei Töchtern eine neue Existenz im »Haus im Schluh«, das es heute noch gibt

Bernhard Hoetger
1874–1949
Bildhauer, Maler und autodidaktischer Architekt